谨以此书献给曾畹诞生400周年

（1620—2020）

宁夏文史馆研究丛书·诗词卷

清初宁夏诗人

曾畹诗五百首

郑济洧◎编注

黄河出版传媒集团

阳光出版社

图书在版编目（CIP）数据

清初宁夏诗人曾畹诗五百首 / 郑济洧编注. —— 银川:
阳光出版社, 2021.5
（宁夏文史馆研究丛书. 诗词卷）
ISBN 978-7-5525-5885-2

Ⅰ. ①清… Ⅱ. ①郑… Ⅲ. ①古典诗歌－诗集－中国
－清代 Ⅳ. ①I222.749

中国版本图书馆CIP数据核字(2021)第093045号

清初宁夏诗人曾畹诗五百首

郑济洧　编注

责任编辑　谢　瑞
封面设计　赵　倩
责任印制　岳建宁

黄河出版传媒集团
阳　光　出　版　社　出版发行

出 版 人　薛文斌
地　　址　宁夏银川市北京东路139号出版大厦（750001）
网　　址　http://www.ygchbs.com
网上书店　http://shop129132959.taobao.com
电子信箱　yangguangchubanshe@163.com
邮购电话　0951-5014139
经　　销　全国新华书店
印刷装订　宁夏凤鸣彩印广告有限公司
印刷委托书号　（宁）0020829

开　　本　787 mm×1092 mm　1/16
印　　张　22
字　　数　300千字
版　　次　2021年5月第1版
印　　次　2021年5月第1次印刷
书　　号　ISBN 978-7-5525-5885-2
定　　价　98.00元

黄河是处与天通

十年一秩,六十年一甲子。2020年,庚子年,注定是不平凡的一年。新年伊始,宁夏文史研究馆热忱推出本馆研究员郑济洧的新著《清初宁夏诗人曾畹诗五百首》。

郑济洧先生,是宁夏回族自治区扶贫开发办公室退休干部,宁夏地名学会理事。在致力于地名文化研究与建设的同时,先生埋头于古籍之中,潜心发掘宁夏历代诗词,特别是明、清时期宁夏籍文人及外省籍官员、流寓之士的诗作,取得了一定成果。2017年,郑济洧先生编辑、注释《黄图安咏宁夏》,由宁夏文史研究馆以《宁夏文史·增刊》刊印。继而,又伏案两载,在女儿郑文昭的帮助下精心编注成《清初宁夏诗人曾畹诗五百首》。全书收录了明末清初宁夏籍著名诗人曾畹的五百多首诗歌作品,是一部全面系统发掘、整理和注释曾畹诗的充拓型力作。

《清初宁夏诗人曾畹诗五百首》的出版,展示三重意义。

一是丰富了中国传统文化的内涵。"问渠哪得清如许,为有源头活水来"(宋·朱熹)。中国传统文化是中华民族思想和价值体系的精髓,历经数千年传承不息,是社会形态和生活面貌的真实写照。宁夏位于中华人民共和国版图的核心地带,这里的多元文化是中华文化重要组成部分。21世纪的今天,我们发掘地域文化,就是为了传承中华文明,弘扬民族精神,使中华文化之海更加浩瀚。

二是填补了宁夏历代文史研究的缺漏。"熟读涵泳之,令其渐渍汪洋"(明·王世贞)。曾畹作为宁夏籍诗人的代表,其诗作在清初乃至整个清代的中国诗坛占据显要位置,有着巨大的影响力,但国内研究者寥寥,没有形成系统的成果。这部《清初宁夏诗人曾畹诗五百首》对曾畹的诗歌作品进行了全面研究和系统梳理,提供了许多前所未见的观点和视角,发掘出许多鲜为人知的史料,为继续深入发掘宁夏历史文化遗存拓宽了路径。

三是为相关领域的研究提供了有益的基础性支持。《清初宁夏诗人曾畹诗五百

首》的出版,丰富了宁夏文库,将为文史工作者对中国古代诗歌及明末清初社会、经济、文化等领域的研究提供有价值的参考和借鉴,也为宁夏和江西两省区的文化交流搭起一座桥梁。我们面前,就是一幅"襄阳古道灞陵桥,诗兴与秋高"(金·完颜璹)的轩景。

曾畹,原名曾传灯,字楚田,祖籍江西宁都县。清顺治十一年(1654)北上宁夏,改名曾畹,字庭闻。曾畹一生历经改朝换代、战乱四起的变局,遭逢屡试不第、生活窘困的厄运,在颠沛流离中度过了 57 年的时光。求学苏南,避难岭东,长住镇江,探访苏杭;入籍宁夏,参试两京,拜谒孔林,环游海南……30 余年间,曾畹踏遍中华大地,饱览名山大川。骇目惊心的时代氛围,漂泊流落的艰辛生活,贫病潦倒的遗民情结,黄河贺兰的博大胸襟,形成了曾畹特有的慷慨激昂、豪放乐观、闲适旷达而又幽怨感伤的诗风。这种独树一帜的诗风,受到钱谦益、吴伟业、钱澄之、顾炎武、龚鼎孳、宋琬、施闰章、魏禧等大家的褒扬,对于同时代和后世的文人产生了很大的影响,也奠定了他在清初诗坛举足轻重的地位。

宁夏文史研究馆成立 60 多年来,一直坚持不懈地发掘地方文化财富,保护地方文化资源,传承地方文化遗产,弘扬地方文化精髓,并取得了丰硕成果。宁夏独特的山川地貌和多民族交融的文化,成为诗歌创作的沃土,成就了众多名人先贤。然而,由于地处边塞,人烟稀少,征战不断,传世之作并没有内地那般丰饶。清初顺治年间,中国诗词界重量级人物曾畹入籍宁夏,着实为宁夏诗坛增辉添彩。

宁夏文史研究馆近年来创新思路,发挥优势,对馆员、研究员的发掘、研究和创作给予了极大的重视和鼎立的支持。正是有了这些支持,一大批发掘、研究成果得以推出,宁夏文化遗产得到了保护和传扬。也希望借此助推宁夏文化遗产的深度淘掘,为中华传统文化添砖加瓦,为子孙后代留下宝贵财富。"路漫漫其修远兮,吾将上下而求索"。让我们一起为宁夏文化遗产探寻追寻,捧出更加灿烂的诗篇。

谨以此序庆贺《清初宁夏诗人曾畹诗五百首》的出版发行并纪念诗人曾畹诞生 400 周年。

张　锋

2021 年春于银川

(张锋,宁夏文史研究馆党组书记、馆长)

目　录

绪论:清初宁夏诗魁曾畹/001

宁夏篇:贺兰草堂踏歌

塞上/015　　乙未春闱逢家凌士三乎二孝廉/015　　从军行/016　　闺词/016

北征见雁/017　　遥忆姬人代作/017　　花马池碛中/018　　闺情二首/019　　七夕词/020

车遥遥/020　　鹄飞/021　　所思/021　　汉中寄怀唐采臣(唐时理饷宁夏)/022

将下江南寄诸弟/025　　甲午西夏戏作代送出征人/025　　陇夜闻捣衣/026

待仆出塞不至/028　　汉渠望长城/029　　灵州怀唐采臣、丁辰如/030

六月唐采臣置酒南塘舟中作别/031　　西水关哭唐采臣/032　　痔/032　　萧关/033

半个城至宁安堡/033　　广武营/034　　雨后月下忆塞上/034　　对伎有所思/035

甜水堡与野老闲话/035　　喜贺兰草堂初成/036　　除夜/037　　祀灶/037　　清明/038

柳/038　　乙巳送平凉叶司李升任南昌/039　　畏人/040　　渠/042　　米/042　　燕/043

行经陇阪/044　　塞上清明义乌丁辰如招同无锡唐采臣慈溪张西鹗集高台寺/044

酿酒/045　　甲午北山处夜诗元日成/045

唐采臣度支同刘孝吾总戎出访贺兰草堂/046　　将试京兆刘孝吾总戎城楼夜饯/046

癸卯夏州奉寄龚芝麓年伯/047　　鸣沙州/048　　献酬冢宰魏石生先生/049

出塞十六夜同陈葵西观灯半个城/050　　贺兰草堂春兴/050

九月同杨次辛、许贞起登夏州城楼/051　　送富平李天生赴幕/052　　晒菜/052

乙巳元宵/053　　吴姬/053　　寄怀李力负/054　　砖井/054　　遣兴/055

和石仲昭三原闲居却寄/055　　登灵州城楼/056

清明酬韩中丞兼怀令弟小康明府/056　丁未出试后投所知/057　陌上桑/057

上刘中丞/058　秋/059　迎春曲/059　桥上/060　经唐采臣四柳亭/060

塞下曲/061　赋得边城游侠儿/061　伎索剑/062　南塘送人别/062　无锡妇/063

放鱼/063　看渠水/064　中秋/064　遥挽秦氏/065　坐/065　寄寿合肥龚公/066

中秋后/066

江西篇：郁孤台下清江水

出门/069　西行留别故园诸子/069　大江行/070　赣州送郡丞毕仲青归胶东/070

寄怀周计百司理/071　撤兵/072　杂咏八首/072　喜入大孤/076

己丑岭东赠大湖族人/077　复出/077　虔州上佟汇白抚军/078　归赋/079

丙申自秦中归送弟灿就耕乌石垅/079　江州忆吴姬/080　辛丑蜀口洲忆旧游/080

奉新柬同年黄泰升明府/081　喜桐城方尔止至/081　壬寅三月苦雨/082

吉安辱白岳汪舟次见过别后却寄/082　金石堂杂诗/083

皂口归舟忆无锡姬塞上/084　梅下望家信/084　长至怀魏善伯浙幕/085

赠陈尔渊/086　雨/087　建昌府泊闻六弟椋先归赋此/087

湖东广昌县早发有怀刘何魏黄诸子/088　油草滩梦得五岭三吴句足之/088

梅岭/089　金鱼洲早发/089　闰秋领五倅尚侃长孙胤让东下守风吴城散步望湖亭/090

吴子政谓睕不食肉面肿唅风恶宜酒肉江神作此嘲之/090

己丑寄怀仁和张天生/091　寄怀仁和冯千秋/091　庚寅章门吊古/092

黄竹岭/092　哭洧川黄海鸣/093　樟树祝大占留饮黄嘉卿瞥至赋别/094

壬寅甘健斋自南丰来携靖边张曲江明府像索题/095

同新安洪仙客饮大庚刘伯宿寓斋得倾字/096　江行/096　西昌赠周伯衡宪副/097

赣州有怀故伎蕊珠/097

旅望篇：一身眇眇天难问

拟古/101　润州挈侍儿寄寓鸠兹入舟有作/101　襄阳蹋铜鞮/102

渭南别刘石生/102　三良冢/103　过崆峒/103　潮州别魏善伯/104　桃叶妓/104

咸阳吊阿房宫/105　过吴门/106　历下吟/106　小埠访张元明/107　渡桑干/107

孔里/108　同刘止一猎/110　腊夜恒山绝顶/111　神通沟中作/111

与仆夫守岁泾阳/112　法云庵有献猪头酬愿天医堂者感而赋此/112

佣奴/113　苏村行/113　奉辞戴岵瞻廷尉供馔/114　仆逃/114　春日叹/115

酬严颢亭戴岵瞻先生解衣为赠/116　酬龚伯通赠衣/117　隋堤柳/118

悼剑歌/119　考亭望武夷/120　登姑苏台/121　交溪寄魏冰叔/122　建阳即事/122

水南处夜/123　庚寅贵池挽刘伯宗/123　题武进陶峻余西山图/124

江上送王圣墅归沂州/124　天宁洲/125

南昌陷李中宜奉其母居围城中得不死重遇润州殊非意及于其归也诗以送之/125

得灿弟信/126　与灿弟守岁南徐/126　即韵和陈尧夫送别诗/127

吴江次和陈尧夫/127　将入秦送弟灿归里/128　唐埭/128　甘泉山/129

高资港/129　同黄仲聚浦口望秣林/130　万顷湖/130　庙埠/131

宣城过杨幼鳞先生稻陂草堂命赋/131　路斯湖/132　龙山桥/132　白下中元/133

莫愁湖/133　广陵闻万安刘伊少讣音诗以哭之/134

李三石见过京口草堂阅先给谏奏议明旨有赠赋答/134　邗沟闻鬼哭而吊之/135

瓜洲遇雪/136　雪夜寄怀里人流寓清江浦/136　怀钱驭少/137　怀邬沂公/137

壬辰八日偕友人饮北固僧舍花下觅潘江如不值/138　寿丘/138　兵变忆儿效/139

齐云哭先大人生忌/140　东山留别胡奎冈总戎/141　芜湖访沈昆铜山庄/141

镇江得家问/142　蒜山忆弟灿/143　马当有怀湖南亲友/144　柘矶/144

浔阳怀文灯岩年伯/145　同浙僧登赤鼻/145　武昌南楼吊古/146　晴川阁/147

洞庭望君山/148　赤壁阻兵/148　漏风口/149　沌口/150　得报/150

楚人捕雁杀而鬻于市/151　题三原温公桥/151　癸巳宿稠桑/152

上巳同刘石生自公刘里出鲁桥次赵元深涧斋即席怀韩圣秋、温与亭/152

华下雨行怀刘润生、东云雏诸子/153　春入青柯坪/153

坐细辛坪走笔赠封慧玄炼师/154　二十八宿潭/154

松桧峰送樊清溥孝子归仰天池/155　出青门一日渡泾渭/155　草凉驿/156

费丘关早行/156　陈仓口/157　刘坝/157　麻平寺逢友人楚至/158

五狼沟/158　风口/159　出栈宿马道即汉相国追淮阴处/159

太尉村题袁茂林先生古器/160　草壁峪/160　冬日将游西夏再过袁公藕园/161

公刘里立春日望余雪/161　木波/162　京师送胡擎天归汉中藩邸/162　汴城/163

汀州旅夜/163　回龙/164　折滩/164　午日金山园杂兴/165　潮州忆五侄侃/166

南浦怀泾阳李屺瞻同年/167　姑苏旅怀/167　梁溪除夕过顾修远饮/168

丁酉西湖元夕/168　汛浙江/169　乌石山待人/169　戊戌中秋临淄独酌/170

八月至岱宗/170　忆丈人峰/171　送丘海石令高要/171

喜同年曹禹疏、刘康俟并至济南/172　孔林题子贡庐墓处/172　泰兴游季氏园/173

庚子怀任认庵光泽/173　灿弟将游京师留邗上余渡江南/174　苎罗山/174

永嘉客西垟园亭/175　赠鄢陵韩叔夜/175　书情贻万九皋大参/176

答嵇淑子司李/177　寄陈尧夫、徐贯时/177　赠侯嗣宗/178　答姜尚父/178

把都河/179　登府谷城同刘正斋游悬空寺历历指战守旧处感而成诗/179　神池/180

次大同/180　吊古/181　北口峪望蔚州/181　甲辰京师别刘峻度/182

夜听伎/183　题吴工部吴船斋/183　题高邑寓壁留示莫大岸/184

黎城道中/185　赠南州陈吉甫/185　上党旅夜/186　德风亭同萧青令太守/187

赠田二较书/188　蟋蟀/188　龙门酒中候渡值客赴朔方先附书往率尔成咏/189

雨阻赵元深涧斋/189　穆陵关田妇/190　九条沟遇客南归冯达家书/190

丙午至秦州/191　水涨/192　遣姬人/193

尚俶视省天目归舟遇鼋牛浴河中抵船几覆闻而有作/193　重阳/194

徐世臣染剃十余年开堂禾郡梵受寺春莫过访值其讲庄子作此怀之/194

杭州遇魏和公/195　浮玉冬夜奉寄合肥龚公十二首/196　庚戌都门早发/200

大雪怀刘止一/201　悼苏州老仆/202　怀叶具京/203　先君讳日奉挽羯磨师/204

腊月怀严颢亭都谏/204　西陵寓楼送刘止一山左/205

褚家堂戴岵瞻廷尉楼坐/206　辛亥五十初度/206

同年富州牛丽乾、武功杨九如先后成进士作令东越咸以事免官作诗怀之/207

雨水忆弟灿/207　酬陈亮师/208　龚伯通煮虎跑泉饭畹漫题/209

湖上宿戴公房/209　别嵇淑子太守/210　送戴岵瞻廷尉香炉峰/211

竟日饿/211　阻许湾/212　弹子矶/212　浈阳/213　那旦见苗头有生意可爱/213

值电白郭凌海明府出羊城畹更适徐闻留诗寄意/214　宿城月/215

颜庐梦亡姬/215　自雷州渡迈特坎经倒流水作/216　海安南渡至于海口所/217

寄怀徐闻宋又素明府/218　放生虎丘归/220　儋州野望四首/221　思北渡/222

赠通州张崖州/223　别张异资崖州/225　那骞十数里山水作/226　得信/226

琼州杂诗/227　江都寄怀华阴王文修/229　渡海/230

吴川县三江口就舟下梅菉/231　汉口宋又素好言道引术诗以嘲之/232

清风亭上/233　始兴江/234

九日至天目值觉老人同白松云居二禅师礼开山塔晚亦冒雨登焉/234

竹西赠城固罗怀杞兵备/235　无锡唐采臣宅忆旧游/236　阻风燕子矶/236

中秋惠山雨同钱季霖、秦留仙/237　题万年少年伯隰西草堂/237

辛卯北固访顾与治/238　云间吊陈卧子、夏彝仲诸先辈兼怀王玠右、王名世/239

檇李依韵和陈尧夫送别汉南/240　金山竞渡/241　敬亭山/241

维扬同王于一泛舟平山堂/242　海陵刘仅三招同叶子闻、邓孝威诸子饮花下/243

将还润州留题方汉章水西草堂/244　送友人崇州省觐/244

壬辰登万岁楼/245　汉口留别宋又素/245　练溪三月拜王文烈祠/246

早发三营至临高县/246　白下送王杲青扶榇肇庆/247　章华台寄怀何观我先生/247

掷甲山登高/248　江陵寄三原友人/249　癸巳幽馆访宜川刘石生/250

舟泊枫桥见鹦鹉因忆吴姬夏州/250　铁佛寺遇平西王下诸公同下江南喜赋/251

与李仲木后板厂述旧/251　甘泉宫/252　泛钱塘江/252　始皇陵/253　泊阊门/253

汉中王城秋兴/254　立春日雪中公刘里同刘石生怀江左诸子/256

连云栈雪行/256　曲江九日同榆林李元发三原孙日生奉侍沈陆二座主登雁塔/257

渔家/257　乙未三原元日无题/258　定边/258　己亥吴门奉待佟汇白抚军/259

泊上清河值挐船先发遣仆入城迎灿弟/259　温溪/260　蓼台/260

昆山送徐仲舒司李汀州/261

曲阜同孔超宗同年饮吉人宅超宗有私伎不与见作诗嘲之/261　织堂川/262

润州听暮角/262　投徐静庵督学/263　宿郭金汤有竹草堂/263

丙午赴贡举仆夫失道久不得至乃题诗王湖旅馆/264　函谷关/264

范县悼泗上施许公/265　平陵城/266　历下喜上元蒋穆止同寓/267

华池温虞白、马紫绚置酒倡楼作别/267　济南送某司李裁官归温州/268

诸暨见丽人戏柬牛丽乾明府/268

将还金石堂枉柏乡魏相公远札重以诗币宠行因寄短章用伸酬谢/269

戊申献酬佟寿民方伯宴集寄园/270　鸳湖竹枝词/270　赠顾松交吏部/271

倦游/271　怀郭电白同年/272　东华门车上/272　泊苏州/273

羊凤井至紫金关杂诗/274　潞安府口号/275　小松凹伎席(用正韵)/275

绛州白松和尚自义兴海会来喜赋/276

补遗篇：诗因过客传

哭六弟炤/279　电白县霞洞/284　黎母水/285　岁暮/285

岁暮经石山风雨有诗/286　忆远/286　鲁连初斋中赋别/287　扬子桥/287

茂苑得宋又素雷州讣音哭之/288　和黄冈杜于皇澄江赠诗/289　鸡头关/290

西湖灯夕梦得下二句续成/290　鄱阳湖望五老峰/291　宿马嵬/291

经汉光武白水村/292　出塞过青铜峡/292

附录：亲友致曾畹

贺曾庭闻举孝廉/295　曾庭闻挈家宁夏诗来次韵有答/296

在潮州送曾庭闻归里复之宁夏/296

曾庭闻邀骑马过龙须看地归适李咸斋至云早过冠石视辑儿病/297

过曾庭闻东亭言别/297　久不得曾庭闻消息怅然有怀/298

得曾庭闻湖南消息/298　禾中赠曾庭闻/299　过曾庭闻芜阴市上/299

吴门过曾庭闻有怀潘江如/300　晤曾庭闻知熊子文给谏死难汀州/300

哨遍·曾庭闻至/301　送赣州曾庭闻孝廉移家宁夏/302

甲午秋日得长兄壬辰腊月诗/303

同长兄庭闻放舟净慈寺访吉生归步苏公堤至西冷桥/303

归耕乌石垄作呈长兄庭闻/304　怀曾庭闻/304　慰曾庭闻下第/305

别曾庭闻五年喜遇之华阳用韵赋赠/305　广陵送曾庭闻之新安三首/306

曾庭闻同客延令别予先归凄然有赠(六首)/307　曾庭闻润州枉顾草堂赋赠/308

送曾庭闻/309　赠曾庭闻/309　答曾庭闻四首/310　送曾庭闻游汉中/311

曾庭闻北上见访不遇/311　答曾庭闻孝廉见赠/312　寄曾庭闻孝廉/313

送曾庭闻返宁夏/314　送曾庭闻下第归赣江/315　答曾庭闻书/316

书《曾庭闻诗集》后/317　　钱谦益《序》/318　　曾灿《金石堂诗序》/319

魏禧《曾庭闻文集序》/320　　钱澄之《曾庭闻二集诗序》/321　　西江诗话/322

曾畹年表/323

主要参考文献/329

跋:一生痴绝谁堪寄　斯文不断有后人/331

后记/333

绪　论

清初宁夏诗魁曾畹

清康熙年间,民间刊印一部诗集,名曰《曾庭闻诗六卷》,辑录清初才子曾畹各类诗 500 余首,由清初诗词大家钱谦益撰写序言。现在保留下来的康熙刻本,每卷开篇都醒目地镌刻着:"宁夏曾畹庭闻著"。

乾隆元年(1736),由清朝兵部尚书、两江总督赵宏恩在其前任历时 50 余年编写《通志》的基础上,监修完成《江南通志》200 卷,其中卷九十四写道:"曾畹,字庭闻,宁都人,原名传灯。弱冠过吴门师事徐詹事汧、张庶常溥,深器许之。父都谏应遴同杨、刘守吉赣,随侍军中。既而兵溃,奔命汀闽。久之,走并凉,出长城绝塞,著籍宁夏,更名畹,中顺治甲午年(1654)陕西乡试。计偕来京师,名公卿闻曾至,皆喜曰:'王仲宣乃能入邺乎。'竟延致之。乙卯、丙辰间,江右被寇,与弟灿省母归,未几,病卒。著《金石堂集》若干卷"(注:乙卯、丙辰应为乙巳、丙午)。这段话明确无误地显示,原籍江西宁都的曾传灯,于顺治年间入籍宁夏,改名曾畹,并考中陕西省举人。然而,乾隆年间编写的《宁夏府志》,只在《举人》目下,录有"皇清　顺治甲午　曾畹",其他史料均无记述。

曾畹诗作消失之谜

明泰昌元年(1620),曾畹(原名传灯)出生于江西宁都县。

明崇祯十五年(1642),曾畹参加江西乡试,中副榜贡生。

清顺治七年(1650)至顺治十年(1653),曾畹旅居镇江,在苏、浙等地游历。

顺治十一年(1654),曾畹入籍宁夏,考取陕西举人。此后,多次进京会试,不第。

康熙八年(1669),曾畹离开长住 16 年的宁夏,回江西宁都奉母。

康熙十年(1671),曾畹漫游海南岛。

康熙十六年(1677),曾畹游江苏、山东,卒于五狼(江苏扬州)。

曾畹在宁夏生活了 16 年,是除老家宁都外定居最长的地方。在他的著作中,特意宣称自己是宁夏人,而不是世人皆云的"江西宁都人",这表明他对宁夏的眷恋已深入其心扉。

乾隆元年(1736)修订成书的《江南通志》,浩浩 200 卷,人物荟萃,其中用 160 余字介绍曾畹。同是乾隆元年(1736)刊印的《甘肃通志》,在"顺治十一年(1654)甲午科"所列六名举人中, 只有 "曾畹　宁夏人" 五字。《宁夏府志》成书于乾隆四十五年(1780),比《江南通志》晚 44 年,距曾畹离开宁夏 111 年。按常规,清代宁夏官方第一部志书,对曾畹这样在全国文坛有巨大影响的人物应该有比较详细的记述,其诗文也应辑入《艺文》,但宁夏这部志书,只在《举人》篇列入曾畹的名字,再无只言片语。甘肃省、宁夏府两级的志书,如此惜字如金,令人百思难解。

清王朝到了乾隆时期,局势稳定,国民有了安定的生产生活环境。从乾隆三十七年(1772)开始,清廷组织编写《四库全书》,以昭示"太平盛世"。同时,将许多"对朝廷不利"的书籍视为逆流,列入"四库禁毁书目"。据《四库禁毁书丛刊》编写者考究,如此大规模毁书禁书活动持续近 20 年,全毁书 2400 多种,抽毁书 400 多种,共约 3000种,总数在 10 万部以上,尚不包括自毁弃者。于是,包括吕留良、钱谦益及曾畹等诸多名家的大量书籍或被打入禁宫,或焚之于炬,或被大量撕剪。《宁夏府志》恰恰与《四库全书》同期编纂,上行下效,曾畹诗文被列为禁书,也绝不能出现在这部宁夏史志之中。

清朝遭禁毁的书籍,集部书(文学作品)占多数,也有部分史部书籍,其中大多是珍贵的史料,具有宝贵的文化价值。从 1993 年开始,全国多位学者组成编辑委员会,陆续整理出版《四库禁毁书丛刊》中的一批资料,使之重见天日。《曾庭闻诗六卷》也被纳入《清代家集丛刊》于 2015 年 9 月出版,作者的唯美华章,又在中华大地咏唱。

曾传灯生不逢时

万历四十八年(1620)七月二十一日,明神宗驾崩。八月初一,光宗朱常洛即位,年号为泰昌。九月初一,泰昌皇帝突然驾崩。一个多月里连死两位皇帝,这在中国历史上也是罕见的。九月初六,朱常洛长子朱由校继位,即明熹宗,次年改元天启,乃明王朝倒数第二个年号,至明朝灭亡仅23年。此时的明王朝,外有后金经常犯境,内有宦官干政愈烈,各地暴乱频起,明王朝已是八方风雨,气数将尽。

就在昌泰元年(1620),曾传灯(曾畹原名)出生于江西宁都县城一个儒将家庭。其祖父曾建勋,字肃斋,嘉靖四十一年(1562)生,万历四十年(1612)卒,曾任礼部儒士。晚年抱病赴乡试,归途中卒于抚州。其父曾应遴(1601—1647),字无择,号二濂,崇祯七年(1634)进士,授刑部主事,南明时被任命为兵部右侍郎兼都察院右佥御史。

曾传灯这个时期降生,可谓生不逢时。好在这个家庭是赣南的名门望族,宁都又是"文乡诗国",传灯自小就受到良好的教育。

曾传灯为曾应遴长子,兄弟6人。二弟曾灿,字青藜,为"易堂九子"之一,三弟曾煌、四弟曾煜皆早亡,五弟曾辉,六弟曾炤。曾传灯身为长兄,自然要率先垂范,带领诸弟苦读经书,将来考取功名。1640年,为丰富知识,20岁的传灯赴苏州求学,拜名儒徐汧、张溥为师。几年下来,学业大长。1642年,也就是明亡前两年,曾传灯参加江西乡试,考了个副榜贡生。

徐汧和张溥,乃是明末清初吴越的鸿学硕儒,作为当时复社领袖和重要成员,对曾畹思想观念的形成起到重要的作用。

徐汧(1597—1645),字九一,号勿斋,长洲(今江苏苏州)人,崇祯元年(1628)进士,改庶吉士,授简讨,累迁右春坊右庶子,南明詹事府少詹事、翰林院侍读学士。徐汧是姑苏著名学者顾苓、汪琬的老师。1645年五月,清军攻占南京,福王政权灭亡。六月,徐汧在苏州虎丘新塘桥下赴水以死。

张溥(1602—1641),字乾度,一字天如,号西铭,南直隶苏州府太仓州(今属江苏太仓)人,明朝晚期文学家。崇祯四年(1631)进士,选庶吉士,与同乡张采齐名,合称"娄东二张"。一生著作宏丰,编著3000余卷,代表作有《七录斋集》《五人墓碑记》。

崇祯十七年(1644)三月十九日,李自成攻破北京,崇祯皇帝自缢,明王朝实际上已灭。一个月后,吴三桂引清军入关,李自成退出北京,清王朝定都北京。

1645年,清军攻陷南京,南明丞相杨廷麟退守赣州。南明兵部右侍郎曾应遴率数万兵丁驰援,曾传灯、曾灿兄弟随军。然终不敌清军,赣州城破,杨廷麟赴死,曾应遴次年病故。

　　赣州兵败后,曾氏兄弟心灰意冷,先避难于深山之中,后游历于东南诸地。自此,曾传灯开始了他30余年的羁旅生活,颠沛流离于长城内外、南北两京、中华大地。

八千里奔来宁夏

　　清顺治七年(1650),长江流域渐次安定,曾氏兄弟走出深山,行走于东部各省。曾灿先去广东,再到吴门(苏州)。曾传灯则直走江苏,在镇江、苏州一待就是两年多。这次传灯不是求学,而是游山玩水,结交朋友。传灯以镇江为中心,在苏州、无锡、扬州、杭州、嘉兴、合肥、桐城、芜湖一带穿梭,拜访昆山顾炎武,太仓吴伟业,桐城钱澄之,芜湖沈昆铜,镇江万寿祺、严颢亭,杭州戴岵瞻,嘉兴朱彝尊,合肥龚伯通、杨幼鳞等友人,谈论时事,交流诗文,叙说别情。这些文人都是明末清初的文学大家,其著作开引一代翰风。其中,许多还是明末复社成员。传灯与这些大家交往,学识长进,思想演变,对其后半人生生产生了一定的影响。

　　还是在顺治八年(1651),曾传灯即有去陕西的打算,这年春天写的《将入秦送弟灿归里》,已经流露出自己的心声。不知何故,这一计划没有付诸实施。真正赴秦,已是顺治十年(1653)。这一年,传灯从镇江出发,经过九江、黄州、武昌、赤壁、荆州、襄阳,济渡长江、洞庭湖、汉水,一路游览名胜,访问贤哲。到达汉中,已是深秋。

　　本来,曾传灯到汉中有两个目的:一是联络吴三桂在汉中的幕府,二是拜访驻防汉中的陕安兵备罗怀圮,并打算住些时日。在汉中期间,传灯得知老友唐采臣在宁夏督饷,便萌生去宁夏的想法。于是,曾传灯冬季穿过长470里的连云栈道,出陈仓口,渡渭河,过陇阪,越崆峒,经萧关,直奔宁夏。

　　顺治十一年(1654)春,曾传灯抵达宁夏。

　　赣南出发,镇江驻留,行经武昌,暂住汉中,终至宁夏,遥遥万里路,幕天席地,风餐露宿,大有"八千里路云和月"的非凡气概,确实是壮举。清初诗宗宋琬《贺曾庭闻举孝廉》称此行是"天马西徕万里过";词坛魁首陈维崧《哨遍·曾庭闻至》赞叹:"有客苍然,万里而来,精悍眉端做。"著名诗人孙枝蔚感慨:"宁都望宁夏,万里独归人。"词坛领袖朱彝尊奋呼:"万里鸣沙能跃剑,翻惊此地到来难。""明末四公子"之一的冒襄耸叹曰:"数千里外频追忆,三十年来叹绝无"……

黄河是处与天通

岭南人曾传灯来到宁夏,最先接触的是无锡人唐采臣。唐德亮,字采臣,明末复社成员,顺治九年(1652)进士,授户部主事管京粮厅。曾传灯旅居苏南时,就与唐采臣相识。顺治十年(1653),唐采臣奉命来督饷宁夏。曾传灯万里来宁,老友相见于塞上,自然是感情炽烈,涕泪满面,豪语满堂。接风洗尘,彻夜叙谈,观赏戏作,舞文弄墨,边塞的古城连日充满吴语南音,真有苏杭的氛围。短短时间内,曾传灯便写下《塞上清明义乌丁辰如招同无锡唐采臣慈溪张西鹗集高台寺》《九月同杨次辛许贞起登夏州城楼》《将试京兆刘孝吾总戎城楼夜饯》等欢集诗篇,抒发来宁的喜悦。

古代读书之人,考取功名乃是首要目标。户部主事唐采臣、宁夏总兵刘孝吾及浙江流寓文人丁辰如等,劝说曾传灯参加乡试。曾传灯系明朝遗少,骨子里怀念朱家王朝,对满族政权心存疑虑。他数年着意游山玩水,结交墨客骚人,对仕途已无太大兴趣。但禁不住唐采臣等的苦口婆心,也是对自己才学的自信,曾传灯横下心来,决定再赌一把。

首先,将曾传灯更名曾畹,字庭闻,入籍宁夏。畹者,花圃园地也,古时30亩为"一畹"。相对于宁都的丘陵山地,宁夏平原真可谓"大畹"。《楚辞·离骚》曰:"余既滋兰之九畹兮,又树蕙之百亩。"从此,以"九畹"喻兰花。畹,既是辽阔的沃野,亦是芬芳的兰园,彰显远大而高雅的人生志向。更名的原因,很可能还为了规避曾氏父子"反清复明"的影响,可以借此顺利通过"政审"吧。

庭闻,典出成语"过庭闻礼",讲孔鲤"趋而过庭",其父孔子教训他要学诗、学礼的故事。《论语注疏·季氏》,"陈亢问于伯鱼曰:'子亦有异闻乎?'对曰:'未也,尝独立。'鲤趋而过庭。曰:'学诗乎?'对曰:'未也。''不学诗,无以言。'鲤退而学诗。他日,又独立,鲤趋而过庭。曰:'学礼乎?'对曰:'未也。''不学礼,无以立。'鲤退而学礼。闻斯二者。"陈亢退而喜曰:"问一得三,闻诗,闻礼,又闻君子之远其子也。"后以"过庭闻礼"指承受父训,亦喻长辈的教训。曾畹以庭闻为字,表示其遵命家训,学诗、学礼的志向。

曾传灯改名曾畹,由情感信仰,转为追求现实,寓意博大深远,蕙兰芬芳。

曾畹选择定居宁夏,可能有三个因素。其一,是家乡情结。"宁夏"与"宁都",都有一个安宁的"宁"字，感觉十分亲切。初到宁夏，这里旷远而柔润的田野，雄伟而宽厚的贺兰山，着实令曾晙惊叹。因为，曾晙的故乡也有一座"贺兰山"，南宋著名词人辛弃疾登临的赣州郁孤台，就屹立在赣州的"贺兰山"上。将对宁都的思念，寄托于宁夏大地，依托于贺兰山岭，这是曾晙最心安理得的情韵。

其二，是对唐采臣的信赖。曾晙游历于吴越时，在无锡与唐采臣促膝长谈，因共同的思想情趣，成为挚友。此时唐采臣高中进士，以户部主事身份来宁夏督饷，对曾晙再登科场，应该起到举足轻重的示范作用。

其三，是对功名的追求。曾晙祖父曾建勋，喜读书，担任明礼部儒士。父曾应遴，崇祯七年（1634）进士，历任刑部主事、兵科给事中等。曾应遴把儿子曾晙、曾灿都交给自己的恩师杨文彩，足见其对后辈前途的期盼。也正是这样一个家庭的熏陶，曾晙骨子里就有对功名的追求和渴望。清初，宁夏移民众多，人口稀少，民族对立情绪没有江南那般尖锐，宽松的环境促成曾晙愿望的再现。

顺治十一年（1654）秋，在宁夏居住仅半年，曾晙以宁夏人的身份赴西安参加乡试，轻松摘得孝廉，成为清代宁夏第二位举人。得知曾晙中举，清初大诗人宋琬立即写诗《贺曾庭闻举孝廉》："谁言才子竟蹉跎，天马西徕万里过。名姓在秦张禄贵，文章入洛陆机多。汉廷伫奏《凌云》笔，羌笛争传出塞歌。陇上梅花凭驿使，好将双鲤下黄河。"宋琬的诗热情洋溢，称曾晙是"天马"，其文章堪比西晋才子陆机，"陇上""黄河"则点明了曾晙的宁夏身份。

一试成功，使曾晙信心大增。于是，建"贺兰草堂"，与友人议论家国兴亡，畅吟边风塞月；游萧关、花马池、半个城、宁安堡、鸣沙州、广武营，领略塞外风情；种花，酿酒，晒菜，放鱼，感受田园生活；观汉渠春涨，听连湖渔歌；与农夫攀谈，看村妇薅田；南塘泛舟，城楼夜饯，梨园听戏……俨然成了地道的宁夏人。整整16年，曾晙生活在宁夏，沐浴边塞风雨，体味民众艰辛，讴歌宁夏风情。是宁夏的青山沃土，培育了勇敢、淳朴、勤劳、热情的民众，也成就了曾晙这样的诗坛魁才。曾晙以"宁夏人"而自豪，辑录诗集时，特地申明"宁夏曾晙庭闻著"，彰显出他深厚的宁夏情结。大散文家魏禧赞称："庭闻之文多秦气，何足异也。"

曾晙中举后，以宁夏举子的身份几度赴京应试，但皆未得中。怀才不遇，命运栖迟。1670年，曾晙50岁，平生最后一次赴京会试。试毕，遣姬人，焚书稿，游于苏浙，发誓再不参试。一次次的失望，万念俱灰，曾晙继续其坎坷的漂泊生活。原指望"黄河是处与天通",到头来却是"一身眇眇天难问"。康熙十六年(1677),曾畹在孤子困顿的旅途中走完人生最后一步,病逝于江苏扬州,年仅 57 岁。

十年走马向天涯

"十年走马向天涯,回首关河数暮鸦。大庾岭头初罢战,贺兰山下不思家。诗成碛里因闻雁,书到江南定落花。夜半酒楼羌笛起,软裘冲雪踏鸣沙。"这是与钱谦益、龚鼎孳并称"江左三大家"的明末进士吴伟业《送赣州曾庭闻孝廉移家宁夏》诗,收于《梅村集》中。这首诗,约作于康熙元年(1662)。那年,曾畹从宁都出发,曾在苏州一带短暂留滞,拜访吴伟业。吴伟业送别曾畹时,情思洋溢,唱出这首七律。字里行间,充盈着喜悦和满足,全然没有通常的送别诗那种泪雨凄风。顺治十年(1653),曾畹西行安家宁夏,到康熙元年(1662),已有 10 个年头。这 10 年,曾畹以宁夏为中心,数度赴京赶考,几次返回宁都,时而田园放歌,时而颠沛流离。

1645 年清军攻占南京,1647 年八旗兵赣州屠城,1647 年曾畹父亲病逝, 都是影响曾畹人生轨迹的重大事件。从 1649 年开始,曾畹先是游走岭东,继而旅居于吴、越、皖三四载。1654—1670 年,在宁夏长住 16 年,至垂暮之年又返回宁都。1671 年冬,渡琼州海峡,登临海南岛,用半年时间感受黎族地区的风土人情,走了大半个中国的曾畹还是深感震撼。1677 年,不甘寂寞的曾畹最后一次北上苏、鲁,卒于五狼(扬州)。30 年里,曾畹在旅途中苦度岁月,消耗肉体,以至客死他乡,魂飞天外。

古代文人墨客,都喜欢游览名山大川。诗仙李白,以"此行不为鲈鱼鲙,自爱名山入剡中"的信念,游历了现今"十八个省"的境域,但没有涉足五岭以南。诗圣杜甫,半生躲避战乱,"读万卷书,行万里路",活动范围在四川盆地、渭河流域、黄河下游和长江三角洲。文坛泰斗苏轼,"竹杖芒鞋轻胜马,谁怕? 一蓑烟雨任平生",足迹遍布半个中国,流落海南岛 3 年,却没有踏上北京、山西、福建的土地;明末旅行家徐霞客,30多年的时间里,4 次长距离跋涉,考察了 21 个省份,遗憾未能立足甘肃、宁夏和海南。

根据曾畹诗中的记叙,曾畹诗友的唱和,一些地方史志的记载,除了今天的东北 3 省、内蒙古、新疆、青海、西藏和台湾,曾畹的足迹踏遍大半个中国。真是"舟车所通,足迹所及,靡不毕至"。游历的省份,较李白、苏轼超出许多;与徐霞客相比,尚难分伯仲。

毕生交游,曾畹诗友遍及神州八隅 ,有朝廷要员、州县职官、总兵参将,也有前朝遗少、复社领袖、山林隐士、僧侣术士。他的涉猎范围,涵盖五经四书、史学地理、科考八股、诗词骈文、佛经道学、风俗方物。无论是各级官员,还是乡野隐士、农夫市井,曾畹都能找到共同喜好,与他们交流自如。

曾畹生于明天启元年(1621),殁于清康熙十六年(1677),在朝代更替时期度过57年人生。前朝遗少的身份,新政权反抗者的灵魂;功名利禄的诱惑,随缘迁流的无奈;美酒女色的贪恋,方袍青灯的寂寞;怀才不遇的苦楚,四海交游的亢奋……多重的矛盾对立汇集曾畹于一身,使他身心疲惫,于是就"放浪形骸之外"(王羲之语)。其间衣食堪怜,仆人逃走,疾病困扰,穷困潦倒……都没有阻止曾畹的脚步。祖母的痛哭,朋友的责备,皆被曾畹视作过耳秋风。89岁的祖母,在曾畹、曾灿两兄弟外游时离世。曾畹母亲生6子4女,经常处于无子侍奉养的状态。

曾畹平生既不当官充幕,也无售文鬻奇,没有粒米束薪之入,只靠亲朋好友接济,是怎么在风雨缥缈中,养活17口之家,走过这漫长的30年? 是信仰,勇气,朋友,还是宿命?

曾畹诗歌的风格

1620 年,曾畹诞生;1644 年,明王朝覆灭,清王朝建立;1677 年,四海飘蓬、精力耗竭的曾畹,病逝于旅途。曾畹经历了改朝换代、政权更替的巨变,处在战乱四起、民不聊生的厄境,尝试了屡试春闱不第的痛苦,在前途迷茫、心力交瘁中度过了 57 年的时光。

明末清初,和曾畹一样的前朝遗民,面临艰难的选择。或如陈子龙、夏完淳以身殉国,或如钱谦益、吴伟业弃明仕清。也有相当一部分遗民,既未殉明,也未仕清,有的隐居山林,有的削发为僧,有的羁旅异乡,各自以消极的方式抗争,曾畹大抵属于第三类。

30 余年间,曾畹遍走中华大地,领略名山大川,拜访达官名流,交流思想,所著颇丰。骇目惊心的时代氛围,漂泊流离的艰辛生活,沦落潦倒的遗民情怀,形成了曾畹特有的诗风。

明清易代之际,遗民文人的诗歌,不同程度地留有明代模仿唐宋诗歌的习气,曾晼犹胜。《曾庭闻诗六卷》卷一辑五言古诗达40首,开篇就是一首《拟古》,接着是《从军行》《三良冢》《大江行》《苏村行》等数篇叙事诗,都明显有杜诗和《乐府诗集》的影子。《从军行》中"军帖方除名,召募发陇右。朝买耒与耜,夕辞陇与亩……送我新渠别,不知生与否?"脱胎于《木兰诗》中的"昨夜见军帖,可汗大点兵……东市买骏马,西市买鞍鞯……旦辞爷娘去,暮宿黄河边。"而其事发地,则是西北地区的宁夏。

慷慨激昂、豪放乐观,也是曾晼诗的风格。魏禧曰:"庭闻之文句,格法昌黎,而苍莽勃萃,矫悍尤多秦气。"康熙六年(1667)春,曾晼再次赴京赶考,自我感觉良好,写出《丁未出试后投所知》:"赋成绵竹杨庄喜,洛下惊传荐陆机。万里独怜慈母隔,全家须待彩衣归。金疮老马嘶春立,玉阙高鹏出塞飞。多少亲朋吟望苦,满天梅杏正芳菲。"把自己比作"老马"和"高鹏",鸣叫着冲出塞外,奔向花团锦簇的故乡,给倚门远望的慈母报喜。然而,原指望"南飞直到凤凰台",却落得"一身孤微并汾外""使人愁绝陇头吟"。《悼剑歌》展示了曾晼悲壮的心怀:"我有肝胆报者谁,出门长啸无知己。吹箫重过阖闾城,慷慨独游轵深里……邢台易水两悠悠,江汉无声天地愁。安得壮士去复还,击筑悲歌坐酒楼。"

曾晼无愧于"才子"的称誉,既有万丈豪情,亦有儿女情长。《闺词》写年轻的妻子送丈夫远行,"送君渡黄河,河水流草地……清者为妾泪,浊者为河水。清浊不易分,与君别离始。"廖廖50字,绘出一幅凄美的送别图,观之泪水盈目。《陌上桑》描写妻子独自织锦的惆怅与无奈:"沛沛陌上桑,丝丝机中织。织出双鸳鸯,相见不相识。"《闺情二首》中的"愿为一寸丝,系君双羽翼",《车遥遥》中的"道路远兮不可言,愿随轻尘触君辕",是妻子不忍别离的苦楚。《遥忆姬人代作》中的"君既不思归,不如无一言",则是一种悲愤的怨恨。

羁旅诗,占据《曾庭闻诗六卷》的大半。对山川的赞颂,对亲友和故乡的眷恋,是其诗永恒的旋律。"一川朱紫色,十里菊花天"的绚丽;"浦树时高下,村烟乍有无"的缥缈;"陡然高砌出,一浪到峰头"的突兀;"八川风在树,十月瀑成霜"的壮美;"江天一色城如带,唯有渔人棹月回"的动感;"雪色如欺天不夜,灯光反照水中央"的恢宏……"莫挥他日泪,留作马蹄春"是挚友的壮别;"九千河朔谁怜我,十八滩头最忆君"是患难之交的相思;"却忆羊昙沉醉后,夜深仍复过西州"同是感伤故旧,却颠覆了"不忍过西州"的典故;"花留灵运屿,石刻浩然诗"是与古人的相通,也是友谊的硕果。

　　曾畹长居宁夏16载,他筑起草堂,过起陶渊明式的田园生活,也就咏唱出自在的田园诗。富饶的宁夏平原,"一望胡天阔,边歌处处闻";在这里,"我自赋河水,君听六月诗";"放马猎猎夜不归,五月六月边草绿"是何等的闲适;不由得做起"粢麦胹膏汁,酡酥捣蜜浆"的边塞食品;还要"酿酒""晒菜",看"渠水直添湖外稻",听"鸡犬千家屋上鸣"。由是,诗人"十年乡语失,下马说西秦"。

　　引用典故是古诗的显著特征,既可使诗歌文采飞扬,又体现作者学问的高深。而曾畹作诗,亦大量使用典故,娴熟灵活,贴切自然。《曾庭闻诗六卷》500余首诗,用典上百处,足见其读书之丰,功底之厚。"羊昙泪""东陵瓜""东门眼""南国泪""伊凉曲""桃叶妓""陶潜柳""山阳笛""三良冢""三折股""庄周梦蝶""老莱娱亲""横槊赋诗""河朔饮酒""刘伶酒""漂母饭信""陆机入洛""郑卫笙歌""孟嘉落帽""丹徒布衣""颜回攫食""戚姑投厕""管仲射钩""豫让斩袍""荆轲刺秦""襄阳踏鞬""侯嬴献策救赵"等,内容包罗万象,句句引人入胜,阅后令人经久难忘。

羌笛争传出塞歌

　　顺治八年(1651)前,曾畹在家乡宁都读书习文,其间于崇祯十五年(1642)中副榜贡生。顺治六年(1649)至康熙十六年(1677),曾畹都在漂泊中度过。他游历了大半个中国,却安家宁夏,一待就是16年,将人生最精华的时光洒在黄河之滨,贺兰山下。

　　曾畹一生,才思敏捷,亦诗亦文,创作颇丰。在宁夏期间,就将自己所作诗文悉数收藏,准备在合适的时机集集刊印。然而,长期的羁旅生活,诗文多已散轶。康熙八年(1669)返回宁都后,与弟曾灿将所囊收的诗文编辑成《曾庭闻诗六卷》《曾庭闻文集一卷》,继而刻印。《曾庭闻诗六卷》因打入地库而幸存,《曾庭闻文集一卷》则渺然无踪。

　　《曾庭闻诗六卷》收录曾畹顺治六年(1649)至康熙十一年(1672)所作诗392篇,共522首。其中,卷一,五言古诗40篇;卷二,七言古诗6篇;卷三,五言律诗231篇;卷四,七言律诗79篇;卷五,五言绝句9篇;卷六,七言绝句27篇。可以看出,曾畹擅长五言诗,尤其是五言律诗。这392篇诗中,有80余篇写于宁夏境内。写于宁夏以外的诗,半数内容涉及宁夏等边塞地区。由此可知,宁夏在曾畹心中已是根深蒂固。

　　在《曾庭闻诗六卷》之外,《江西诗征》《旧感集》《清诗别裁集》等古籍中收集曾畹诗作多篇。其中16篇,计29首,没有出现在《曾庭闻诗六卷》中。迄今为止,发现的曾畹诗作,凡 409 篇,552 首。

曾畹的诗作,在清初占据重要位置。曾畹弟曾灿在《金石堂诗序》中说:"吾伯子为诗日颇迟,三十则名于天下。天下士皆曰,江以西一人也。""江以西一人",就是全江西的第一人。江西,孕育文人的沃土,自古文豪荟萃,诞生了诸如陶渊明、欧阳修、王安石、朱熹、汤显祖、宋应星、朱耷等泰山北斗级文学人物。"江以西一人",在全国也就是出类拔萃之人。

"易堂九子"首领魏禧《曾庭闻文集序》曰:初,"庭闻之名盛于东南";"至以宁夏为家,而庭闻之名在西北"。这里的"东南",包括江苏、安徽、浙江、福建和江西等中国文化发达的地区,"西北"泛指中国西部。"东南"加"西北",再加上华北和华中,就是大半个中国。近年,这篇《曾庭闻文集序》被冠以《曾庭闻自万里归》,多次显身于高中试卷,举国学子咸知。

"易堂九子"乃清初活跃于赣南一带的宁都九才子,内有魏禧、李腾蛟、邱维屏、曾灿等,皆为曾畹文友。因长期周游,以及见解等因素,曾畹不在"易堂"之内。曾灿评价其兄曰:"灿亦以诗闻,乃不及伯子远甚。"如此说来,曾畹的诗才,当不在"易堂九子"之下。

曾燠是清中期一位颇具影响的达官、诗人、骈文名家、书画家和文献家,他辑录2000 多名江西籍诗人的诗作编成《江西诗征》94 卷,其中收录曾畹的诗多达 79 篇。曾燠还将曾畹与陈允衡、王猷定、帅家相、蒋士铨、汪轫、杨垕、何在田 8 位文学家合称"江右八家",特别编选《江右八家诗》8 卷。

曾畹与兴国钟元声、赣县刘日全,时称赣南"三名士",在江西影响很大。

清初大儒钱谦益在《序》中云:"庭闻之诗,朝而紫塞,夕而朱邸,凉州之歌曲,与凝碧之管丝,繁声入破,奔赴交作于行墨之间。吾读之,如见眩人焉,如亲侲童焉,耳目回易而不自主也。"

清"八大诗家"之一的宋琬诗赞曾畹"名姓在秦张禄贵,文章入洛陆机多。汉廷伫奏《凌云》笔,羌笛争传出塞歌。"

江南才子冒襄褒扬曾畹:"诗穷汉魏追风雅,文逼周秦溯典坟。"

清初进士储方庆曰:"庭闻(曾畹)之诗,其才当配古人。"

明末清初"诗歌古文满天下"的钱澄之推崇"庭闻诗以豪气,而兼柔情";"故其诗复多情至之语,艳思藻句与悲壮之声杂出。"

《江南通志》赞誉曾畹"工于词章，重信用，守诺言""中顺治甲午陕西乡试。计偕来京师，名公卿闻曾至，皆喜曰：'王仲宣乃能入邺乎。'竞延致之。"则铺叙中举后在京师被公卿名流竞相邀请的盛况，而立之年的曾畹就名声远扬。

魏禧评价："庭闻之句，格法昌黎，而苍劲勃萃，骄悍尤多秦气。""秦气"，即西北人大度豪爽之气，坚韧自信之气，粗犷纯厚之气，热情仁爱之气。魏禧认为，这样的气度，是党项人立国200年的基础。曾畹安家宁夏，将"秦气"融入其思想，渗透于诗作，使诗风产生了颠覆性的变化，得以在文坛独树一帜。

宁夏，古代边塞之地，文坛巨匠贫阙，传世之作稀旷。明代才子王爷朱栴一生舞文弄墨，著有《凝真稿》18卷、《集句闺情》1卷，但仅仅有31首诗词留存于世。

清初宁夏巡抚黄图安自编的《东园诗集》，现成为首都图书馆的孤本。2017年，笔者将诗集中与宁夏有关的诗赋70余篇，编成《黄图安咏宁夏》，由宁夏文史馆刊印。

2011年，由杨继国、胡迅雷主编的《宁夏历代诗选》，共收辑先秦至清诗词1500余首。其中，清代诗词600余首。

目前，发现曾畹的诗552首，接近宁夏留存清诗总量，也占了此前已出版宁夏历代诗词的近五分之二，实独占鳌头。曾畹的诗，存量丰厚，流行广远：格法昌黎，苍劲骄悍。尊曾畹为宁夏诗魁，当之无愧。

笔者将曾畹诗作409篇、552首，逐一点校，再辑入友人的赠诗，编成《清初宁夏诗人曾畹诗五百首》，以作为曾畹诞生400周年之纪念。

是为序。

郑济洧

2020年6月

宁夏篇

贺兰草堂踏歌

这一回，『辟地银州去，移家且当归』

抬望眼，『黄河是处与天通』『居然万里势，

尽室在天涯』

筑贺兰草堂，『穿渠隔河水，向塔背西山』

暂得『兵戈略尽人丰乐』

常常『赋成绵竹杨庄喜』

时有『高秋风里度秦筝』『极塞狂歌』向长空

何日『玉阙高鹏出塞飞』

即便在，天涯海角，也是『下马说西秦』『好

将书寄问』

只因为，『河水夏州来』

贺兰山三关口（1937 年 6 月）

塞　上

征夫及春莫①，忽然返西陲②。入门长叹息，叹息逝者谁。

阿父昨年殁，阿母早背遗③。兄弟两三人，飘散失所之④。

仓皇拜高冢⑤，孤兔巢荒陂⑥。亲戚非旧里，顾盼无一辞。

注释：
① 春莫：暮春，晚春。莫，暮。
② 西陲：中国西部边疆，此指宁夏。
③ 背遗：亡故。
④ 所之：所去的地方。
⑤ 仓皇：仓惶，仓促。慌张的意思。
⑥ 荒陂（bēi）：荒芜的坡地。

乙未春闱逢家凌士三乎二孝廉①

骨肉在天末，音书杳无期②。冉冉春风至，相见乃在兹。

风尘犯颜色，执手互相疑。万事不自得，欲言已心悲。

山川阻且深，车马来何迟。沉吟伤怀抱，切莫竟此辞③。

注释：
① 乙未：顺治十二年（1655）。
② 音书：音讯，书信。
③ 竟此辞：竟然这样辞别。

从 军 行

西夏一万兵①，抡汰九千九②。军帖方除名③，召募发陇右④。

朝买耒与耜⑤，夕辞陇与亩⑥。呜咽对妻子，牵衣别父母。

官家无定令，所恨有八口⑦。送我新渠别，不知生与否？

生归即有期，少年已白首。

注释：

① 西夏：西夏王国。此指宁夏地区。

② 抡汰：选择淘汰。

③ 军帖：官府文书，公文。

④ 召募：招募，募集。陇右：陇山以西，包括今甘肃全境、宁夏南部、新疆大部。

⑤ 耒与耜：耒耜(lěi sì)，古代耕地的农具，形如木叉，上有曲柄，下面是犁头，可用松土。

⑥ 陇与亩：陇亩，田地。

⑦ 八口：指一家人，特指有老人与小孩的大家庭。

闺 词

送君渡黄河，河水流草地。河水曲如钩，君行直如矢。

君从河套出①，水从河套徒。清者为妾泪，浊者为河水。

清浊不易分，与君别离始。

注释：

① 河套：河道围着的地方，特指从宁夏横城到陕西府谷一带被黄河围着的平原和高
原地区，包括今宁夏北部、内蒙古自治区鄂尔多斯市和巴彦淖尔市等地区。

北 征 见 雁

一雁下朔方①，唼喋大河旁②。荻花蔽双翼，碛砾有余霜③。

单影犯怒涛，孤飞欻西羌④。写书寄南国，为我到故乡。

南人顾北辙，北鸟翻南翔。嗷嗷刷羽翮⑤，异域同惨伤。

注释：

① 朔方：北方，寒冷的地方。

② 唼喋(shà zhá)：形容鱼或水鸟吃食的声音。

③ 碛砾：浅水中的沙石；沙石浅滩。

④ 欻(xū)：快速。西羌：西汉对羌人的泛称，指今四川北部、甘肃、宁夏及青海一带。

⑤ 嗷嗷(jiào jiào)：哭声，鸟兽叫声。刷：洗刷，清除，整理。羽翮(hé)：鸟的羽毛，翅膀。

遥忆姬人代作①

密密缄素书②，纷纷滴泪痕。君游不思归，行乐无朝昏③。

六月得君书，知君到三原④。七月得君书，知君来塞垣⑤。

君书不时有，君车不及门。君既不思归，不如无一言。

注释：

① 姬人：妾。

② 缄(jiān)：密封；素书：书信。

③ 朝昏：早晚。

④ 三原：陕西三原县，

⑤ 塞垣：边塞，长城。

花马池碛中①

张掖出塞门②，塞门何所见。沙砾骇悲风③，狐狸为人面④。

人面非我伦⑤，毛芒厚冰霰⑥。额顶大如箕，目光闪如电。

猛气何咆厉⑦，弢弓箙大箭⑧。邀我坐毳幕⑨，食我雉与雁⑩。

虽则不下咽，捋须夸丰膳。始知中土人⑪，脆弱在州县。

注释:

① 花马池:今宁夏盐池县城。

② 张掖:甘肃省省辖市,位于甘肃省西北部,河西走廊中段,古称甘州。"掖"同"腋",此指张开臂膀。塞门:边关,边塞。

③ 骇:惊骇,兴起,播散。

④ 为人面:1. 在人面前;2. 面孔似人。

⑤ 我伦:我类。

⑥ 毛芒:浓密的皮毛。冰霰:冰粒。

⑦ 咆厉:凶猛的咆哮。源自《尧山堂外记》:"猛气何咆厉,阴风起千里。"

⑧ 弢(tāo)弓:藏弓入弢,指平息兵事。箙:盛弓箭的袋子。

⑨ 毳幕(cuì mù):毳幪,游牧民族住的毡帐。

⑩ 雉(zhì):野鸡。

⑪ 中土人:中原人。

闺 情 二 首

（一）

妾本吴会女①，从君出关塞。移家不半年，君行更燕代②。

姑嫜大江西③，供养三年废④。爷娘大江南⑤，音信隔两载。

独有何氏母，朝莫同阃内⑥。衣我以重裘⑦，食我以苦菜⑧。

起我以重生，霍然瘳夙痗⑨。

注释：

① 吴会：1.今绍兴的别称；2.苏州。此指苏州。

② 燕代：战国时燕国、赵国所在地，泛指今河北北部、山西东北部及北京一带。更：经过。

③ 姑嫜：丈夫的母亲和父亲，母称姑，父称嫜。

④ 废：停止，中止。

⑤ 爷娘：父母。

⑥ 朝莫：朝暮。阃内：家里，旧指家庭、内室。

⑦ 重裘：厚毛皮衣。

⑧ 苦菜：苦苦菜，菊科植物苦丁菜的嫩叶，可食用。作者自注："菜出夏州"。

⑨ 霍然瘳夙痗：霍然：突然。瘳（chōu）：病愈。夙痗：沉疴。痗（mèi）：忧思成病。

（二）

君去日迟迟，君归不可测。倏忽万里间①，天南更地北。

马为不解鞍，仆为不喘息。君归遂遄往②，何异归不得③。

愿为一寸丝，系君双羽翼④。

注释：

① 倏忽（shū hū）：指很快地，忽然。

② 遄（chuán）往：来往频繁。遄，迅速。

③ 何异：与某物某事有什么两样？

④ 系：系缚，羁绊。

七 夕 词

南楼新月明如练①，牵牛织女遥相见。

谁家少妇忆陇头②，永夜秋风动纨扇③。

弹丝吹筝坐高堂，明烛高歌殊未央④。

东方欲白乌鹊起⑤，云开河汉天苍凉。

注释：

① 南楼：宁夏城南薰门城楼。练：白绢。

② 陇头：陇山。借指边塞。

③ 纨扇：绢宫扇，又叫团扇、罗扇，出现在羽扇之后。

④ 殊未央：还未尽。

⑤ 乌鹊：喜鹊。七夕鹊桥。

车 遥 遥

车遥遥兮马辚辚①，君适燕兮妾在秦②。

道路远兮不可言，愿随轻尘触君辕③。

辕不转兮妾泪涩④，君行千里何太急。

注释：

① 辚辚：象声词，指雷鸣声、车马行声。

② 适：往，归向。秦：陕西。清初宁夏属陕西。

③ 触：接触，感受。

④ 涩：枯涩。

鹄　飞

鹄飞滇南①，雌留塞北。

我欲将汝与偕去，八甸五溪渡不得②。

渡不得，糇粮乏绝③，羽毛无力。

五里裵回④，十里叹息。

安得秋风陇头生，与汝双飞共眠食。

注释：
① 鹄(hú)：天鹅。滇南：云南省。
② 八甸五溪：指到南方所经遥远的路途。甸：古时指郊外。
③ 糇(hóu)粮：食粮。
④ 裵回：彷徨，徘徊。

所　思

岁月看将尽，依然一客身。别离经百里，迟莫及三旬①。

腊酒春灯近②，梅花雪夜新。遥怜翠袖薄③，日落倍伤神。

注释：
① 迟莫：迟暮，指黄昏；比喻晚年，暮年。三旬：30岁。
② 腊酒：腊月酿制的酒。春灯：贺新春的花灯。
③ 翠袖：青绿色衣袖，泛指女子的装束。

汉中寄怀唐采臣①（唐时理饷宁夏）

（一）

诏发故人来②，关南客未回③。羌船秋复断④，栈道两难开⑤。

充国安边策⑥，参军作赋才⑦。渐看鸿雁落，去往一衷回。

注释：

① 唐采臣：唐德亮，字采臣，无锡人，明末复社成员，顺治九年（1652）进士，授户部主事管京粮厅。顺治时，户部主事唐采臣督饷来宁夏，偶得《万历朔方新志》遗文数篇，于顺治十五年（1658）刊印《增补万历朔方新志》五卷，在原志卷五"词翰、遗事"后增补所得27页遗文。

② 诏：皇帝的命令。故人：指唐采臣，曾畹游吴时，与唐氏相识。

③ 关南：阳平关南。

④ 羌船：古羌地的船只。汉中一带古属羌地。

⑤ 栈道：连云栈道，古川陕通道，自凤县东北草凉驿至开山驿，全长约470里。

⑥ 充国：担任国家要职。

⑦ 参军：古时参谋军务的简称，魏晋以后始置为官员，至隋唐兼任郡官，明清称经略为参军。唐采臣为军队筹饷，亦可视作参军。赋才：亦作赋材，天赋，才能。

（二）

唐子今通籍①，江山契阔深②。归吴愁岁俭③，过陇苦寒侵。

胜侣他乡月④，边秋此夜心。依人戎马际⑤，吾道自浮沉⑥。

注释：

① 唐子：唐采臣。通籍：记名于门籍，可以进出宫门。籍，二尺长的竹片，上写姓名、年龄、身份等，挂在宫门外，以备出入时查对。

② 江山契：与江山社稷签订的契约，即将身许国。

③ 岁俭：歉收。

④ 胜侣：良伴。唐·徐浩《宝林寺作》："永愿依胜侣，清江乘度杯。"

⑤ 依人戎马际：依附他人从事征战的生涯。

⑥ 吾道自浮沉：我的主张是任其沉浮。唐·白居易《座右铭》："吾道亦如此，行之贵日新。"

（三）

亦羡诸侯邸①，金貂重客卿②。无心工草檄③，终日苦移兵。

幕府惭孙楚④，芳洲失祢衡⑤。何时沾禄米⑥，寄食向边城⑦。

注释：

① 诸侯邸：诸侯达官的住所。

② 金貂：毛带黄色的紫貂。此指达官贵人穿戴。

③ 草檄：撰写官方文书。

④ 幕府惭孙楚：幕府，古代将军的府署，后指地方军政大员的衙署。孙楚，字子荆，西晋官员，文学家。出身于官宦世家，系曹魏骠骑将军孙资之孙，南阳太守孙宏之子，史称其"才藻卓绝，爽迈不群。"

⑤ 芳洲失祢衡：鹦鹉洲上永远没有祢衡了。祢衡，字正平，东汉末年名士，文学家，因言语激怒曹操，被遣送至荆州刘表处，被江夏太守黄祖杀。后黄祖悔之，厚葬祢衡于汉阳鹦鹉洲莲花湖畔。祢衡作有《鹦鹉洲赋》等。

⑥ 沾禄米：享受官吏的俸禄。

⑦ 寄食：依赖别人过日子。

（四）

颇怪殊方镇①，故人偏寂寥。边隅无警急，薄宦且逍遥②。

灵武军难饱③，狼山马易骄④。六州台百尺⑤，俯仰自云霄。

注释：

① 殊方镇：远方的城镇。

② 薄宦：卑微的官职。

③ 灵武：宁夏灵武，古代驻重兵之地。

④ 狼山：唐狼山都护府，羁縻都督府名，在今蒙古国巴彦乌列盖省西部。

⑤ 六州：唐时六州郡。

（五）

乱后重相见①，穷途信累君②。犹怜江左泪③，化作陇西云。

牛酒喧沙碛④，羌戎冒汉军⑤。清秋吹觱篥⑥，昏昼共谁闻？

注释：

① 乱后：清兵入关后。

② 累：牵连。

③ 江左：江东。

④ 牛酒：牛和酒。古代用作馈赠、犒劳、祭祀的物品。

⑤ 羌戎：中国古代西部的民族。

⑥ 觱篥（bì lì）：古代羌人的一种管乐器，形似喇叭，以芦苇作嘴，竹做管，吹出的声音悲凄，羌人所吹，用以惊中国马。

（六）

入蜀依严武①，归秦别隗嚣②。绝知秋色晚③，最奈马蹄遥。

客路偏风雨，家书久寂寥。幸君因探骑④，为我问金焦⑤。

注释：

① 严武（726—765）：字季鹰，华州华阴（今陕西华阴）人，唐朝中期大臣、诗人，与诗人杜甫友善，常以诗歌唱和。初为拾遗，后任成都尹。两次镇蜀，以军功封郑国公。永泰元年（765），因暴病逝于成都，年39。

② 隗嚣（wěi xiāo）：字季孟，天水成纪人（今甘肃秦安），东汉刘玄更始年间自称"西州大将军"，曾割据包括今宁夏南部的陇右地区。

③ 绝知：本来就知道。

④ 探骑：探马，从事侦察的骑兵。

⑤ 金焦：金山与焦山的合称，在江苏镇江市。曾晙曾流寓京口，即镇江。作者自注："晙流寓京口"。

将下江南寄诸弟

井邑惊山寇①，关河信未通②。艰虞千里外③，忧患一堂中④。

择木莺知集⑤，寻泥燕自工。春风吹日夜，迟汝在江东⑥。

注释：
① 井邑：城镇；乡村；故里，此指故里。山寇：古时称占山为王的强人。
② 关河：关山河川，边塞。泛指山河。
③ 艰虞：艰难忧患。指灾荒多，战乱频繁。
④ 忧患：在患难之时亦能处处把国家利益放在首位。
⑤ 择木：鸟兽选择树木栖息，常比喻择主而事。
⑥ 迟汝：比你后到一会。江东：长江下游地区，今皖南、苏南、上海、浙江及江西东北部。曾
　 畹家乡在宁都，也属东吴时期江东六郡地。

甲午西夏戏作代送出征人

炼相谁家妓①，酣歌尚夏声②。折花蜂满袖③，对酒夜弹筝。

雨雪他乡泪，关山昨夜情。莫言离别苦，盗贼正纵横。

注释：
① 炼相：诗人自注"妓舞为炼相"。现今日本存在"炼"字，即"艺伎舞"。
② 夏声：宁夏人的腔调。
③ 折花：采花。

陇夜闻捣衣^①

（一）

击柝孤城莫^②，清砧绝塞愁。夜深眠不稳，衣绽补何由。

星月延三辅^③，鱼龙混九秋^④。忽传消息异，大帅下蛮陬^⑤。

注释：

① 陇：陇山，今六盘山，位于宁夏、陕西、甘肃交界处。捣衣：古代把衣料放在石砧上用杵捶打，使之松软，准备裁剪制衣。

② 柝（tuò）：古代打更的梆子。莫（mù）：同暮。

③ 三辅：三秦。西汉时本指治理京畿地区的三位官员京兆尹、左冯翊、右扶风，后指这三位官员管辖的地区，相当今陕西中部地区。

④ 鱼龙混九秋：鱼龙川融合在深秋的斑斓景色之中。鱼龙：鱼龙川。渭河支流汧河发源于六盘山南麓，其流经陕西千阳县中下游的一段称鱼龙川。唐太宗曾在此会猎，杜甫也曾经过这里。九秋：九月深秋。此句作者自注："鱼龙川"。

⑤ 大帅下蛮陬：指吴三桂率兵入川。诗人特别注释，"时平西王复调陇州东人入蜀。"吴三桂助清军入关后，被封为平西王。顺治八年（1651），清廷命吴三桂和李国翰率军入川。蛮陬：指南方边远地区。

（二）

甲胄功名薄^①，衣裳别泪深。马嘶明月下，虎渡隔溪林。

危戍秦川静^②，秋风陇夜吟。谁家征妇苦，断续捣寒砧。

注释：

① 甲胄：铠甲和头盔，泛指兵器。

② 危戍：高度森严的防守。秦川：指秦岭以北的关中平原地带。

（三）

羌笛关山远^①，秦风铁驷寒^②。高秋悬漆甲^③，盛暑戴皮冠。

幕府谁分纩^④，将军未筑坛^⑤。从戎夫婿隔^⑥，妾梦敢怀安^⑦。

注释：
① 羌笛关山远：听到羌笛，感觉离秦川的关山越来越远。关山：古陇山。古时自长安西去，
　多经关陇大道，其中必越关山。诗人特别加注"关山属陇川"。
② 铁驷：配有铁甲的战马。
③ 漆甲：藤甲，涂有油漆的铠甲。野生藤条经工匠加工编成藤甲，再用桐油浸泡数次后晾
　干，可防冷兵器，帮助泅渡，遇水不沉。
④ 纩：棉絮。此指棉衣。
⑤ 筑坛：建筑祭祀的坛场。这里指筑坛拜将。
⑥ 夫婿：丈夫。
⑦ 怀安：贪图安逸。

（四）

辽水归无计，陇山别又多。盛年不相待^①，秋色夜如何？

筑室巢鹦鹉，圈田豢橐驼^②。中原望吴起^③，回首泣西河^④。

注释：
① 盛年不相待：青春岁月一去不复回。
② 橐驼（tuó tuó）：骆驼。此句后作者自注"陇州东人尽移汉中"。
③ 吴起（前 440—前 381），卫国左氏（今山菏泽）人，战国时期军事家、政治家、改革家，唐
　肃宗时位列武成王庙内，被称为武庙十哲。
④ 西河：又名漳田河，鄱阳湖四大水系之一，发源于安徽池州。此指江西。

待仆出塞不至

（一）

行止都无著①，残年望汝来。亦知归计失，且作异乡回。
林鸟飞还没②，柴门闭复开。池阳风雪盛③，未必过轮台④。

注释：
① 著：古同贮，积蓄。
② 没：隐藏，消失。
③ 池阳：古池阳县，即今陕西省泾阳县和三原县的部分地区。
④ 轮台：汉代是西域 36 国中的城邦之一，于汉太初三年（前 102）被李广利所灭。汉宣帝本始二年（前 72）复国为乌垒国。西汉神爵二年（前 60），境内设西域都护府。唐时属龟兹都督府乌垒州。清光绪二十八年（1902）改置轮台县，民国时期先后隶属阿克苏道和焉耆专区。1960 年隶属新疆巴音郭楞蒙古自治州。

（二）

群小皆如此，乾坤奈汝何。入关晴太甚，出塞雨偏多。
野戍笳声急①，荒山樵采过。坐看原上月，又复下汧河②。

注释：
① 野戍（yě shù）：野外驻防之处。
② 汧（qiān）河：千河，渭河支流，发源于六盘山南麓，流经甘肃张家川，陕西陇县、千阳县、凤翔县，在宝鸡注入渭河。

汉渠望长城①

（一）

长城何莽莽②，番汉昔年分③。河出西戎窟④，山开北狄群⑤。

黄羊量万壑⑥，白草插孤云⑦。一望胡天阔⑧，边歌处处闻。

注释：
① 汉渠：汉延渠，宁夏灌溉古渠。
② 莽莽：无际，悠久。
③ 番汉：蒙古人与汉人，指蒙古部落和汉族聚居地。
④ 西戎：中国西部少数民族。
⑤ 北狄：中国北方少数民族。
⑥ 量：丈量，度量。
⑦ 白草：芨芨草。
⑧ 胡天：北方的天空。

（二）

喇嘛经年过①，每从河套回。大都为哈慎②，故作讲和来③。

缯帛朝廷困④，车牛城堡哀⑤。秦人不爱德⑥，天险已尘埃。

注释：
① 喇嘛：对藏传佛教僧侣的尊称。
② 哈慎：哈剌慎，蒙古部族名。
③ 讲和：彼此和解，不再打仗或争执。
④ 缯帛（zēng bó）：丝绸。
⑤ 车牛：指牛车。
⑥ 爱德：有智慧。

（三）

登楼还极目，口外定如何^①？开市横城下^②，诸戎已息戈^③。

颓垣山气直^④，盛暑塞云多。两耳黄河聒^⑤，薅田任妇歌^⑥。

注释：

① 口外：长城以北地区。

② 开市：明朝以前在边境少数民族地区设市通商，也称互市。横城：宁夏城东 10 公里，
黄河东岸的明代城堡，明代在此设互市。作者自注"横城，地名"。

③ 诸戎：各少数民族。

④ 颓垣：坍塌的墙。此指明长城。

⑤ 聒（guō）：声音喧闹。

⑥ 薅（hāo）田：宁夏地区妇女坐在布垫上用手铲锄草，边锄边往前拉。故布垫称作"拉拉
子"。诗人特注，"塞妇拔草田间坐地下谓之薅。田女辱于草之义也。"

灵州怀唐采臣、丁辰如^①

饮酒仍中卫^②，今宵独醉人。边城月下起^③，历历向河津^④。

灵武家难定^⑤，朔方官更贫。莫挥他日泪，留作马蹄春^⑥。

注释：

① 灵州：今宁夏灵武市，古称灵州。丁辰如：浙江义乌人，流寓宁夏。

② 饮酒仍中卫：饮的酒仍然是中卫的，因为中卫的酒最佳。中卫，明清时宁夏中卫，今中
卫市。作者自注："中卫酒最佳"。

③ 边城：指灵武城。

④ 河津：黄河旁。

⑤ 灵州家难定：作者自注："丁家宁夏"。

⑥ 马蹄春：骑马踏春的得意心情。

六月唐采臣置酒南塘舟中作别①

客有度吴曲者，隐隐多叹息之声，聊赋短章奉酬唐子。

（一）

屡别无行色，殊方会面难②。我车忽已驾，暑雨下河滩③。

莫度吴侬曲④，宁忘沙塞寒⑤。关繻久弃得⑥，又复过长安。

注释：
① 南塘：宁夏城南薰门外红花渠永通桥西南，嘉靖年间巡抚、都御史杨守礼修，若杭州西湖之美。
② 殊方：远方，异域。
③ 暑雨：夏天的雨。
④ 莫度吴侬曲：不要吟唱吴地的歌曲。度：谱写，吟唱。吴侬：吴地人。
⑤ 沙塞：沙漠边塞。
⑥ 关繻（rú）：出入关隘的帛制文书。

（二）

灞桥今夜柳①，面面向南枝。一片黄沙气②，都非惜别时。

楼船垣外动，箫管获中迟。我自赋河水③，君听六月诗。

注释：
① 灞桥：古桥，在今西安东，关中交通要冲。唐时，灞桥上设立驿站，送别亲友东去，在灞桥分别，常折柳相赠，表达留别之意。这里指南塘旁的永通桥，桥两侧遍植柳树。
② 黄沙气：边地的风。
③ 赋河水：面对河水吟唱。

西水关哭唐采臣①

交欢二十载，关塞一依君。挥手忽流涕②，不知生死分③。

茂陵他日诏④，沧海旧时坟。独雁鸣何处，青山若解闻⑤。

注释：

① 西水关：无锡水门名，唐采臣家在这一带，在今无锡南长区学前西路与环城河交汇处。明嘉靖三十三年(1554)，无锡知县王其勤率众筑城抗倭，修建了无锡城的四座城门，东名靖海，西称试泉，南为望湖，北曰控江。另有三座水门，分别为西水关、北水关、南水关。

② 挥手忽流涕：指顺治十一年(1654)曾畹赴西安乡试，辞别唐采臣时"挥涕如雨"。

③ 不知生死分：作者自注："甲午别唐于西夏，挥涕如雨，遂成永诀。"

④ 茂陵他日诏：指汉武帝刘彻驾崩前发布的《轮台罪己诏》。茂陵：汉武帝刘彻墓，在今陕西省兴平市。

⑤ 解闻：没有听见。解(xiè)，古同"懈"，懈怠。

痔①

恶旅饥寒甚，中年锢疾加②。梦回尝见母，痛极始思家。

食少冬春米，生憎谷雨茶。褊衷常致病③，遮莫到天涯④。

注释：

① 痔：痔疮。

② 锢疾：同痼疾，积久难治的疾病。

③ 褊衷(biǎn zhōng)：褊狭的内心。

④ 遮莫：遮末。尽管；任凭。

萧　关①

山势分河陇②，五原路未央③。边风吹地黑，碛日照人黄。

阙鼠多空穴④，降城旧筑疆⑤。因思汉室竞⑥，衷甲狎名王⑦。

注释：

① 萧关：古代西北边地著名关隘。汉萧关在今宁夏固原城东南瓦亭。北宋时为防御西夏，在汉代萧关故址以北100公里，重筑萧关，位置是今宁夏同心县南。
② 河陇：古指河西与陇右，相当于今甘肃省西部地区。
③ 五原：西魏废帝三年(554)以西安州改置盐州，治所在五原县。隋大业三年(607)改为延川郡。唐朝时，复改为盐州。天宝、乾元间曾改为五原郡，辖今宁夏盐池县、陕西定边县一带。这里，五原代指宁夏。
④ 阙鼠：掘鼠，古代的一种小动物。
⑤ 降城：受降城，唐时在河套地区筑三座受降城，以接受匈奴贵族投降。
⑥ 竞：竞争，角逐。
⑦ 衷甲狎名王：穿上戏装在舞台上戏弄藩王。衷甲：1.在衣服里面穿铠甲；2.穿上盔甲登台演戏。狎：亲近，戏弄。名王：少河套地区数民族首领。作者自注："谓河套也"。

半个城至宁安堡①

不见行人迹，黄榆白草深②。关山容易尽，天地此中阴③。

消渴寻枯水，烧荒炙野禽④。将家十七口，黑瘦一沾襟。

注释：

① 半个城：今宁夏同心县城，北宋秦凤经略使刘仲武于1115年在清水河畔筑城抗击西夏。元末被洪水冲去半角城，只剩下"半个城"。宁安堡：今宁夏中宁县城，明清称宁安堡。
② 黄榆：黄榆树，耐寒，耐旱，生长于中国北方。因其小枝呈淡黄褐色，故称黄榆。
③ 阴：昏暗。
④ 炙：烤。

广 武 营①

辟地银州去②，移家且当归。风高天不暑，泉涸日无晖。

九姓羌浑尽③，三河年少稀④。荒荒傍阪屋⑤，驰檄少边机⑥。

注释：

① 广武营：今宁夏青铜峡市青铜峡镇广武村，明清为军堡。

② 辟地(pì dì)：迁地以避祸患。银州：唐代银州，辖今陕西省米脂、佳县地区。此指宁夏。

③ 九姓羌浑尽：古时的九姓部落已经消失。九姓：唐时回纥所分的九个部落。羌浑：羌、吐谷浑，指西北少数民族。

④ 三河：指西汉时京畿的河东、河内、河南三郡，相当于今河南省西北部、山西南部地区。

⑤ 荒荒：匆忙，仓促。傍：靠近。阪屋：山坡上的房子。

⑥ 驰檄：迅速传送的檄文。边机：边防机宜，边防事务。

雨后月下忆塞上

爽气沾丹露①，川光入翠屏②。他乡惟爱月，终古此离亭③。

入晋榴花落④，归秦莎草青⑤。只应酸芦酒⑥，对对数秋萤⑦。

注释：

① 丹露：晨露。

② 川光：波光水色。

③ 终古：久远。离亭：驿亭，古时人们常在此送别。

④ 榴花：石榴花，5~6月开放。

⑤ 莎草：多年生草本植物，多生于潮湿地区或河边沙地，地下块茎称"香附子"。

⑥ 酸(pō)：酿酒。芦酒：用芦管插到酒桶中饮酒。

⑦ 对对：两只两只地数，这是北地人的习惯。秋萤：秋天的萤火虫。

对伎有所思

一一皆秋气，闺中梦不成。关山无限月，凫雁几行鸣。

掌上花钿翠^①，灯前舞态轻。忍将出塞曲，捣作夜砧声。

注释：
① 花钿（diàn）：古时妇女脸上的一种花饰，有红、绿、黄三种颜色，以红色为最多，以金、银制成花形，蔽于脸上，是唐代比较流行的一种首饰。此指玉指环、玉镯。

甜水堡与野老闲话^①

一望天无际，山城四五家。荜门茆塞穴^②，冰窖饭藏沙^③。

月出牛羊返，人归雉兔赊^④。周遭坐麦曲^⑤，细碎问生涯^⑥。

注释：
① 甜水堡：今甘肃环县甜水堡镇，地处陕甘宁三省区交接处，距盐池县萌城2.5公里。野老：老农。
② 荜门茆塞穴：茅草长满了破旧的窑洞。荜门：用竹荆编制的门，指房屋破旧。茆：茅草。塞穴：指边地的窑洞。
③ 水窖饭藏沙：用窖储水做的饭里夹杂着沙粒。黄土高原居民凿土窖蓄积雨水，供终年之用。
④ 人归雉兔赊：人回家后野鸡和野兔纷纷出没。赊：繁多。
⑤ 周遭坐麦曲：村民都在制作麦曲。坐：把锅、壶放在火上。麦曲：用小麦碎粒制成的酒麯。
⑥ 细碎问生涯：详细询问农民的生活。

喜贺兰草堂初成①

（一）

卜宅儿童喜②，无家似有家。鱼鳞翻碛雪③，蜂蛰酿春花④。

山气终归陕⑤，河流不向华⑥。居然万里势⑦，尽室在天涯⑧。

注释：
① 贺兰草堂：曾暶在宁夏时所建书斋，兼住所。其址应在清初宁夏城西郊。
② 卜宅：选择宅地。
③ 鱼鳞：指贺兰山层峰像鱼鳞一样排列。
④ 蜂蛰酿春花：蜜蜂用口器吸吮花粉。
⑤ 山气终归陕：贺兰山中的气候像陕西关中一带温暖。
⑥ 河流不向华：黄河水浇灌宁夏沃土，而没有完全流向华山脚下。
⑦ 居然万里势：意为贺兰草堂与贺兰山、黄河构成一幅"江河万里图"。
⑧ 尽室在天涯：全家一起来到这天涯之地。

（二）

亦有推移志①，题门活字间②。穿渠隔河水③，向塔背西山④。

定拟寻花种⑤，强于浪稻还⑥。追呼天下急⑦，旅食敢辞悭⑧。

注释：
① 亦有推移志：也有与时俱进的志向。推移：移动，变化。
② 题门活字间："贺兰草堂"四字跃然匾额之上。题门：匾额。活：跃动，灵动。
③ 穿渠隔河水：水渠从门前穿过，距离黄河也很近。隔：间隔，距离。
④ 向塔背西山：面朝古塔，背靠贺兰山。贺兰山在宁夏城西，当地人称"西山"。
⑤ 定拟：打算，决定。
⑥ 强于浪稻还：比周边环绕的稻田更美。浪稻：撒播水稻，宁夏古老的水稻播种方法，即先给已经翻晒的土地灌水，再用牲口拉"浪木"（檩条之类）将地面"浪平"，然后撒上稻种。还：环绕。
⑦ 追呼天下急：吏胥到门口催租，自古是天下最急迫的事情。追呼：吏胥到门口催租，逼服徭役。
⑧ 辞悭（qiān）：告别贫困。悭：贫困，吝啬。

除 夜

塞俗仍除夕①，沙霜碛上鸣②。亦知春渐至，转觉夜难明③。

椒粽慈亲远④，盘餐中妇成⑤。今宵不守岁⑥，定梦到柴荆⑦。

注释：

① 塞俗：边塞的习俗。此指宁夏风俗。

② 沙霜：夹带沙尘的风霜。

③ 转觉：转而觉得。

④ 椒粽：椒盐味道的粽子。古时南方以椒花酒、椒粽贺岁。慈亲：慈爱的父母。

⑤ 中妇：妻子。

⑥ 守岁：中国传统习俗，农历除夕一夜不睡，送旧迎新，围炉守岁。

⑦ 定梦到柴荆：邀梦来到我简陋的家中。柴荆：村舍。

祀 灶①

亦欲烧刍狗②，残年祀灶神。凭依宁在此，风俗且相因。

海内金瓯缺③，他乡铁瓮春。精禋经岁没④，不爨岂惭贫⑤。

注释：

① 祀灶：祭灶，送灶。中国民间祭祀灶神的习俗，于腊月二十三或二十四日举行。

② 刍(chú)狗：古代祭祀时用草扎成的狗。

③ 金瓯：金的盆、盂之属，比喻疆土之完固，亦用以指国土。

④ 精禋(yīn)：丰盛精洁的祭祀。

⑤ 不爨：无米做饭。作者自注："烧火做饭"。

清　明

寒食依然至①，人家祭埽时②。我生犹在远，未死已先悲。
日脚兰膏烛③，童头杨柳枝④。群儿堂下拜，暗数父归期⑤。

注释：
① 寒食：寒食节，也称"禁烟节"、冷节，在清明节前一日或二日，相传为纪念春秋时晋国
　　介之推。
② 祭埽：祭扫，祭奠、扫墓。
③ 日脚：太阳穿过云隙射下的光线，斜阳。兰膏：古代用泽兰炼制的油脂。
④ 杨柳枝：唐教坊曲《杨柳枝》，七言绝句，多咏别情。
⑤ 暗数父归期：暗地里计算父亲返归乡里的日期。

柳

穷边犹筑室①，绕树已伤弓②。欲使桓温见③，先寻元昊宫④。
地寒春不至，礛重雪初融⑤。向晚登楼望，西山在户中⑥。

注释：
① 筑室：建造房屋。
② 伤弓：比喻经过祸患，心有余悸。
③ 桓温（312—373）：字元子，东晋政治家、军事家，晚年逼迫朝廷让位于他，但因朝中王
　　谢势力阻止而未实现。
④ 元昊宫：西夏开国皇帝李元昊的宫殿。李元昊（1003—1048），党项拓跋氏，后改名嵬名
　　曩霄，于1038年建立夏国，定都兴庆府（今银川），史称"西夏"。
⑤ 礛（lián）：红色磨刀石。引申为激励。
⑥ 西山：贺兰山，宁夏人称西山。

乙巳送平凉叶司李升任南昌①

（一）

二月河冰解②，春风草不抽。改官君始去③，将母我还留④。

白下桓伊笛⑤，江干庾亮楼⑥。真堪共笑乐⑦，无计出边州⑧。

注释：

① 乙巳：康熙四年（1665）。平凉：今甘肃省平凉市。叶司李：姓叶的司李，不详。司李：官名，即司理。南昌：今江西省南昌市。

② 河冰解：开河，冰河解冻。宁夏地区黄河冬季封冻，次年春天气温回升，河冰渐次破裂，随水流动，河面没有固定冰层，叫做开河。

③ 改官：旧时官员调动。

④ 将母：携母。

⑤ 白下桓伊笛：在南京听《梅花三弄》。白下：古地名，在今南京市西北，后为南京别称。桓伊：东晋将领、著名音乐家，有"笛圣"之称，著名琴曲《梅花三弄》是根据他的笛谱改编的，"一往情深"是桓伊的典故。

⑥ 江干庾亮楼：在杭州登东晋名士庾亮住过的楼堂。江干：今杭州市江干区。庾亮楼位于湖北省鄂州市古楼街北段，为三国时吴王孙权的端门，因在武昌之南，人称"南楼"。

⑦ 真堪：真是值得。

⑧ 边州：边境的州邑，指宁夏。

（二）

他乡悲绝脉①，故国尚烽烟②。伏莽谁为所③，春耕恐不然。

蜂生杨柳日④，人乱鹧鸪天⑤。置水章门下⑥，何愁拔薤偏⑦。

注释：

① 绝脉：中医病重脉象，这里指交通不便。

② 故国：故乡，家乡。

③ 伏莽：潜藏的寇盗，指江西兴国、南丰盗贼猖獗。作者自注："时报兴国南丰盗发"。

④ 杨柳日：杨柳荣盛的春季。

⑤ 人乱鹧鸪天：咏唱《鹧鸪天》心情烦乱。

⑥ 置水章门下：期盼家乡的官吏公正清廉。出自成语"置水之清"。章门：江西赣州汉属章郡，故称。

⑦ 何愁拔薤偏：还会担心豪强暴族不能尽除吗？拔薤：原意拔除野草，后指铲除豪强暴族。薤，藠（jiào）头，多年生草本百合科植物，可做蔬菜。偏：不全面，不正确。

畏　人①

（一）

边隅春畹晚②，二月不闻雷。无数山田薄，频看碛雪来③。

蒲花穿户入④，柳树傍城栽。却喜朱门绝⑤，衡门闭复开⑥。

注释：
① 畏人：避开人。
② 畹晚：太阳偏西，日将暮。
③ 碛雪：夹带沙子的飞雪。
④ 蒲花：菖蒲花，此指蒲毛（菖蒲果穗的绒毛）。
⑤ 朱门：朱漆大门，指古代王侯贵族的府邸。
⑥ 衡门：横木为门，指简陋的房舍或隐者所居。

（二）

苦被公车误①，谁知异路尊②。焚书辞窹寐③，寄信戒儿孙。

碛地偏宜水④，河渠不到门。魁梧邻舍少，独立数黄昏。

注释：
① 公车：汉代曾用公家车马接送应举的人，后便以"公车"为举人应试的代称，也指应试的举子。
② 谁知异路尊：谁知这次考试却以"前代科目为正途"。作者自注"前代科目为正途"。
③ 窹寐：睡梦；醒与睡，引申为日夜思念。
④ 碛地：沙石地，贫瘠地。宜水：适宜的水，使农民丰收的水。

（三）

似此黄羊饫，可无绿蚁春①。操刀试小割，开瓮撇尝新②。

每食愁中妇③，三年别老亲。蓼虫哪知味④，相与共忘辛。

注释：

① 绿蚁：尚未过滤的新酒，酒渣浮起，色微绿，细如蚁，称为"绿蚁"。

② 撇：轻轻舀掉液体表面的浮沫。

③ 每食愁中妇：作者自注"妇多病"。

④ 蓼虫：寄生于蓼间的虫。蓼虫忘辛：吃惯了蓼的虫子，已经不感到蓼的辣味。比喻人为了所好就不辞辛苦。

（四）

野秦西戎宅①，居然辨八方。翩翩鸲鹆舞②，姚冶狄鞮倡③。

粢麦臑羔汁④，酡酥捣蜜浆⑤。招邀免冻饮⑥，不敬尔无妨。

注释：

① 野秦西戎宅：边地的住宅。野秦西戎指宁夏。

② 鸲鹆：八哥的俗名。此指喜鹊。

③ 姚冶狄鞮（dī）倡：掌握西北民族地区语言的翻译人员很多。姚冶：妖艳的。狄鞮：翻译西北民族语言的人。

④ 粢麦臑膏汁：粢（zī）麦：谷物。臑：煮。羔汁：指羊奶。

⑤ 酡（tuó）酥捣蜜浆：酥酡加蜂蜜捣成浆。酡酥：酥酡，古印度酪制品。

⑥ 冻饮：冰冻的酒或饮料。

渠

卷埽工初罢①，城渠水一湾。不能映蓬户②，亦可沃春山③。
土烂耕桑误④，家贫婢仆顽⑤。何时余禄米⑥，贩籴两河间⑦。

注释：

① 卷埽(sào)：中国古代创造的以梢料、苇、秸和土石分层捆束制成的河工建筑物，可用于护岸、堵口、和筑坝等。宁夏灌区直到 20 世纪中叶尚以卷埽分黄河水流入干渠，于每年立夏前施工。
② 蓬户：用蓬草编成的门户，指简陋民居。
③ 沃：浇灌。
④ 土烂耕桑误：土地荒芜耽误了耕作。烂：破碎。
⑤ 婢仆：男女奴仆。
⑥ 禄米：古代用作俸禄的粟米。此指粮食。
⑦ 贩籴两河间：在河套内外收买粮食。

米

米价经时减，春耕微雨过。贫家应得食，膏壤此长河①。
口外沙蒿至②，城中渠水多。仰天一拊缶，童竖亦高歌③。

注释：

① 膏壤：肥沃的土地。
② 口外：长城外。沙蒿：沙漠多年生菊科植物，充当柴禾。作者自注："沙蒿极利烧烟"。
③ 拊(fǔ)：拍。童竖：小孩。

燕

（一）

直似吾家燕，他乡欲定巢。双栖添个个^①，侧翅舞交交^②。

风退春虚牖^③，泥深渠汛郊。近人不羡汝^④，韝下挩青骹^⑤。

注释：
① 个个：一个一个，此指双双。
② 交交：鸟叫声。
③ 虚牖：空空的窗户，言冷寂。
④ 近人：关系密切的人，才识短浅的人。
⑤ 韝（gōu）：古代射箭时戴的皮制袖套。挩（tuō）：脱，解脱。青骹（xiāo）：一种青腿的猎鹰。

（二）

亦有封侯者，远天游未归。处堂宁蹈火^①，出谷本知机^②。

江徼鱼肠利^③，春风雁足稀。不须防艾叶，容与待雏飞。

注释：
① 处堂宁蹈火：燕子住在人们的房屋内，比喻大祸临头而自己不知道。
② 出谷本知机：境遇好转本来可以预见。出谷：从幽谷出来，比喻境遇好转或职位升迁。知机：同知几，预见。
③ 江徼：江边。

行经陇阪①

不见陇头水，行人亦断肠。八川风在树②，十月瀑成霜。

西岳马前伏③，南山鸟道长。从来多雨雪，幽咽为氐羌。

注释：

① 陇阪：亦作"陇坂"，即陇山。

② 八川：古代关中地区渭、泾、沣、涝、潏、滈、浐、灞8条河流的总称。

③ 西岳：华山。

塞上清明义乌丁辰如招同无锡唐采臣
慈溪张西鹭集高台寺①

忽出东门回首望，赫连勃勃有孤城②。

井田沟洫归河直，妇女秋千堕髻轻。

衣紫还从渠外哭③，踏青空向碛边行。

开樽绝塞皆南客④，愁断松楸万里声⑤。

注释：

① 丁辰如：浙江义乌人，流寓宁夏的游幕者，修建学馆"芥园"，培养出清初宁夏第一位举人郭振郪。招同：约集。慈溪张西鹭：今浙江省慈溪市人，不详。高台寺：西夏古寺，本在宁夏城东7.5公里，明万历年间移于宁夏城东门外丽景园重建。

② 赫连勃勃有孤城：公元5世纪初，赫连勃勃建立"大夏国"，攻占今宁夏地区，将"饮汗城"改建为"丽子园"，北周在此设"怀远县"。唐仪凤二年（677），怀远县城遭洪水泛滥损毁，次年在故城西建怀远新城，即今银川老城。

③ 衣紫：穿紫衣的妇女。此句后作者自注"是日征妇尽哭汉、唐两渠"。

④ 开樽：举杯饮酒。

⑤ 愁断松楸：在亲人坟前悲痛欲绝。松楸：古人墓地常种的树木，代指坟墓。

酿　酒

未尝种秫米①，先拟醉中来。就瓮哪能卧②，当炉恐不回。

飞华漂霁日③，浮蚁泛春罍④。谩想湘吴绿⑤，金龟换一杯。

注释：
① 秫米：黏高粱米，可做烧酒。
② 就瓮哪能卧：靠近酒瓮怎么能睡卧。
③ 飞华漂霁日：辉光托着晴日。
④ 浮蚁泛春罍：浮沫漂在新酒上。罍（léi）：大型酒器。
⑤ 湘吴绿：产自江南的酒。

甲午北山处夜诗元日成①

临处岬岫烧高烛②，原上星河早近人。

百谷樵蒸风俗古③，三川醴涌岁华春④。

不惊徒御缘庐旅⑤，且喜山家绝要津⑥。

十载乡关戎马隔⑦，椒花终夜颂慈亲⑧。

注释：
① 甲午：顺治十一年（1654）。北山：陕西三原县嵯峨山，又称北五台，因位于三原县西北方向，当地人称北山。
② 岬岫（jiǎ xiù）：山。高烛：特长的蜡烛。
③ 樵蒸：火把，火炬，诗人特注"秦俗元日家家焚柴"。
④ 三川：指关陇地区的泾河、渭河和洛河。醴：甜酒，药酒。岁华：时光，年华。泛指草木，因其一年一枯荣。
⑤ 徒御：车夫，挽车、御马的人。庐旅：寄居在外的人。
⑥ 山家：山野人家。要津：重要渡口，水陆交通要道。
⑦ 乡关：故乡。
⑧ 椒花：椒花颂，晋·刘臻妻陈氏曾于正月初一献《椒花颂》，后常用为春节之典。

唐采臣度支同刘孝吾总戎出访贺兰草堂①

紫燕风飞土屋穿，长城闪闪起狼烟。

忽惊少府花间坐②，不辨将军柳下眠。

本钵千盘仍汉戍③，银州五月尚春天④。

相看谁是封侯者，西域班生赋自传⑤。

注释：

① 度支：魏晋时掌管全国财赋的官员，唐后指代户部官员。刘孝吾：即刘芳名，字孝吾，宁夏人，顺治二年（1645）至十七年（1660）任宁夏总兵。总戎：总兵。

② 少府：战国、秦汉官名，为九卿之一；明代指工部官员。此指唐采臣。

③ 本钵：甘肃省环县本钵镇。千盘：迂回曲折；徘徊，逗留。此句《江西诗话》作"忽惊旌节花间满"。

④ 银州：指宁夏。

⑤ 西域班生：指班超（32—102），东汉军事家、外交家，出使西域31年，西域50多个国家归附汉室，被封定远侯。赋：指班固的《后汉书·班超传》。传（chuán）：留传。

将试京兆刘孝吾总戎城楼夜饯①

贺兰山下朔方城，鸡犬千家屋上鸣。

大纛楼中逢塞妓②，高秋风里度秦筝③。

黄河直向胡天泻，白草翻从汉苑生④。

烂醉且骑元帅马，曲江春宴亦虚名⑤。

注释：

① 夜饯（jiàn）：夜宴送行。

② 大纛（dào）：古代行军中或重要典礼上的大旗，军旗。塞妓：边塞歌妓。

③ 秦筝：古筝。

④ 汉苑：指清兵军营。苑：古代养禽兽、植林木的地方，后指帝王游乐打猎的地方。

⑤ 曲江春宴：唐代新科考中的进士，放榜后大宴于曲江亭，又名"曲江会"，因时在上巳（每年三月三日）之前，也称春宴。

癸卯夏州奉寄龚芝麓年伯①

（一）

圣主转圜任老臣②，初闻客路泪沾巾③。

十年都宪甘微禄，一饭黄金散故人④。

旧属貂珰宣室贵⑤，高班鹰隼上林春⑥。

公绥口吃能长啸⑦，辜负张华属望频⑧。

注释：

① 龚芝麓：龚鼎孳，字孝升，号芝麓，安徽合肥人，与曾父应遴同为崇祯七年（1634）进士，降清后，任吏科给事中、刑部右侍郎、刑部尚书、兵部尚书、礼部尚书等。明末清初诗人、文学家，与吴伟业、钱谦益并称为"江左三大家"。

② 转圜：挽回；调停。

③ 客路：外乡的路；旅途。

④ 都宪（dōu xiàn）：明都察院、都御史的别称。一饭黄金：一饭千金，源自"漂母饭信"的故事，韩信年少家贫，受餐于漂母，韩信达志后，送千金报答。比喻厚报对自己有恩的人。

⑤ 貂珰：貂尾和金、银珰，古代高官冠饰。宣室：古宫殿名，指汉代未央宫宣室殿。贵：权贵。

⑥ 高班鹰隼上林春：那些威武的高官游赏上林苑春色。高班：高位，显爵。鹰隼：猛禽，比喻凶猛或勇猛的人。上林：上林苑，秦旧苑，汉武帝时重建，在今西安市西。

⑦ 公绥口吃能长啸：成公绥（231—271）：字子安，东郡白马（今河南滑县东）人，西晋文学家，善啸，作《啸赋》。口吃：双声。

⑧ 辜负张华：指张华忠心辅佐朝政，阻止贾后废太子司马遹，反被杀害。张华（232—300）：字茂先，范阳方城（今河北固安）人，西晋政治家、文学家，才智过人，知识渊博，官至尚书令伐吴时任度支尚书，被称"西晋政坛第一人"。张华被杀后，社会动乱，国人怀念他。陆机为纪念恩师，作《咏德赋》。

（二）

献赋茫然十载过，忻逢父执慰蹉跎①。

梦中尝封瀛台策②，牛后谁闻宁戚歌③。

绝漠水田贫贱少，大江宾客是非多。

明年定赴滇南幕④，天下人情重甲科。

注释：

① 父执：父亲的朋友。

② 瀛台：北京中南海的仙岛皇宫，建于明代，清代维修，是帝王、后妃听政、避暑之地。因其四面临水，衬以亭台楼阁，像海中仙岛，故名瀛台。

③ 牛后：牛的肛门。比喻处于从属地位。宁戚：春秋卫国（今河南卫辉）人，早年不得志，齐桓公二十八年拜为大夫，后长期任大司田，为齐桓公主要辅佐者。

④ 滇南幕：到云南作幕宾。

鸣 沙 州①

不见黄河春气动，却从沙碛辨阴晴。

流澌着水天皆冻②，大漠无风山自鸣。

饮马浪寻荒烧窟③，射雕贪出苦泉营④。

传闻炮火年来息，张素三巴已尽平⑤。

注释：

① 鸣沙州：今宁夏中宁县鸣沙镇，这里沙丘流动时发出鸣响。隋开皇十九年（599）设鸣沙县，元设鸣沙州。

② 流澌：河流解冻时漂流的冰块。山自鸣：鸣沙山鸣响。

③ 浪寻：随意地寻找。

④ 贪出：频繁出猎。苦泉营：在宁夏同心县。

⑤ 张素三巴：作者自注，指口外张素、刀儿计、三巴的兵乱。作者自注："口外有张素、刀儿计、三巴为乱，壬辰讨平"。此句《江西诗话》作"张轨隗嚣已尽平"。

献酬冢宰魏石生先生①

（一）

吴中曾读溯洄诗，小子新篇辱见知②。

极塞狂歌虽有托③，他生痛哭已无期④。

顿缨丰草交难绝⑤，从猎长杨谏者谁⑥。

独羡金门梁上燕⑦，春朝飞舞故相随。

注释：
① 冢宰：周官名，为六卿之首，亦称太宰。后称吏部尚书为冢宰。魏石生：魏裔介（1616—1686），字石生，号贞庵，又号昆林，直隶柏乡（今邢台市柏乡县）人，清初大臣。顺治三年（1646）进士，选庶吉士，四年授工科给事中。升左都御史、太子太保、吏部尚书、保和殿大学士、太子太傅等职。著述有《兼济堂文集》传世。
② 辱见知：承蒙赏识。
③ 托：寄托。
④ 他生：佛教观念，来生。
⑤ 顿缨：挣脱绳索。
⑥ 长杨：长杨宫。
⑦ 金门：唐时宫门名，金明门内为翰林院所在，为大臣待诏之所，省称"金门"。

（二）

近来铨政贤愚滞①，详慎如公政不繁。

优诏每承天子赐②，献书还喜旧儒存③。

莺啼日暖催宫马④，草暗春抽度塞垣。

家世愧非筐篚吏⑤，至今犹遇圣人恩。

注释：
① 铨政：选拔、任用、考核官吏的政务。
② 优诏：褒美嘉奖的诏书。
③ 献书：进献书籍，多指民间进献佚书。
④ 宫马：象棋的一种称谓。
⑤ 筐篚：藏书的器物。

出塞十六夜同陈葵西观灯半个城①

参戎小队赴西岷②，出塞今逢入蜀人。

鸡犬相闻偏在屋，羊酥作醴复沾唇③。

三更腊雪吹青鬓④，万户银灯照碧磷⑤。

聊与将军成薄醉⑥，鼠貂霜甲一相亲⑦。

注释：

① 十六夜：正月十六夜。陈葵西：时任半个城守将。

② 参戎：明清武将，此指陈葵西。西岷：今甘肃省岷县。

③ 羊酥：羊奶酪。

④ 青鬓：鬓角。

⑤ 碧磷：磷火，鬼火。

⑥ 薄醉：轻醉，浅醉。

⑦ 鼠貂霜甲一相亲：文人和武将互相亲热。鼠貂：松鼠皮做的衣服。霜甲：闪耀寒光的铠甲。

贺兰草堂春兴

叠鼓清笳背夕阳①，移家万里类投荒②。

枯沙碛里春难放③，臭水城中花最香。

对客应声看小草④，上书何日赋长杨⑤。

东家飞燕巢新屋，岂解天边有栋梁。

注释：

① 叠鼓清笳：轻快的鼓声和凄婉的笳声。

② 投荒：贬谪、流放至荒远之地。

③ 枯沙：千年黄沙。

④ 对客：面对客人。

⑤ 上书何日赋长杨：何日写出像《长杨赋》那样的文章。上书：给地友人写信。长杨：指汉·杨雄《长杨赋》。

九月同杨次辛、许贞起登夏州城楼①

（一）

果园秋色大河边，断续砧声在眼前。

无数云山开统万，共看征戍出居延②。

黄沙队里黄羊走，白草丛中白雪连。

昨岁计偕今下第③，两经嘉节倍凄然④。

注释：

① 九月：康熙三年（甲辰 1664）九月。杨次辛、许贞起皆为当时宁夏官员。

② 居延：中国汉唐以来西北地区军事重镇，在今内蒙古自治区额济纳旗东，来源于匈奴驹衍部落。西夏时，居延被西夏所占，在此设威福军。

③ 昨岁计偕今下第：去年赴京会试而落榜。计偕：举人赴京会试。汉时被征召的士人皆与计吏偕同上京城，故称为"计偕"。作者自注，"昨岁重阳赴京"。

④ 嘉节：指重阳节。

（二）

登高结伴俯城闉①，万里清秋独泪频。

黄水忽然归草地，青山毕竟负秦人②。

杯中竹叶看将尽③，笛里梅花吹几巡④。

生死亲朋都梦遍，何时驱车到江津⑤。

西夏额兵十万，时新汰九万，诸甲士皆投戈脱胄，归于农田。则又奉征调，焚蓑笠，卖犊买马而去。其妻孥哭，送于两渠之上。予惟古之汰兵，必以其渐。即归屯者，亦时有训练，廪之以禄，督之以官。非果能使操刀杀人者，摧心息气为良农也，况兴罢不时乎？偶因征戍句，并及之，甲辰记。

注释：

① 城闉（yīn）：城内重门。亦泛指城郭。

② 负：背负，抱持。

③ 竹叶：竹叶酒。

④ 梅花：指《梅花三弄》，相传原本是晋朝桓伊所作的一首笛曲。

⑤ 江津：今重庆市江津区，隋代设县至清。此指渡口。

送富平李天生赴幕①

西京高义推君久②，曾寄双行雁代书③。

岂谓严关人断绝④，翻教见面立踌躇。

一身眇眇天难问⑤，双鬓萧萧雪满裾⑥。

惆怅长河冬至后，砂风吹断汉唐渠⑦。

注释：

① 李天生：李因笃（1632—1692），字子德，一字孔德，号天生，陕西富平东乡（今富平薛镇韩家村）人，为明清之际的思想家、教育家、音韵学家、诗人。被时人称为不涉仕途的华夏"四布衣"之一。康熙十八年（1679）荐鸿博授检讨。赴幕：出任幕僚。

② 高义：指高尚的品德或崇高的正义感。

③ 双行：来往。

④ 严关：险要的关隘。此句后作者自注"晥书未达"。

⑤ 眇眇：孤单无依。

⑥ 裾：衣服的襟。

⑦ 汉唐渠：汉唐时的古渠，指宁夏的唐徕渠与汉延渠。

晒　菜

未尝鄙肉食①，金尽愧屠门②。醓醓沙葱甲③，槃匜苦菜根④。

小锄春入瓮⑤，骤曝日成轩⑥。却比莼羹滑⑦，流匙加一餐。

注释：

① 鄙：轻视，看不起。

② 屠门：肉市。

③ 醓醓沙葱甲：肉酱配上沙葱。醓醓（tǎn hǎi）：带汁的肉酱。甲：荂甲，萌芽。此指刚萌出的沙葱。

④ 槃匜苦菜根：盘子盛上腌好的苦苦菜。槃匜（pán yí）：古代盥洗用具。承水用槃，注水用匜。作者自注："边市有沙葱苦菜二种。"

⑤ 瓮：陶坛。

⑥ 轩：门、窗或栏杆。

⑦ 莼（chún）：莼菜，亦名"水葵"。

乙巳元宵①

塞外春宵一盏灯②，十年蒸饼忆红绫③。

私将面茧占官禄④，谩想金蛾斗采缯⑤。

庙鼓边箫歌似哭，城头风色月如冰。

老亲诸子盘餐毕⑥，应念他乡归未能。

注释：
① 乙巳：康熙四年（1665）。
② 春宵：元宵节。
③ 蒸饼：炊饼，笼屉蒸制的面食。红绫：红色的丝织物，古代女子绑头发用，能飘起来。
④ 私将面茧占官禄：唐代元宵节有"吃面茧"习俗。《开元天宝遗事》记载：正月十五造面茧卜官位高下。面茧：茧形的包子，唐宋时人们在馅中放入写有官品的纸条或木片，以占卜官位的高低。
⑤ 金蛾斗采缯：彩色的缯帛上绘制金蛾相戏图。
⑥ 盘餐：盘盛食物。

吴　姬

妆成春已昼①，半臂坠香丝。

小苑杨花落②，侬心哪得知。

注释：
① 昼：白天，正午。此指仲春。
② 苑：花园。

寄怀李力负^①

都觉李膺分别久^②，无如此别惜离群^③。

九千河朔谁怜我，十八滩头最忆君^④。

多病参苓贫莫致^⑤，传经木石夜深闻^⑥。

不知彭泽诸男子^⑦，曾否躬耕颂读勤。

注释：

① 李力负（1609—1668）：李腾蛟，字力负，号咸斋，江西宁都人，明廪生。明亡后，李腾蛟入翠微峰与易堂诸子相交，为"易堂九子"之一。后居三巘峰，以经学授生徒，著有《周易剩言》《半庐诗文集》等。

② 李膺（110—169）：字元礼，东汉名士。永寿二年（156），鲜卑侵犯云中郡，汉桓帝又起用李膺为度辽将军，羌人畏服。建宁二年（169），"第二次党锢之祸"，被拷打致死。

③ 离群：离开同伴。

④ 十八滩：赣江十八处险滩，亦指第十八滩，即惶恐滩。

⑤ 参苓：人参与茯苓。

⑥ 木石：树木和山石。

⑦ 彭泽：彭泽县，隶属江西九江市。此指江西。此句后作者自注："畹诸子皆出李门"。

砖 井^①

筑塞是何年^②，和戎不用钱^③。

从今介胄士^④，高枕备岩边^⑤。

注释：

① 砖井：砖砌的水井；地名。

② 筑塞：修筑边防工事。

③ 和戎：与边疆各民族修好。

④ 介胄士：武士。

⑤ 备岩：完善的边塞防备。

遣　兴

傲然吟啸此幽亭，形胜当年旧勒铭①。

屋背一山千仞碧②，门前十柳九株青。

盐池风日边商苦③，妓馆牛羊戍卒腥④。

白颈哑哑乌渐起，何妨归计逐流萍⑤。

注释：
① 勒铭：刻在金石上的铭文。
② 千仞：形容极高极深。古以八尺为仞。
③ 盐池：生产食盐的咸水湖。
④ 妓馆：妓院。
⑤ 流萍：飘荡的浮萍。比喻漂泊无定的人生。

和石仲昭三原闲居却寄①

边州忽枉故人书②，隔岁时来万里余。

碛上日骑西域马，渠中时钓朔方鱼。

知章既老身才遁③，潘岳居官花不如④。

莫道玉壶清酒尽⑤，解貂返欲结罗裾⑥。

注释：
① 石仲昭：陕西三原县人，顺治年间曾任桐城、汾阳县令。却寄：回信。
② 枉：绕道而来。
③ 知章：贺知章。才遁（dùn）：才脱身。
④ 潘岳：潘安。
⑤ 玉壶：玉制的酒壶。清酒：大米酿制的低度酒醪。
⑥ 罗裾：罗裙。诗后作者自注："石历任桐城、汾阳，寄有'骕骦解尽炉头债'之句。"

登灵州城楼

隔岸高楼绿树隈，黄河一面抱城来。

无多蚊蚋声如阵①，到处蛟龙斗不回②。

峡口鸣沙横野出③，渡头吹角乱船开④。

他年未识桑田变⑤，看取灵潮次第催⑥。

注释：

① 蚊蚋(ruì)：蚊子。蚋，食血的蚊子。

② 蛟龙：传说中拥有龙族血脉的水兽。

③ 峡口：青铜峡。鸣沙：沙砾飞鸣。

④ 渡头：渡口。吹角：吹号角。

⑤ 他年：往年。

⑥ 灵潮：弄潮的小船。灵，同舲，小船。灵动的潮头。

清明酬韩中丞兼怀令弟小康明府①

杜鹃芳草暗留春，见说清明倍怆神。

陇上梧楸江上隔②，客中妻子梦中频。

穷边卖赋依难弟③，异代荒阡累故人④。

白打钱能分相府⑤，即今寒食一沾巾。

注释：

① 韩中丞：姓韩的官员，不详。

② 梧楸：梧桐和楸树。

③ 穷边卖赋依难弟：作者自注"令弟榷盐河东"。

④ 异代荒阡累故人：作者自注"韩太翁与先人甲戌同门，蒙捐奉迁葬"。

⑤ 白打：赤手空拳搏斗。钱能：明成化年间太监，曾镇守云南12年，贪得大量钱财。

丁未出试后投所知①

赋成绵竹杨庄喜②，洛下惊传荐陆机③。

万里独怜慈母隔，全家须待彩衣归④。

金疮老马嘶春立⑤，玉阙高鹏出塞飞⑥。

多少亲朋吟望苦⑦，满天梅杏正芳菲。

注释：

① 丁未：康熙六年（1667）。投所知：寄信给相识的人。

② 绵竹：四川省绵竹地区产的酒，剑南春为其代表。杨庄：西安市长安区杨庄乡，距西安25公里，风景优美，顺治十一年（1654）曾畹乡试旅居于此。

③ 陆机（261—303）：字士衡，吴郡吴县华亭（今上海市松江区）人，西晋著名文学家、书法家，为孙吴丞相陆逊之孙，与其弟陆云合称"二陆"。西晋大康十年（289），陆机兄弟来到洛阳，文才轰动一时，时有"二陆入洛，三张减价"之说。

④ 彩衣归：彩衣娱亲。春秋时老莱子很孝顺，为让父母开心，自己70岁还着彩色衣服，扮成幼儿，使父母开心。

⑤ 金疮：刀斧利刃等金属器械造成的伤口。

⑥ 玉阙：皇宫，朝廷。

⑦ 吟望：怅望叹息。

陌　上　桑①

沛沛陌上桑，丝丝机中织。

织出双鸳鸯，相见不相识。

注释：

① 陌上桑：汉乐府名篇，写采桑女秦罗敷的美貌和操守。这里指农村种桑养蚕，缫丝织锦。

上刘中丞①

（一）

西夏依刘三五年②，就中漂泊赖谁怜。

多公退食常分俸③，劝我羁居莫种田。

渠水直添湖外稻，沙风吹破夕阳天。

兵戈略尽人丰乐，夜捩琵琶日控弦④。

注释：

① 刘中丞：指刘芳名。此时，刘芳名以右都督身份继续留镇宁夏。中丞：清朝对巡抚的尊称。

② 西夏：指宁夏。

③ 退食：减膳。

④ 捩（liè）：扭转，调拨琴弦。

（二）

鱼书新拜旧弹冠，西旆南移雪未干①。

海气全消三伏冷，天威不试八闽安。

车螯酒肆人难取②，荔子枫亭擘已残③。

犹恐鲛船楼外转④，夜深时把地图看。

注释：

① 西旆（pèi）：军旗向西，西征。旆，旗。

② 车螯：海产软体动物。

③ 枫亭：福建省仙游县枫亭镇，有宋代古荔枝树。擘（bò）：大拇指；弹奏。

④ 鲛船：鲛人乘坐的船。

秋

秋笳吹力力①，秋萤落纷纷。

秋雁恰恰啼②，秋闺一一闻③。

注释：
① 力力：象声词，叹息声；尽力的样子。这里指胡笳声婉转而绵长。
② 恰恰：鸟叫声。
③ 秋闺：秋日的闺房，指易引秋思之所。南朝·梁·江洪《秋风曲》之二："孀妇悲四时，况在秋闺内。"一一：一个一个地，依次地。

迎 春 曲

同作春楼花下人，不须倾国也伤春①。

夭桃香径红如锦②，秾李长洲白似银③。

注释：
① 伤春：因春天到来而忧伤、苦闷。
② 夭桃：艳丽的桃花，比喻少女容颜美丽。
③ 秾李：妖艳的李花。长洲：水中长形陆地。

桥　上

焦获佳人真绝代①，朱颜纤手倚咸东②。

桥头日日春衣瀚③，脂粉香余流水中。

注释：

① 焦获：一作焦护，古湖泊名，在今陕西省泾阳县西北。

② 咸东：咸阳之东。此指秦地。

③ 瀚(wò)：同浣，洗衣。

经唐采臣四柳亭①

杨柳已残人已去，缺墙高处水低流。

却忆羊昙沉醉后②，夜深仍复过西州③。

注释：

① 四柳亭：宁夏巡抚署衙四柳亭，唐采臣督饷宁夏时曾居住于此，常与作者唱和。

② 羊昙：晋谢安之甥。

③ 西州：西州城，即古扬州城。羊昙醉后触景伤情、恸哭谢安的故事就发生在这里。

塞 下 曲

六州酱落黄河浴①，一个一声翻新曲。

放马猎猎夜不归，五月六月边草绿。

注释：
① 六州：唐时六州郡，丰州、胜州、灵州、夏州、朔州、代州一带，安置突厥内归者。

赋得边城游侠儿

（一）

六酱子弟下金微①，草尽河枯露渐稀。

一去碛西疾于鸟②，等闲归马似翻飞③。

注释：
① 六酱子弟下金微：众多西部民族部落下阿尔泰山，向中原进军。酱，同番，指西部民族。金微，古山名，即今阿尔泰山。
② 碛西：唐对西域的称呼。碛指贺延碛，即今哈密与敦煌间的沙漠。
③ 归马：把作战的牛马放牧。比喻战争结束，不再用兵。

（二）

吹角丛莎着铁衣①，半军深入解重围。

宝刀未出人头落，霍霍马前鞘后归。

注释：
① 吹角：吹响号角。丛莎：莎草丛。

伎索剑

剑能杀人君不知，君能杀人侬不知。

将剑于君风雨去，延平津上失雄雌①。

注释：

① 延平津：古津渡名，晋时属延平县（今福建省南平市东南）。据《晋书·张华传》载，丰城令雷焕得龙泉、太阿两剑，以其一与张华。后华被诛，剑即失其所在。雷焕死，其子持剑行经延平津，剑忽跃出堕水。使人入水取之，但见两龙蟠萦，波浪惊沸。剑亦从此亡去。

南塘送人别

渠边杨柳两三株，折尽时惊白颈乌①。

自笑送人尝作郡②，出门终日见柳榆③。

注释：

① 白颈乌：白头颈的乌鸦，比喻穿白领衣服的人。南朝·宋·刘义庆《世说新语·轻诋》："支道林入东，见王子猷兄弟，还，人问：'见诸王何如？'答曰：'见一群白颈乌，但闻唤哑哑声。'"

② 作郡：担任一郡长官，治理地方。

③ 柳榆：柳树和榆树。

无　锡　妇

刀圭小试侍儿拳①，恼杀春风不得眠②。

半夜防他筋力尽，商量明日打秋千。

注释：

① 刀圭：中药的量器名；沙僧的代称。此处系作者自称。侍儿：姬妾，女婢。

② 恼杀：亦作"恼煞"，犹言恼甚。

放　鱼

摇鳍点额似深湫，筛筛金鱼瀺灂浮①。

同在穷边同涸辙②，放君先向大河流。

注释：

① 筛筛(shāi shāi)：鱼跃的样子。瀺灂(chán zhuó)：小水声。

② 涸辙：干涸了的车辙沟。比喻穷困的境地。

看 渠 水

黄河是处与天通①，此地偏饶灌溉功②。

统万城中三万户③，夏来都在水渠中。

注释：

① 是处：到处，处处。

② 偏饶：特别丰饶。

③ 统万城：位于陕西省靖边县北部，曾为大夏国都城。此指宁夏城。

中 秋

中宵雨后一天晴①，坐对西山分外明。

刀尺寒砧空外响②，听来强半是商声③。

注释：

① 中宵：中秋之夜。

② 刀尺：剪刀和尺子。

③ 强半：多半。商声：秋声。

遥挽秦氏

（一）

死去三年始一闻，非关下第入空门①。

无多辫发茎茎白②，剪去零星共汝焚③。

注释：
① 下第：落第。空门：泛指佛法。
② 茎茎：一根根。
③ 共汝焚：和你一起烧掉。

（二）

集中长续忆君诗①，尘土荒坟梦岂知。

自此蒲团轻色相②，三生石上好相离③。

注释：
① 集中：诗集里面。
② 蒲团：蒲草编制的圆形、扁平坐垫，僧人跪坐时使用。
③ 三生石："三生"源于佛教因果轮回说，后成为中国历史上情定终身的象征物，即"缘定三生"。

坐

净土重修未了功①，多生念佛此生工②。

阶前松鼠檐前雀，探食忘人在定中③。

注释：
① 净土：佛教认为佛、菩萨居住的世界，没有尘世的污染，所以叫净土。
② 工：功劳，功业。
③ 探食：取食。定中：定神，凝神。

寄寿合肥龚公①

三十六庄今渐熟②，感恩同作报恩身。

佛前长跪为公寿，却是深山不第人③。

注释：

① 龚公(1616—1673)：龚鼎孳，字孝升，号芝麓，谥端毅。安徽合肥人。与吴伟业、钱谦益并称为"江左三大家"。崇祯七年(1634)进士，在兵科任职，前后弹劾周延儒、陈演、王应熊、陈新甲、吕大器等权臣。著有《定山堂文集》《定山堂诗集》和《诗余》，后人另辑有《龚端毅公奏疏》《龚端毅公手札》《龚端毅公集》等。

② 庄：村庄；庄稼。

③ 不第人：科考不中的书生。

中　秋　后

每听吴语似家乡①，又过山塘又半塘②。

子夜歌残轻棹入③，芰荷秋老桂花香。

注释：

① 吴语：江苏、浙江一带的方言。

② 半塘：姑苏城外有一条山塘街，全长约 3.5 公里，在这条街的中段处有一个小集镇，叫"半塘"。

③ 棹(zhào)：划船的一种工具，似桨。

江西篇

郁孤台下清江水

宁都，『鹿门归去好，闭门有松声』

『人烟三嶙石，马迹五更溪』

赣州，『细雨连樯龟角尾，春风三月虎头城』

梅江水畔，『弹丝吹竿坐高堂，明烛高歌殊未央』

翠微峰下，『多少亲朋吟望苦，满天梅杏正芳菲』

有道是，『壮心穷不死，乱国泪长流』

却原来，『自从辞骨肉，乡信泪中题』

夜梦中，『且尽东南美，春风并马归』

六盘山古道（1926）

出　门

故乡何郁郁，白日起重阴。亲朋不在侧，谁能知我心。
遥瞻华岳高，俯视江汉深。天地一何极，羁旅难久任。
凉秋八九月，霜露沾我襟。安得坐垂堂①，当户理清琴。
肃肃②临中野，起为游子吟。

注释:
① 垂堂:靠近堂屋檐下,喻危险的境地。
② 肃肃:阴沉;萧瑟;清冷。中野:原野之中。

西行留别故园诸子

清晨赴嘉会①，出宿非故乡②。江风动舟楫，秋水清且长。
驱马历霜雪，长啸去朔方③。行者怀往路，居者念垂堂。
思苦别更易④，行行摧中肠⑤。

注释:
① 嘉会:欢乐的聚会,盛会。
② 出宿:出居在外。
③ 朔方:北方,指宁夏。
④ 更易:更改,改动。
⑤ 行行(xíng xíng):不停地前行。

大 江 行

大江有黠民①，街巷日纵横。自言山中贼，昨夜新投诚。

不日袍帽至，宠命来上京。笑彼咿唔士②，何尝公与卿。

虽非王谢后③，一时乡里惊。

注释：
① 黠民：狡黠之民。
② 咿唔士：读书人。
③ 王谢：六朝望族琅琊王氏与陈郡谢氏之合称，后成为显赫世家大族的代名词。

赣州送郡丞毕仲青归胶东①

山水生盗贼，据寨日猖狂。官军事剿杀，所害多善良。

隔县吴家围②，辟寇保一方。所聚多子女，金帛复盈箱。

武夫性贪淫，乃欲尽取将。玉石几微间，火炎遍昆冈。

毕公监纪至③，矜善讨不祥④。单骑入重围，妇子旅壶浆。

群丑悉面缚⑤，生民出祸殃。活人三五百，其德安可量。

自此解组去⑥，闻者宁不伤。

注释：
① 赣州：今江西省赣州市。郡丞：郡守的佐官，此指赣州府同知。毕仲青：山东人，不详。胶
　 东：山东半岛。
② 吴家围：作者自注："广昌地名"。
③ 监纪：监察统理。
④ 矜善：小心谨慎。
⑤ 面缚：双手反绑投降。
⑥ 解组：辞官归老。

寄怀周计百司理①

（一）

三年归梅川②，一年客虔州③。虔州虽故里，畴昔无交游。
朝过固山马④，夜泊名王舟⑤。虽则民生苦，无乃官府忧。
使君有余闲⑥，与我结绸缪。奇文快人意，美酒消客愁。
俯坐郁孤台⑦，直欲凌沧洲⑧。

注释：

① 周计百：周令树，河南延津人，顺治十二年进士，曾任赣州推官。司理：司理参军的简
　称。宋初各州有马步院，以军人为判官，掌狱讼。宋太祖开宝六年（973）改各州马步院
　为司寇院，以文臣为司寇参军，后改司寇为司理。元废，明以后为对推事的别称。
② 梅川：梅江，赣江河源贡水的支流，古称汉水，又称宁都江。
③ 虔（qián）州：赣州。
④ 固山马：清军的战马。固山，八旗军编制，清初五牛录为一甲喇，五甲喇为一固山，共
　7500人。
⑤ 名王：古代少数民族名声显赫的王。
⑥ 使君：汉代称呼太守、刺史，汉以后用作对州郡长官的尊称。此指周计百。
⑦ 郁孤台：江西赣州贺兰山（别名田螺岭）顶，始建于唐代。苏轼、辛弃疾、岳飞、文天祥、
　王阳明等在此留下诗词，其中以辛弃疾《菩萨蛮·书江西造口壁》最著名，郁孤台从此
　名扬天下。
⑧ 凌沧洲：凌驾沧洲。

（二）

腊月一别君，辛苦事行役①。谓我何太贫，语言多急迫。
人生无黄金，天地皆局蹐②。一身不暇谋③，遑恤家人谪④。
伤哉饥溺心，何以为苍赤⑤。州府正苦饥，反欲度沙碛。
四月出门来，自笑长失策。安得凌风翰⑥，与君永朝夕。

注释：

① 行役：指旅行。
② 局蹐：局促不安、畏缩恐惧的样子。
③ 暇谋：深谋远虑。
④ 遑恤：无暇顾及。
⑤ 苍赤：百姓。
⑥ 凌风翰：乘风快马。

撤 兵

已破南昌去，山西复调兵。伤心思李牧①，交臂失侯嬴②。

月照三江泪③，笳吹万里声。边烽何惨惨，嗟尔汉公卿。

注释:

① 李牧:嬴姓，李氏，名牧，赵国柏仁(今河北邢台)人，战国时期赵国军事家，与白起、王翦、廉颇并称"战国四大名将"。

② 侯嬴:战国时魏国人，年老时始为大梁(今河南开封)监门小吏。信陵君慕名往访，亲自执辔御车，迎为上客。前257年，秦急攻赵，围邯郸(今河北邯郸)，赵请救于魏。魏王命将军晋鄙领兵十万救赵，中途停兵不进。侯嬴献计窃得兵符，夺权代将，救赵却秦。因自感对魏君不忠，自刭而死。

③ 三江:长江、赣江、抚河，指江西。

杂 咏 八 首

(一)

半年隐天目①，荒庭迹如扫。气静神智生，寡虑绝机巧。

虽则不悟道，亦可终身老。一自老仆死，万事萦怀抱。

琐屑不能为②，冷食黍与稻。风雪蔽山扉，眼暗踏泥潦③。

失足百病乖④，颜色先枯槁。

注释:

① 天目:天目山，在浙江西北部。

② 琐屑:细小、琐碎的事情。

③ 泥潦:泥泞的道路。

④ 乖:不顺利。

（二）

人人具菩提①，不生亦不灭。却从迷妄来，三界自缚结②。

贫贱不暇愁，富贵不皇乐。伤哉众生心，生死何由切③？

流浪五十年，探讨色力弱④。鞭逼一加功⑤，牙齿痛如灼。

有舌不能拔⑥，有饭不能嚼。饭嚼不下咽，沙砾牙格格。

反复形影间，直欲亡营魄⑦。翻畏众人知，针砭各异说⑧。

茗源为我漱⑨，梵声为我药。六根且解脱⑩，何患车辅削⑪。

注释：

① 菩提：梵语，意为觉悟、智慧。

② 三界：佛教指众生所居之欲界、色界、无色界。缚结：佛教术语，烦恼的意思。

③ 何由切：怎么这样急切。

④ 探讨：探幽寻胜。

⑤ 鞭逼：惧怕。

⑥ 拔：移动。

⑦ 营魄：魂魄。

⑧ 针砭：指出错误，劝人改正。

⑨ 茗源：茗溪，浙江省杭州市余杭区。

⑩ 六根：感觉器官，或认识能力。眼、耳、鼻、舌、身、意，佛教认为眼是视根，耳是听根，鼻是嗅根，舌是味根，身是触根，意是念虑之根。

⑪ 车辅：牙床与颊骨，比喻关系密切，相互依存。

（三）

双趺坐无难①，一坐香一炷。未必感神天，僧伽咸惊布②。
谓我夙根深③，立地性具足。聊且为游剧，垂老投祇树④。
咄嗟三昧心⑤，能不怀此故。

注释：

① 双趺：双足。
② 僧伽(sēng jiā)：僧侣，略称为僧。
③ 夙根：前世的灵根。
④ 祇树：祇园，祇陀太子所置之园林。后借称佛寺。
⑤ 三昧：佛教用语，意思是止息杂念，使心神平静，是佛教的重要修行方法。借指事物的
要领，真谛。

（四）

朝礼三世佛①，暮礼三世佛。歌咏三五声，天地自消息。
胡跪再长拜，肃然无一物。不悟真如心，佛祖徒自屈。

注释：

① 三世佛：即过去、现在、未来等三世的一切诸佛。

（五）

夙昔弄柔翰①，毫素纵所如。韬精浮玉山②，参学弃诗书。
身世谢珪组③，患祸辞名誉。几案无楮笔④，寂寂蒲团俱。
终然昧死生，哪复识性初。生处未得熟，熟处日以疏。
生熟亦何辨，我心贵有余。

注释：

① 夙昔：前夜，泛指从前，往日。柔翰：毛笔。
② 韬精：掩藏才华。浮玉山：天目山，传说仙人住的地方。
③ 珪组：玉圭和印绶，引申为爵位、官职。此指祖先的显赫地位。
④ 楮(chǔ)笔：纸笔。楮，落叶乔木，叶似桑，树皮是制造桑皮纸和宣纸的原料。

（六）

膳粥糊余口，何曾择精粗①。所恨脏腑冷，味暖只斯须。

三日非不食，中干阴血枯。顾将青精饭②，燀炙香积厨③。

注释：

① 精粗：细微和粗大，精密和粗疏。

② 青精饭：江苏地区的乌饭。

③ 燀（chǎn）炙：炙，烤，中药炮制方法。

（七）

冬来短褐重，逼侧交相缠①。闷痒爬搔苦②，表里衿肘穿。

挐领领复垂，攘袖袖且连③。朝愁披衣绊，莫愁解衣眠。

嗟我章缝士④，缁素何不然⑤。烦促婴世网⑥，长短意内牵。

注释：

① 逼侧：狭窄。

② 爬搔：用爪甲轻抓。

③ 攘（rǎng）袖：捋起袖子。

④ 章缝士：章甫缝掖，指儒者或儒家学说。

⑤ 缁素：黑和白，指僧俗。

⑥ 婴世网：被世俗所羁绊。

（八）

卞急性好洁①，愈洁愈溷浊②。祖堂馨香余，捐袂勤洒濯③。

榱橑欻庄严④，丹膭涂榱桷⑤。小便忍胞中，黑夜难踯躅。

道侣入门来⑥，愁我疾胀腹。乞邻得溺器，出入穿圭窦⑦。

侵辰沃瓶水⑧，戟手倾袖角⑨。远愧张无尽⑩，踢倒悟正觉⑪。

注释：

① 卞急：急躁。

② 溷浊（hùn zhuó）：同混浊。

③ 捐袂：捐弃衣袖，喻出会相爱者未遇，因失望而捐弃信物。洒濯（zhuó）：洗涤。

④ 榱橑：房屋的梁和椽。

⑤ 丹膭（huò）：可供涂饰的红色颜料。榱桷（cuī jué）：椽子。

⑥ 道侣：道家指一起修行、修炼的同伴。

⑦ 圭窦：形状如圭的墙洞，亦借指微贱之家的门户。

⑧ 侵辰：同侵晨。黎明。

⑨ 戟手：伸出食指和中指指人，常用以形容愤怒或勇武之状。

⑩ 张无尽：张商英，宋朝丞相，著《发愿文》。

⑪ 正觉：真正之觉悟。

喜入大孤①

亦似无天地，湖山入望虚。秋风失彭蠡②，云气自匡庐③。

饱听三边雁④，归收万里书。所亲能剧饮，吾弟有园蔬。

注释：

① 大孤：大孤山，在今江西九江市南鄱阳湖出口处，与小孤山遥遥相对。

② 彭蠡：彭蠡湖，鄱阳湖的古称。

③ 匡庐：江西庐山，相传殷周之际有匡俗兄弟七人结庐于此，故称。

④ 三边雁：北部边疆南归的大雁。

己丑岭东赠大湖族人①

畹宗圣六十五世裔，先世以新莽乱，自嘉祥南渡。

质朴老孙子，嘉祥第几枝②? 渔畋开瘴疠③，桑竹间茆茨。
群盗千峰出，诸军五道迟④。何当南渡后，复见北归时⑤。

注释:
① 己丑:顺治六年(1649)。岭东:南岭以东,泛指今赣、闽、粤三省交界地区。此指宁都。
② 嘉祥:嘉祥县位于山东省西南部,东邻京杭大运河。因是麒麟发祥之地,取其嘉美祥瑞
　　之意而得名。
③ 渔畋(yú tián):捕鱼打猎。茆茨:茅草盖的屋顶,指茅屋。
④ 五道:五路。
⑤ 复见北归时:作者自注"时以东南乱思归"。

复　　出

归家未半载，春莫两辞家①。拜母还怜妇，征途日已斜。
初晴云出屋，骤雨树飞花。吾道谋生拙，频年去路赊②。

注释:
① 两:又,再次。
② 赊:长,远。

虔州上佟汇白抚军①

（一）

再徙三山辖，仍开八郡符。封疆几大吏，兄弟此艰虞②。

瘴劈鲛船甲，林飞莫夜乌。怪来旌节晚③，海气未全苏④。

注释：

① 虔州：赣州的古称。佟汇白：佟国器，字汇白，襄平（今辽宁省辽阳市）籍，居金陵。顺治二年（1645）授浙江嘉湖道，再迁福建巡抚，终江西南赣巡抚。有《芰亭诗》《燕行草》《楚吟诸集》。抚军：清代巡抚的别称。

② 兄弟此艰虞：作者自注"佟兄向亦抚闽"。

③ 旌节：古代使者所持的节，以为凭信，后借以泛指信符，亦借指节度。旌节包括门旗二面、龙虎旌一面、节一支、麾枪二支、豹尾二支，共八件。

④ 海气：水面上的雾气。

（二）

畹也依人久，十年陇与巴①。公来思见面，亲老未归家。

井邑攒高棘②，门庭起莫鸦。谁怜群盗掠，失路况天涯③。

注释：

① 陇与巴：陇山和巴山，指今四川和陕甘宁地区。

② 井邑：城乡，故乡。高棘：棘丞，旧时掌管刑狱的大理寺丞的别称，此指佟汇白巡抚。

③ 失路况天涯：作者自注"畹出都为盗掠"。失路：迷失道路；喻不得志。

归　赋

（一）

归郡已三月，到家将及春。渐看儿女大，不觉老随人。

云盖峰如削①，梅川俗已贫②。十年乡语失，下马说西秦。

注释：

① 云盖：状如车盖的云。

② 梅川：梅江，古称河水，也称宁都江。

（二）

中原漂泊久，亲老且归耕。井邑无安土①，山城尚甲兵。

霜花余蔗亩①，风雁走河声。子弟不相识，呼童数问名。

注释：

① 井邑：乡村；故里。

② 蔗亩：甘蔗田，泛指农田。

丙申自秦中归送弟灿就耕乌石垅①

每羡西周古，千家尚力耕。高原无奥草②，春日少人行。

袯襫空山满③，衣冠乱世轻。鹿门归去好④，闭户有松声⑤。

注释：

① 丙申：顺治十三年(1656)。秦中：清代陕西省，此指宁夏。弟灿：曾畹弟曾灿。乌石垅：宁都地名。

② 奥草：茂密的荒草。

③ 袯襫(bó shì)：蓑衣之类的防雨衣。

④ 鹿门：鹿门山，在湖北省襄阳县。后汉庞德公携妻子登鹿门山，采药不返。后指隐士所居之地。

⑤ 闭户有松声：作者自注"时弟新筑六松草堂"。

江州忆吴姬①

尽有闺中妇，清秋独忆君。午妆兰蕙鬟，百叠绮罗裙。

别久人无绪，哀多雁苦闻。北风吹梦阻，飒飒大江濆。

注释：

① 江州：今江西省九江市。

辛丑蜀口洲忆旧游①

江水没江滩，青山出万安②。只应山色尽，直觉水纹宽。

春昼晴无定，岩花开未残。芳洲旧游处③，好作故园看。

注释：

① 辛丑：顺治十八年（1661）。蜀口洲：江西泰和县马市镇，座落在蜀水岔道与赣江的汇合
　处，形成四面环水，中间一片绿洲。

② 万安：江西省吉安市万安县。

③ 芳洲：指蜀口洲。

奉新柬同年黄泰升明府①

春风吹客路，秣马故乡回。转饷江船急，移军粤帅来②。

重逢经谷雨，昔别食杨梅③。此后还相见，穷途不用哀。

注释：

① 奉新：江西省宜春市奉新县。柬：书信。明府：汉魏以来对郡守牧尹的尊称。唐代别称
县令为明府，称县尉为少府。后世相沿。

② 移军粤帅来：作者自注"时广东靖藩移福建"。

③ 惜别食杨梅：作者自注"己亥与黄饮杨梅酒为别"。

喜桐城方尔止至①

未易游关塞，穷年客赣州。居然吾土乐，忽作异乡愁。

米贱赊难继，村荒赋不休②。艰虞得逢汝，一话一忘忧。

注释：

① 桐城：今安徽省桐城市。方尔止：方文，字尔止，安徽桐城人，寓居江苏南京(旧称金
陵)。著有诗集《嵞山集》。

② 赋：旧指田地税。

壬寅三月苦雨①

梅雨无时歇②，薛萝花一溪③。蚁封高树穴，燕落故巢泥。

老仆看将尽，空囊好自携。只愁行不得，偏有鹧鸪啼。

注释：
① 壬寅：康熙元年（1662）。
② 梅雨：中国长江中下游地区、台湾、日本中南部以及韩国南部等地，每年六七月都会出现持续天阴有雨的气候现象，由于正是江南梅子的成熟期，故称其为"梅雨"，此时段便被称作梅雨季节。
③ 薛萝：薜荔和女萝，皆野生植物，常攀缘于山野林木或屋壁之上。

吉安辱白岳汪舟次见过别后却寄①

颇怪庐陵郡②，诗人近代稀。与君一顾盼③，别后有光辉。

匡岳消残雪④，江船趁夕晖。春风吹不远，凫雁好同归⑤。

注释：
① 吉安：今江西省吉安市，古称庐陵、吉州，元初取"吉泰民安"之意改称吉安。辱：承蒙。白岳：齐云山，位于安徽省休宁县城西约 15 公里处，古称白岳。汪舟次（1626—1689）：汪楫，字次舟，一作舟次，号悔斋，安徽休宁人，寄籍江苏江都。康熙十八年（1679）荐应"博学鸿儒"，试列一等，授翰林院检讨，纂修明史。著有《崇祯长编》《悔庵集》《使琉球杂录》《观海集》等。见过：来访。
② 颇怪：惊奇。
③ 顾盼：眷顾；爱慕。
④ 匡岳：庐山的别称。
⑤ 凫雁：野鸭与大雁。

金石堂杂诗①

（一）

儿孙今绕膝，四十竟成翁。但得干戈息，宁辞丘壑中。

菜花无数好，春水偶然通。只此长将母，斑衣乐未穷。

注释：
① 金石堂：曾畹文集名。

（二）

逃亡童婢尽，中馈只吴姬。未必烹鲜熟，应嫌割肉迟。

晓妆对杨柳，轻步到春池。侧想东归近，河豚食有期。

（三）

帘外书齐架，尊前月近帏。课儿孙窃听，买婢妾先知。

风暖鱼苗出，亭阴喜子垂①。明朝有雪笋，寒食荐春祠。

注释：
① 喜子：蜘蛛的一种，也称蟢子、喜蛛，古名蟏蛸。

（四）

侵晨眠欲起，鹊噪树檐低。小斡应难集①，高风不易啼。

人烟三巘石②，马迹五更溪③。及此行沙漠，天涯正鼓鼙。

注释：
① 小斡应难集：命运发生些许变化，应付危难而集聚山上。
② 三巘（yǎn）：三巘峰，宁都本地人叫三端寨，在宁都县城西北5公里的翠微峰，是国家森林公园，江西省重点风景名胜区。
③ 五更溪：作者自注三巘石、五更溪"皆宁都地名"。

皂口归舟忆无锡姬塞上①

朔方不易到，岁底且归船。江水如长夜，江风正渺然。
织蒲过孟夏②，垂病别三年。消息凭谁寄，梅花到碛边。

注释：
① 皂口：造口。皂口岭，在江西省万安县赣江边。宋代著名词人辛弃疾曾写《菩萨蛮·书江西造口壁》。
② 织蒲：编蒲为席。孟夏：初夏。

梅下望家信①

又觉春风到，梅花信不来。陇头赫连国②，庾岭郁孤台③。
地以青天接，书难白首开。暂收边徼泪④，长啸大江回。

注释：
① 梅下：梅雨季节后段，时在7月上旬。每年六七月的东南季风带来的太平洋暖湿气流，经过中国长江中下游地区、台湾地区、日本中南部以及韩国南部等地出现的持续天阴有雨的气候现象，由于正是江南梅子的成熟期，故称其为"梅雨"，此时段便被称作梅雨季节。
② 赫连国：十六国时期赫连勃勃建立的"夏国"，此指宁夏。
③ 庾岭：大庾岭，为五岭之一，在江西省大庾县南。岭上多植梅树，故又名梅岭。唐·郑谷《咸通十四年府试木向荣》诗："庾岭梅花觉，隋堤柳暗惊。"郁孤台：在江西省赣州城区西北部贺兰山顶，始建于唐代，因树木葱郁，山势孤独而得名。南宋著名词人辛弃疾，留下名词《菩萨蛮·书江西造口壁》，郁孤台从此名扬天下。作者自注"母在虔州"。
④ 暂收边徼泪：作者自注"晼宁夏有妇樑幼女"。边徼(jiǎo)，边境。

长至怀魏善伯浙幕[①]

（一）

举天皆可见，独子隔萧墙[②]。五十过冬至[③]，千峰背夕阳。

笔因人借秃，身与世俱忘。牙齿将衰落，高歌殊未央。

注释：

① 长至：1.夏至，夏至白昼最长，故称；2.冬至，古称"长至节"，因从此白昼渐长。赣南将冬至叫长至。魏善伯（1620—1677）：魏祥，江西宁都人，后改名际瑞，字善伯，号伯子。魏禧之兄，"宁都三魏"中的老大，17岁考中秀才，22岁参加赣州、南安两郡考试，获得第一名。浙幕：在浙江充幕府。

② 萧墙：指古代宫室内作为屏障的矮墙。

③ 五十过冬至：作者自注"魏与畹同庚"。

（二）

少年惟异姓，一别七年余。令节看都老，儿孙习未除。

绝荤甘薇蕨[①]，贪佛乞方书[②]。却喜灯花灭，相将梦故庐[③]。

注释：

① 薇蕨：薇和蕨，嫩叶皆可作蔬，为贫苦者所常食。

② 方书：方士炼丹的书，讲方术的书。此指佛教读物。

③ 相将梦故庐：作者自注"连夜梦魏"。

赠 陈 尔 渊^①

（一）

往往欣相见，穷愁古道难。入门乱书帙^②，高论足盘餐。

柳折春将尽，丝哀听已残^③。归心似江水，对汝一回澜。

注释：

① 陈尔渊：曾畹友,不详。

② 书帙(zhì)：书卷的外套,泛指书籍。

③ 丝哀：哀愁的丝竹声。

（二）

诸子文如此^①，鸾龙起竹林。吾才非一石^②，许汝易千金。

桃李溪先发，松筠露未深^③。舍人得杜句^④，鸟过有知音。

注释：

① 诸子文如此：作者自注,"陈侄年少异才"。

② 石(dàn)：古时容积单位,一石为十斗,一斗为十升。南朝诗人谢灵运："天下有才一石,
曹子建(曹植)独占八斗,我得一斗,天下共分一斗。"后来人们便使用"才高八斗"形容人
文才高超。

③ 松筠：松和竹,比喻节操坚贞。

④ 舍人：显贵子弟,亲信或门客的通称。杜句：杜甫的诗句。

雨

两年风雨过，未有极晴时。掣电看都暗，洿田熟未期①。
嘈肤蚊蚋细②，寒食鬼神衰。子弟生相弃，江船独到迟。

注释：
① 洿（wū）田：洼地，池塘。
② 嘈（zǎn）：咬，叮。

建昌府泊闻六弟樏先归赋此①

闻弟河滨樏②，春风泊此城。谁令汝客死，深愧我为兄。
末世高天影③，空山断雁声。军峰沙内转④，渐觉近柴荆。

注释：
① 建昌府：明清府名，府治在今江西省南城县。六弟：曾畹六弟曾炤。樏：棺材。
② 闻弟河滨樏：作者自注"弟死徐州"。
③ 末世：一个朝代的末期，指明末。
④ 军峰：军峰山，在江西省南丰县，为赣东第一高峰。作者自注"山名"。

湖东广昌县早发有怀刘何魏黄诸子①

金精余百里②，犹似远他乡。儿女拚南北③，亲朋肯丧亡④。

高风秋不落，赤旱草先黄。急趁明星起，溪山夜偢装⑤。

注释：

① 湖东：元至元十四年（1277）置江西湖东道提刑按察司，治隆兴路（今江西南昌市）。广
　昌县：隶属于江西省抚州市，武夷山西麓。刘、何、魏、黄：曾畹在宁都县的文友，不详。
② 金精：指金精山，宁都翠微峰景区古称。
③ 拚（pàn）：舍弃，不顾惜。此句后作者自注"畹小儿女客赣州、夏州"。
④ 肯：形容极度伤感。
⑤ 偢装（chù zhuāng）：整理行装。

油草滩梦得五岭三吴句足之①

浮客凭高鸟②，啾啾夕噪林。又从洲岛去，不觉水云深。

五岭重阳气③，三吴百纳心④。江滩终夜转，清绝梵天音。

注释：

① 油草滩：地名。
② 浮客：四处漂泊的人。凭：依靠。高鸟：高飞的鸟，常比喻信使。
③ 五岭：越城岭、都庞岭、大庾岭、骑田岭和萌渚岭，横亘于湖南、广东、广西和江西
　之间。
④ 三吴：长江下游地区。百纳：即百衲，指僧衣，后指用多材料集成完整物的方式。

梅　岭①

两年都六月，远道赋归来。热气焚山樏②，炎风煆夏雷③。

三湾天外折④，五岭窦中开。稍喜虔南近⑤，江船日莫回。

注释：

① 梅岭：在江西省大余县。大梅关古驿道，道旁多梅树，亦称"梅岭"。
② 山樏(léi)：古代走山路时乘坐的器具，亦称"山轿子"。
③ 煆(xiā)：热。
④ 三湾：指多重江湾。
⑤ 虔南：指赣州。

金鱼洲早发①

又辞三亩宅②，高挂一帆秋。螺石欹南斗③，梅江向北流④。

天将开寺塔，人且混公侯。老我墉垣意⑤，终为丹臒谋⑥。

注释：

① 金鱼洲：江西省泰和县东 7.5 公里，赣江东下汇此。
② 三亩宅：出自《淮南子·原道训》，后以"三亩宅"指栖身之地。
③ 螺石：螺石山，又名螺石仙，在宁都县。欹(qī)：倾斜，歪向一边。
④ 梅江：长江支流赣江河源贡水的支流，亦称梅川，又称宁都江，发源于宁都、宜黄县交界的王陂嶂南麓，在于都县贡江镇龙舌咀注入贡水。
⑤ 墉垣：墙壁。
⑥ 终为丹臒谋：作者自注"洲有高阁林树，修而复颓，畹将有起立塔寺之意"。丹臒(dān huò)：可供涂饰的红色颜料；比喻修饰，装饰。

闰秋领五侄尚侃长孙胤让东下守风吴城
散步望湖亭①

三世同为客，新秋作远游。千家湖水内，一夜乱帆收。

蔬食从吾愿，长眠任汝愁。钞书风雨罢②，眼倦且登楼。

注释：

① 闰秋：闰九月。五侄尚侃：曾畹侄曾尚侃，曾灿长子。守风：等候适合行船的风势。吴城：在江西省永修县东北部，有望湖亭，始建于晋太康元年（280）。

② 钞书风雨罢：作者自注"时令侃辈写书"。钞：抄。

吴子政谓畹不食肉面肿哙风恶
宜酒肉江神作此嘲之①

肉食非无墨②，何嫌藜藿羹。鬼神宁不飨③，鸡豕自余生。

已见骄奢极，犹疑杀戮轻。风涛虽太恶，宰割岂能平。

注释：

① 吴子政：吴正名，字子政，寅池人，易堂九子之林时益门人。肿哙（zhǒng kuài）：虚肿，症状名。风恶：指遇风则怕冷不适，甚至战栗。

② 无墨：指气色不晦暗。

③ 飨：用酒食招待客人，泛指请人受用。

己丑寄怀仁和张天生^①

烽烟阻绝故人违，　回首杨花夹路飞。
自是楼船吹画角，　知君薜荔掩柴扉。
六桥歌舞春风断^②，　三日钱塘潮信稀。
老大乾坤空炙背，　乱藤孤树雨霏霏。

注释：

① 仁和：仁和镇，在江西省吉安市峡江县。张天生：曾畹友，不详。

② 六桥：杭州西湖苏堤上的六座桥。

寄怀仁和冯千秋^①

京阙同游如昨日，　殊方烽火隔经年。
金台一去铜驼没^②，　钟阜空悲玉帛悬^③。
龙逐秋涛争海屿，　雁衔春草下江烟。
扬雄才力知应健^④，　且向衡门著太玄^⑤。

注释：

① 冯千秋：冯通，字千秋，浙江西溪人，明末武林名士。晚明女词人冯小青是其妾。殊方：远方，异域。

② 金台：指古燕都北京。铜驼：铜铸的骆驼，多置于宫门寝殿之前。

③ 钟阜空悲玉帛悬：作者自注"畹与冯在两京同学"。 钟阜：钟阜门，南京明城墙十三座内城城门之一，位于南京城西北，与仪凤门相对，因其遥对钟山（亦称钟阜）而得名。由于城门朝东，俗称小东门。玉帛：玉器和丝织品，古时用于祭祀、国与国间交际时用做礼物。

④ 扬雄（前53—18）：字子云，西汉官吏、学者。

⑤ 衡门：简陋的屋舍，也指隐士的居处。太玄：《太玄经》，古代哲学著作，汉代扬雄撰，也称《扬子太玄经》，简称《太玄》《玄经》。

庚寅章门吊古①

春城依旧草离离，休道江藩百万师②。

已见中原归禹贡③，何曾马革葬张伾④。

湘南谩想金鞍出⑤，岭北徒劳玉节驰⑥。

独使行人挥涕泪，将军何事卷朱旗。

注释：
① 庚寅：顺治七年（1650）。章门：赣州的别称。其地汉时属豫章郡。
② 江藩：以江河为屏障。
③ 禹贡：中国古代名著，属于《尚书》中的一篇，是先秦最富于科学性的地理记载，囊括了对各地山川、地形、土壤、物产等情况。
④ 马革葬：马革裹尸，出自《后汉书·马援传》。张伾（pī）：唐建中初年（780）为临洺（今河北永年）守将，率兵打败叛军。
⑤ 金鞍：宝马。
⑥ 玉节：玉制的符节，指持节赴任的官员。

黄　竹　岭①

高峰日欲颓，二月八闽来。石突交飞瀑，山空易动雷。

无风人急渡，欲雨鸟先回。处处烧田栈②，春荒尚未开。

注释：
① 黄竹岭：今江西瑞金市境内的武夷山黄竹岭，位于赣闽边境，距宁都县城50公里。
② 田栈：田间荒径。

哭洧川黄海鸣^①

（一）

高楼樽酒夜尝开，白马青袍幕府来。

小苑官梅迟自放，隔年春燕独相猜。

关西莫负绕朝策^②，河朔徒衔袁绍杯。

郑卫笙歌今日尽^③，灌婴城北墓生苔^④。

注释：

① 洧川：古洧川县，今河南省开封市尉氏县洧川镇。黄海鸣：曾畹友，不详。

② 绕朝策：指有先见的谋略。

③ 郑卫笙歌：春秋时期郑、卫二国的音乐，形容帝王将相生活奢侈无道，荒淫无度。

④ 灌婴（？—前176）：东周末至西汉初睢阳（今河南省商丘市）人，汉朝开国功臣，官至太尉、丞相，墓在山东济宁市西灌村。

（二）

章门万鬼无家哭，寒食春深一鸟飞。

弟妹终同豺虎隔，君亲不见梦魂归。

过徐把剑惭吴札^①，入洛千人笑陆机^②。

柔橹只随南浦月^③，江皋依旧白云稀^④。

注释：

① 徐：江苏省徐州市。吴札：春秋吴公子季札的省称，曾历聘鲁、齐、郑、卫、晋诸国，以博闻著称，为春秋之贤者。

② 洛：河南省洛阳市。

③ 南浦：南面的水边。后常用称送别之地。

④ 江皋：江岸，江边地。

樟树祝大占留饮黄嘉卿瞥至赋别^①

闻君日掩柴门住，松菊桑田异昔时。

幸有乾坤容我大，可无江汉系人思^②。

峭帆千里归虔落，风雁重阳度峡迟。

醉甚忽逢黄子至^③，孟公不顾尚书期^④。

注释：

① 樟树：今樟树市，江西省宜春市下辖县级市。祝大占、黄嘉卿：曾晥友，江西人。瞥（piē）至：偶遇。

② 江汉：湖北省长江和汉江流域。

③ 黄子：指黄嘉卿。

④ 孟公不顾尚书期：汉代陈遵字孟公，他任侠仗义，又嗜酒好客，每次大宴，宾客满堂，于是关上大门，将客人马车的车辖取下扔到井里，即使有急事，客人也走不了。有位刺史来京城奏事，访问陈遵，正逢他宴饮宾客，刺史也被关在陈家，无法离开。刺史急得没办法，只好等陈遵喝醉时，闯入后宅求见陈遵的母亲，说明自己与尚书有约会，陈母让他从后阁出去。

壬寅甘健斋自南丰来
携靖边张曲江明府像索题①

（一）

苍松之下有黄冠②，吏隐归来天地宽。

已见一樽当户入③，独留千卷背人看。

交深莫道谋生拙，家在须知出塞难。

同是渭滨垂老客，何年复理旧渔竿。

注释：

① 壬寅：康熙元年（1662）。甘健斋：名京，江西南丰人。南丰：南丰县，江西省抚州市辖县。
靖边：陕西省榆林市靖边县。张曲江明府：时任靖边县知县张曲江。

② 黄冠：黄色的冠帽，多为道士戴用，用以指代道人。

③ 樽：同"尊"，尊敬，尊贵。

（二）

昨岁尺书前日至，今朝有客到梅川。

为言张子形容似①，许汝曾生辞赋传②。

霜竹故园方半亩，春风隔县已三年。

相似莫问江边老，战甲闻添十万船。

注释：

① 张子：指张曲江。形容：形体容貌。

② 曾生：指曾畹自己。

同新安洪仙客饮大庾刘伯宿寓斋得倾字①

一样大江秋里客，二东新雨酒中倾②。

荷花绕屋深深坐，砧杵催人个个惊。

楼近野桥时见影③，蝉于高树最多声。

分明归马郊城隔④，恰似冲泥万里行⑤。

注释：

① 新安：古新安郡，即徽州与严州大部，后成为徽州、严州地区的代称，位于钱塘江上游的新安江流域，属于古代的浙西地区，所辖地域为今安徽黄山市、绩溪县，江西婺源县，浙江建德市、淳安县。大庾：古大庾县，1957年更名为大余县，属江西省赣州市。洪仙客、刘伯宿：人名，不详。倾字：仄字。

② 二东：指洪仙客、刘伯宿。

③ 楼近野桥时见影：作者自注"刘寓鹊华、对华二桥中"。

④ 归马：把作战用的牛马放牧。比喻战争结束，不再用兵。

⑤ 冲泥：踏泥而行，不避雨雪。

江　行

不信秋风秋社日①，但看芦荻乱帆中。

三年山海藏征客②，一月江湖斗朔风③。

衣绽常牵慈母线，食斋犹挽健儿弓。

大雄誓铠春归后④，问鼎终须入梵宫⑤。

注释：

① 秋社日：秋季祭祀土地神的日子。始于汉代，后世在立秋后第五个戊日。

② 三年山海藏征客：作者自注"畹庚戌天目一年，辛亥冬月入琼州，壬子七月乃归"。

③ 一月江湖斗朔风：作者自注"北风一月"。

④ 誓铠：佛教的四弘誓愿，就像铠甲一样坚固。

⑤ 问鼎：问道。梵宫：清净的法门。

西昌赠周伯衡宪副①

画省栖迟悲远天②，日看松竹俯晴川。

思亲万里龙沙外③，哭子三声雁落边④。

紫塞卜居书有帙⑤，黄昏赊酒吏无钱。

江东乱后家全失⑥，薄宦穷途已廿年。

注释：

① 西昌：东汉时期在今江西省泰和县设置西昌县，为庐陵郡治，南朝陈时撤销，隋朝时复置。周伯衡：周体观，字伯衡，原籍直隶遵化（今河北省遵化市）人。顺治五年（1648）中举，顺治六年（1649）进士。授翰林院庶吉士，迁户科给事中、吏科给事中。顺治十五年（1658）分巡岭北道，顺治十八年（1661）至康熙五年（1666）分巡南瑞道，官江西按察司副使。这一时期，与豫藩王言远、参藩施润章、少参宋其武有豫章"四君子"之称，时常应和诗作。著有《晴鹤堂诗钞》《南州草》。宪副：明清按察司按察副使别称。

② 画省：尚书省。

③ 龙沙：塞外沙漠之地。

④ 哭子三声雁落边：作者自注"时周有子丧"。

⑤ 紫塞：长城。卜居：占卜自己该怎么处世。作者自注"周出遵化，移居浚县"。

⑥ 江东乱后家全失：作者自注"周家失于海乱"。

赣州有怀故伎蕊珠

细雨连墙龟角尾①，春风三月虎头城②。

倡楼昔在桥东畔③，杨柳依依怨别声。

注释：

① 龟角尾：原称龟尾角，位于江西省赣州市的八境台下。赣州古城犹如一只巨大的神龟浮游在水面之上，南门是龟头，北门是龟尾。因此，章贡两江的交汇处就被称作"龟角尾"。

② 虎头城：赣州古称"虔州"，"虔"字为"虎字头"，故称"虎头城"。

③ 倡楼：古代倡女所居处，妓院。

旅望篇

一身眇眇天难问

原指望，『我有肝胆报者谁，出门长啸无知己』『安得壮士去复返，击筑悲歌坐酒楼』『欲假高岗双羽翼，南飞直到凤凰台』

三十年，『经岁几万里，肌骨犯严霜。今日客吴会，明日游西羌』

看不尽，『春风吹麦浪』，『秋水盈盈净』；『一川朱紫色，十里菊花天』『诸峰随雨没，片月照帆孤』

到头来，『兵戈双泪眼，吴楚一孤舟』『壮心为客误，长啸一兴哀』『残年留滞久』『百感负平生』

哎呀呀，『一身眇眇天难问』『江汉无声天地愁』

银川南薰门（1931 年 1 月）

拟 古

击剑新丰市[①]，探丸西岳头[②]。杀人常快意，沽酒上层楼。
相逢游侠子，泫然涕不收。进以双玉盘，赠以狐白裘。
抗者一叹息[③]，泾渭水悠悠。

注释:

① 新丰:今西安市临潼区新丰镇沙河村南,汉高祖刘邦曾在这里设立新丰县,安置他的父亲。

② 探丸:即探丸借客,比喻游侠杀人报仇。

③ 抗者:刚直的人。

润州挈侍儿寄寓鸠兹入舟有作[①]

鼓角其危楼，北风何凛冽。鸡鸣怀远道[②]，起视明星列。
横舟出大江，丹滦望中减[③]。行将迈秦楚，山川间霜雪。
岂不念重闱[④]，贫贱轻离别。击筑异乡县，荼蓼安可说[⑤]。
瞻彼双飞鸿，肝肠为断绝。

注释:

① 润州:江苏镇江。鸠兹:今安徽省芜湖市。古时芜湖地势低洼,是遍生“芜藻”的浅水湖,盛产鱼类,湖畔鸠鸟繁多,林草丛生,故名“鸠兹”。

② 怀远:怀远县,隶属于安徽省蚌埠市,位于安徽省北部,淮河中游,淮北平原的南端。

③ 丹滦:丹江、滦水,陕西水名。

④ 重闱:深宫。

⑤ 荼蓼(tú liǎo):荼和蓼,指田野杂草。

襄阳蹋铜鞮①

买得樊城酒，来作襄阳歌。昔缚扬州儿②，终杀白头乌③。

莫作扬州儿，愿作襄阳客。扶醉习家池④，堕泪岘山石⑤。

注释：

① 襄阳蹋铜鞮(dī)：也称《襄阳蹋铜蹄》，亦即《白铜鞮歌》，古曲名，是从《襄阳蹋铜蹄歌》演化而来，最初由梁武帝萧衍创作而成。

② 昔缚扬州儿：典故出自明·杨慎《古今风谣·梁武帝在雍镇时童谣》。扬州儿，指梁武帝萧衍的队伍，因梁武帝曾为扬州刺史。

③ 终杀白头乌：南朝梁武帝末年，侯景起兵叛变，不久自立为帝，派人修饰台城及朱雀、宣阳门，那天有数万白头乌，集聚在门楼之上，童谣说："白头乌，拂朱雀，还与吴。"

④ 习家池：位于湖北襄阳城南约5公里的凤凰山（又名白马山）南麓，建于东汉建武年间（25—56）。襄阳侯习郁，依春秋末越国大夫范蠡养鱼的方法，在白马山下筑一长六十步、宽四十步的土堤，引白马泉水建池养鱼。

⑤ 岘山：湖北襄阳市南。

渭南别刘石生①

从征涉泾渭，道上逢归雁。羽翼凌云端，历历鸣江汉。

会当临乖离②，游子起长叹。三月来郑都③，四月过皇涧④。

中宵何郁郁，念我度云栈。宛马嘶北风，陇树回高巘⑤。

相对日已晚，相思日已远。

注释：

① 渭南：今陕西省渭南市。刘石生：名汉客，陕西宜川人，曾参与抗清，后隐居邠县，今彬县。

② 乖离：抵触，背离。

③ 郑都：陕西南郑县。秦亡后，项羽封刘邦为汉王，定都南郑。

④ 皇涧：涧名，发源于甘肃正宁县，流入泾河。

⑤ 巘(yǎn)：如甑的山，险峰。

三 良 冢①

驱车出城南，漠漠俯大荒。其中有三墓，郁然遥相望。

借问何代冢，秦穆有三良②。生时何戮力，死亦从君王。

旱麓拱其后，汧水出其旁。捐躯橐泉下，黄鸟空悲伤③。

注释：
① 三良冢：在陕西凤翔县，系秦都雍城车氏三个儿子奄息、仲行、缄虎之墓，三人为秦穆公殉葬。唐·刘禹锡曾写《三良冢赋》。
② 秦穆：秦穆公（前683—前621），一作秦缪公，嬴姓，赵氏，春秋时期秦国国君，前659—前621年在位，为春秋五霸之一。
③ 黄鸟：黄莺。

过 崆 峒①

有鸟自北飞，嗷嗷长城边。极目一西望，百里无人烟。

山鬼啸黑洞，蕃马饮苦泉。榆柳何萧萧，白日照我颜。

笄头高且峻②，朔风声正寒。一去千万里，陇首见祁连③。

归来从黄帝，且战且学仙。

注释：
① 崆峒：崆峒山，在甘肃平凉市西，传说是黄帝问道处，道教圣地。
② 笄(jī)头：笄头山，《始皇纪》作鸡头山，崆峒山的峰头。
③ 陇首：陇山之巅。祁连：祁连山，位于甘肃省和青海省境内，是两省的界山。

潮州别魏善伯①

双雁共南来，一雁忽北翔。君复留幕府②，我行由故乡。

经岁几万里，肌骨犯严霜。今日客吴会，明日游西羌③。

顾我何多累，涕泪沾衣裳。有家不得宁，有母不得将。

叹息故人语，寸心贵不忘。

注释：

① 潮州：今广东省潮州市。魏善伯：魏祥（1620—1677），江西宁都人，后改名际瑞，字善伯，号伯子，又号东房。魏禧之兄，"宁都三魏"中的老大。曾晚的同乡和同学。

② 幕府：旧时将帅办公的地方，泛指衙署。此句后作者自注"魏再入幕潮镇"。

③ 西羌：清初陕西一带，即今陕、甘、宁地区。

桃　叶　妓①

妾倾金叵罗②，郎酌葡萄酒。同乘油壁车③，去结台城柳④。

郎从西湖去⑤，妾向北门住。日莫荡轻舟，愁杀江南树。

注释：

① 桃叶妓：王献之爱妾名，王献之曾为之作《桃叶歌》。桃叶渡，位于南京市秦淮区，秦淮河上的古渡，又名南浦渡，是南京古名胜之一，位列金陵四十八景之一。原渡口处立有"桃叶渡碑"，并建有"桃叶渡亭"，从六朝到明清，桃叶渡处均为繁华地段，河舫竞立，灯船萧鼓。这里指秦淮河一带的美女。

② 金叵（pǒ）罗：金制酒器。

③ 油壁车：古人乘坐的车子，车壁用油涂饰。

④ 台城：东晋至南朝时期台省（中央政府）和皇宫所在地，位于建康（今南京）城内。

⑤ 西湖：此指莫愁湖，在南京城西部。

咸阳吊阿房宫①

驱车涉沣水②，秣马度咸阳。便桥跨清渭③，诸陵郁苍茫。

壮哉嬴秦阙，霸气殊未央④。六国既殄灭⑤，收兵筑阿房。

飞甍夹复道⑥，朱楼接天阊。钟鼓无繁音⑦，弓剑不离旁。

赵女弹玉瑟⑧，燕姬进羽觞⑨。行乐无纪极，岁月何悠长。

一朝弃函谷⑩，东封泰山阳⑪。勒石渡苍溟，采药遍遐荒⑫。

舆轮去不反⑬，千载为感伤。

注释：
① 阿房宫：位于今陕西省咸阳市东南15公里处，始建于秦始皇三十五年(前212)。
② 沣水：沣河，黄河支流渭河右岸支流。正源沣峪河源出西安市长安区(原长安县)西南秦岭北坡南研子沟，在咸阳市汇入渭河，全河长78公里。
③ 清渭：古以为泾水浊，渭水清，故有"浊泾清渭"之说，比喻是非善恶分明。
④ 未央：未尽、未止的意思。汉代建未央宫，未央常用于指代宫殿。
⑤ 殄(tiǎn)灭：灭绝。殄，断绝、竭尽。
⑥ 飞甍(méng)：两端翘起的房脊。
⑦ 繁音：繁密的音调。
⑧ 赵女：赵地的美女。
⑨ 燕姬：原本是燕国燕惠公的宠姬，后来被迫嫁给齐景公。齐景公对她很宠爱，很快立她为夫人。羽觞：羽杯、耳杯，是中国古代的一种盛酒器具，因其形状像爵，两侧有耳，就像鸟的双翼，故名"羽觞"。
⑩ 函谷：函谷关，位于河南省灵宝市区，西据高原，东临绝涧，南接秦岭，北塞黄河，是中国历史上建置最早的雄关要塞之一。
⑪ 东封泰山阳：指公元前219年，秦始皇率领文武大臣及儒生博士70人，到泰山去举行封禅大典，在泰山顶上立石碑。
⑫ 采药：指秦始皇派徐福等带童男童女入海求神采药，以求长生不老。
⑬ 舆轮：车轮。

过 吴 门

念杨维斗、钱吉士、朱云子、卫神清、叶圣野诸子一时消歇①

洞庭多橘柚②，华实发高枝③。岁莫陨严霜，悠悠我心悲。
解剑要离冢④，临风涕四垂。

注释：
① 杨维斗：杨廷枢，字维斗。钱吉士：钱熹，字吉士。朱云子：朱隗，字云子。叶圣野：叶襄，字圣野。卫神清：不详。此5人皆为明末清初苏州名士。消歇：消失，止息。
② 橘柚：芸香科柑橘属植物，树势较强。
③ 华实：花和果实。
④ 要离冢：要离墓，在江苏无锡。"要离冢"一词，通常被诗人墨客用来抒发壮烈豪情。

历 下 吟①

凤凰不妄飞，骐骥不妄走。松柏秉贞姿，安能处培塿②。
仆本下士质，励志良不苟。日月迫疆仕③，风霜失素守④。
朝食小麦面，夜饮齐东酒⑤。岁莫寒无衣，冷风吹我肘。
乞食强借贷，他人色先怩。慷慨谢之去，归来耕径口⑥。

注释：
① 历下：济南的古称。
② 培塿：本作"部娄"，小土丘。
③ 疆仕：将仕，即将仕郎。后指无官职的富豪。
④ 素守：平素的操守。
⑤ 齐东：山东古县名，在今邹平县境内。
⑥ 迳口：作者自注"宁都地名"。

小埠访张元明①

眷言访幽人②，揽衣总辔出③。平原无秋声，葭浦鸣蟋蟀④。
城西十五里，蹊田间枣栗。村村不相接，径径若相失。
中有百岁翁，散发恣幽逸。豹隐五十年，所喜婚嫁毕。
清池荡我胸，白石临我膝。入门修竹阴，鱼鸟欢相匹。
饮酒一百杯，吟诵诗满室。我来发秦筝，君应和齐瑟。

注释：
① 小埠：在苏州市东河镇。张元明：章丘人，余不详。
② 眷言：睠言。回顾状。
③ 总辔：控制缰绳。
④ 葭浦：生长芦苇的滩地。

渡 桑 干①

拔剑西出门，揽辔塞垣东。人马沙砾气，出没西羌戎。
锉麦为干糇②，凿冰灌水筒。饥渴不足苦，但悲烟火空。
芒芒别榆关③，曀曀见云中④。纵横各千里，霜雪无异同。
边草靡寒涧⑤，控弦落飞鸿。驰逐何时已⑥，年岁将安穷⑦。

注释：
① 桑干：桑干河，永定河上游，在山西省北部，每年桑葚成熟时河水干涸，故名。
② 锉(cuò)麦：提前收割小麦。干糇(hóu)：干粮。
③ 榆关：山海关别称，泛指北方边塞。
④ 曀曀：阴沉昏暗。云中：古郡名，今内蒙古托克托东北，代指边关。
⑤ 靡：分布。
⑥ 驰逐：奔驰追赶。
⑦ 安穷：安宁。

孔　里①

（一）

年少遍九州，中岁来曲阜。桑阴覆川陆②，凫绎蔽陇亩③。
催科无吏声④，醮鼓坐宾友⑤。高阪剥梨枣⑥，寒泂酌尊酒⑦。
宠辱不关心，因知风俗厚。

注释：
① 孔里：孔子故里。
② 桑阴：桑树的阴凉处。
③ 凫绎：凫山和绎山，在山东邹城。
④ 催科：催收租税。
⑤ 醮（jiào）鼓：古时军中会饮结束时的鼓声。
⑥ 高阪：高坡。
⑦ 寒泂（jiǒng）：寒冷的洞穴。

（二）

束发读《论语》，眷怀圣人乡。生年三十八，乃得登斯堂。
屏营两楹侧①，惨怛念四方②。干戈满天地，阙里无沧桑③。
高鸟不巢林，荆棘不钩裳。安得观艺来，筑室泗水旁④。

注释：
① 屏营：惶恐。
② 惨怛：悲痛，伤心。
③ 阙里：孔子住的地方。
④ 泗水：泗水河，孔子游春处。

（三）

左望少昊陵，右眺灵光殿①。十二鲁门中，不识丘与甸②。

我来拜周孔，羹墙如既见③。大国有遗风，东表有遗彦④。

念昔俎豆时⑤，总角泪如霰。

注释：

① 灵光殿：西汉景帝之子恭王刘余在鲁国曲阜建造的大型宫殿。

② 丘与甸：古井田制，四丘为甸。后指乡村、田野。

③ 羹墙：又作"见羹见墙"，追念或仰慕圣贤的意思。

④ 东表：东部边界之外。遗彦：指未发现或未任用的才德之士。

⑤ 俎豆：俎和豆，古代祭祀、宴会时盛肉类等食品的器皿。代指祭祀。

（四）

嘉祥百余里，凄怆念风木①。望圹展无期②，邈然隔宗族。

仰瞻舞雩台③，俯视沂水渎④。我祖鼓瑟歌，春风此休沐。

音容不在远，戒惧膺景福⑤。长此倚方树⑥，庐墓防山麓。

注释：

① 风木：比喻父母亡故，不及奉养。

② 望圹展无期：作者自注"时兵阻道"。

③ 舞雩（yú）台：又称"舞雩坛"，在曲阜城南，为鲁国祭天的祭坛。

④ 渎（dú）：河川。

⑤ 戒惧：警惕和畏惧。

⑥ 方树：即芳树，佳木，花木。

同刘止一猎^①

饭牛终任国^②，射钩曾相齐^③。十年忘不遂，修途日栖栖^④。

将军爱敬客，呼我狩郊西。郊西平如水，万马蹑霜蹄。

白日不得下，兽啼风凄凄。飞鞯耀素节^⑤，毡带绚金鞮^⑥。

驰骋各十里，戈甲屯云霓。青鸟云中减，韩卢碛中迷^⑦。

虎士怒飞扬，挽弓鸣山蹊。左落兔与雁，右获犛与犀^⑧。

归来荐鸾刀^⑨，毛血洒鼓鼙^⑩。

注释：

① 刘止一：刘正学，山东省安丘市人，字止一，号岱云，明末清初政治人物。顺治五年正月
　任南韶副总兵官，顺治十四年（1657）转济南浮标中营游击，授昭武将军。

② 饭牛：喂牛，饲养牛；寓不慕爵禄，劳动自适；比喻贤才屈身卑贱之事。

③ 射钩：指管仲射齐桓公之事。

④ 修途：长途。

⑤ 飞鞯：策马飞驰。

⑥ 毡带绚（qú）金鞮（dī）：金色的皮靴上装饰着毛带。

⑦ 韩卢：战国时韩国良犬，黑色。

⑧ 犛（lí）：牦牛。

⑨ 鸾刀：刀环有铃的刀，古代祭祀时宰牲用。

⑩ 鼓鼙：大鼓和小鼓。

腊夜恒山绝顶①

严夜冰沙结，指断而鞭裂。黑夜涉层霄，岳气互明灭。

一路燔枯枝②，火光照余雪。礼拜入坛中，虎风吹残碣。

残碣不可读，松倒山崩缺。嗟哉前代人，幅员此断绝③。

注释：

① 恒山：亦名"太恒山"，位于山西省大同市浑源县城南 10 公里处。北岳恒山与东岳泰
山、西岳华山、南岳衡山、中岳嵩山并称为"五岳"，为中国地理标志。
② 燔：焚烧。
③ 幅员：指疆域。诗后作者自注"北岳远于中国，前代皆遥祀"。

神通沟中作①

戾戾复猎猎②，晨风遒且寒③。严霜殒宿物，霄崖一时丹。

日高行不暖，四面皆峰峦。饮马河水冻，溏灏树木残④。

高空如锯削，触突类虎踞。嵲屴四十里⑤，一一与盘桓⑥。

远望南天门，山势如河奔。一日不得食，始知行路难。

注释：

① 神通沟：在河北蔚县。
② 戾戾：风声。
③ 遒：强劲。
④ 溏灏：空旷的水域。
⑤ 嵲屴（zè lì）：高大峻险貌。
⑥ 盘桓：盘旋。

与仆夫守岁泾阳①

茫茫来泾阳，新募一童仆。岁莫不得归，相对不敢哭。
夜愁衣被单，日嫌泾水毒。向晚办早餐，哪择谷与粟。
但得一为食，便足充枵腹②。不知是何时，花爆如飞镞③。
杀鸡为汝食，沽酒为汝祝。明朝出门去，祝汝早归屋。

注释：
① 泾阳：泾阳县，隶属陕西咸阳市。
② 枵（xiāo）腹：空腹；充饥。
③ 花爆：花炮。

法云庵有献猪头酬愿天医堂者感而赋此①

入肆啖猪头②，布袋以为宝。亦尝饮米汁，混迹迹如扫。
仙人非弥勒，胜响何颠倒③。深目而长喙，瘯蠡焉可保④。
博大肥腯中⑤，彭亨胀腹饱⑥。道人畏且憎，神岂盐其脑⑦。
矫诬祀淫昏⑧，愧辞祝以祷。不如瘕脯羞⑨，蠲蒸糗粱稻⑩。

注释：
① 法云庵：又名法云寺，位于福建省南平市延平区玉屏山中，始建于隋朝。
② 啖（dàn）：吃或给人食。
③ 胜响（xī xiǎng）：散布，传播。
④ 瘯蠡（cù lí）：皮肤病。
⑤ 肥腯（tú）：牲畜类膘肥肉厚。腯，肥胖。
⑥ 彭亨：鼓胀。
⑦ 盐：用盐腌。
⑧ 矫诬：假借名义行诬罔。淫昏：极度昏庸。
⑨ 瘕脯羞：不好的肉干。瘕（jiā），病肠。脯羞：肉干。
⑩ 蠲（juān）蒸：洁身进于善。蠲，古同"涓"，祛除，除去。糗（qiǔ）：干粮，炒熟的米或面等。

佣　奴

入山为仆逃，出山为仆死。雪气满头颅，山风吹骨髓。
昔如丧家狗，今如釜中鲤。出处由他人，其心实愧耻。
新春药裹中①，左胁生两痞②。饔人恣奸贪③，诡故难役使。
冷食亦乖方④，冰霜割牙齿。搅我恻隐心，颗颔嗔恚起⑤。
嗟我有漏因⑥，令我无倚徙⑦。

注释:
① 药裹:药包,药囊。
② 痞:肿块。
③ 饔(yōng)人:古代掌管切割烹调的官。
④ 乖方:违背法度;失当;反常。
⑤ 颗颔(kǎn hàn):面黄肌瘦。嗔恚:生气,怪罪。恚(huì):恨,怒。
⑥ 有漏因:佛教指招感三界果报的业因。
⑦ 倚徙:流连徘徊。

苏　村　行①

苏村有猛虎，出入成三五。郊原啖食尽②，咆哮来州府。
州府日萧条，徒尔逢君怒③。朝亦无所取，莫亦无所取。
不如早归来，人犹歌召父④。

注释:
① 苏村:作者自注"属保定满城县"。
② 啖食:吞食。
③ 徒尔:枉然。
④ 召父:召父杜母,颂扬地方官政绩显赫。

奉辞戴岵瞻廷尉供馔①

吴越洿下区②，井水出沟洫。勺饮脾腹胀，如厕不得息。
阴淫六疾生③，尪羸无终极④。主人爱敬客，簠簋列黍稷⑤。
银灯照华堂，光怪射颜色。安得虎跑泉⑥，熬煎虎林侧。

注释：
① 戴岵瞻：戴京曾，初名曾子京，字复斋，号岵瞻，钱塘（杭州）人。顺治六年（1649）进士，
顺治十年（1653）任山东提学（提学佥事），与施闰章先后齐名。顺治十四年（1657）升大
理寺丞。廷尉：官名，秦置，为九卿之一，掌管刑狱。明清称大理寺丞为廷尉。此篇应写
于顺治十五年（1658）春闱期间。
② 洿（wū）下区：低洼地。
③ 阴淫：阴气过分。
④ 尪羸（wāng léi）：瘦弱。
⑤ 簠簋（fǔ guǐ）：簠与簋，两种盛粮食的礼器。
⑥ 虎跑泉：虎跑梦泉，西湖十景之三，在杭州西湖南定慧禅寺内。

仆　逃

世俗不大古，并心求利禄。利禄不足求，家人屡反复。
三年家万里，一夜逃三仆。谓我无黄金，经岁不入目①。
天地生我身，岂真填沟壑。我亦有君亲，彼岂无骨肉。
脱然纵之去，死生正未卜。他乡足减食，任尔自往复。

注释：
① 不入目：没有收入。

春 日 叹

嘉疏滑肠胃①，憨睡生尪愆②。不虑形变化，常恐病不痊。

孤踪寄僧舍，参差魑魅前。万一沉痼疾，蓄疠相纷缠③。

弃置复弃置，身命不得捐。扶掖任他人④，药饵无一钱。

侘傺叫苍天⑤，苍天乃寂然。所幸魂魄彊⑥，不为厉鬼牵。

胡跪礼千佛⑦，约心眷诸天⑧。馆人早相背，饱食更安眠。

学道亦如此，居身何不然。日对一株梅，夜卧七尺毡。

平生雕胡饭⑨，宿昔锦縠愗⑩。

注释：

① 嘉疏：稻名。

② 尪愆(wāng qiān)：骨骼弯曲过度。

③ 蓄疠(zī lì)：传染病。

④ 扶掖：扶持。

⑤ 侘傺(chà chì)：失意。

⑥ 彊(qiāng)：古同"强"，强大。

⑦ 胡跪(hú guì)：古代僧人跪坐致敬的礼节，右膝着地，竖左膝危坐，倦则两膝姿势互换。
又称互跪。

⑧ 约心：心中有佛。诸天(zhū tiān)：佛教语，为轮回流转中的善趣之一；指护法众天神。

⑨ 雕胡饭：南方用菰的颖果做的饭。

⑩ 锦縠(hú)：色彩艳丽的皱纹纱。縠，有皱纹的纱。

酬严颢亭戴岵瞻先生解衣为赠①

拂衣志未成②，顿然返初服③。感君念故人，一时遗双縠④。

朋友正衣冠，折箭相逼蹙⑤。谓我非乞士⑥，染缁头未秃⑦。

磬折学惠休⑧，且为辞山谷。浊世薛荔多，影响马为鹿。

规求一无度⑨，鬼神纵贯渎⑩。再拜听诵言，服膺志范叔⑪。

注释：

① 严颢亭：严沆（1617—1678），字子餐，号颢亭，浙江余杭（今杭州）人。顺治十二年（1655）进士，官户部侍郎，总督仓场。著《严少司农集》《古秋堂集》。

② 拂衣：拂袖，表示愤怒。

③ 初服：当初的衣服，引申为开始、未士。

④ 遗（wèi）：赠与。

⑤ 逼蹙（bī cù）：逼迫，窘迫。

⑥ 乞士：比丘，和尚。

⑦ 染缁：着黑色僧服。

⑧ 磬折（qìng zhé）：弯腰，表示谦恭。惠休：人称休上人，姓汤氏，能诗，南朝宋时僧人，宋世祖令其还俗。

⑨ 规求：谋求索取。

⑩ 贯渎：指惯于亵渎鬼神。

⑪ 服膺：铭记在心，衷心信服。范叔：范雎，字叔，战国时期魏国人，著名政治家、军事谋略家，秦国宰相，因封地在应城，所以又称为“应侯”。须贾赠以绨袍于范雎的恩怨故事则被改编成一出著名京剧《赠绨袍》。

酬龚伯通赠衣

入山仅半年①，出山遂三月。借人童仆俱，童仆更偷窃。

绨袍赖故人，冬裘而夏葛。偷窃一何巧，在笥阴相夺②。

为我弃纻缟③，悟彼百鹑结④。居心诚太厚，安可忘拯拔⑤。

独有老人赠⑥，道服非黼黻⑦。如何亦取携，敢于犯生佛。

龚君出皋亭⑧，礼忏开津筏⑨。示我一函书，见弟京师札⑩。

京师且朔南，家乡竟秦越。展读不两行，中言有弟卒。

有弟五六人⑪，惊闻谁者殁。相对各无言，吞声次肌骨。

抚膺见襟肘，拭泪逆裋褐⑫。黑夜入斋坛，荐亡位虚设。

同气已坏土⑬，异姓翻呜咽。衣我虎蜼绣⑭，慰我鹡鸰折⑮。

珍重君子心，长此如饥渴。

注释:

① 入山:作者自注"天目"。

② 笥(sì):专门盛装饭食的竹制容器。

③ 纻缟(zhù gǎo):纻衣与缟带。

④ 百鹑结:悬鹑百结,比喻破烂的衣服打了许多补丁。

⑤ 拯拔:从困境中拯救或解脱。

⑥ 独有老人赠:作者自注"天目老人赠衣并窃"。

⑦ 黼黻(fǔ fú):绣有华美纹饰的礼服。

⑧ 皋亭:皋亭山,在杭州市北郊。作者自注"地名"。

⑨ 津筏:渡河的木筏。

⑩ 见弟京师札:作者自注"灿弟寓书,龚云有亡弟之变"。

⑪ 有弟五六人:作者自注"五辉六炤"。

⑫ 裋褐(shù hè):粗陋布衣,多为劳动者所穿。

⑬ 同气:有血缘关系的亲属,此指同胞兄弟。

⑭ 虎蜼绣:衣服上绣虎与蜼,天子的祭服。蜼(wèi),一种长尾猿猴。

⑮ 鹡鸰折:鹡鸰翅膀受伤。鹡鸰,鹡鸰科的鸟,俗称"张飞鸟"。

隋 堤 柳①

大业年中种官柳②，丁男膝行供驱走③。

种柳成行夹流水，龙舸夜发汴河口④。

汴河舳舻千里接⑤，锦缆牙樯浮桂楫⑥。

红妆绿水相荡漾，江天二月飞晴雪。

自去征辽不复还，鱼钥深宫怨离别⑦。

绿暗金明千里路⑧，杏梁紫燕朝复莫⑨。

迷楼月夜吹秦箫，空倚江南江北树。

君不见，彭城阁上羽书驰⑩，吴公台下悲风起⑪。

今古兴亡尽如斯，不失长城失天子。

注释：

① 隋堤柳：隋大业年间开凿大运河时植于运河两岸的柳树。据《大业杂记》记载，通济渠（运河首期工程）"水面阔四十步，通龙舟，两岸为大道，种榆柳，自东都至江都，两千余里，树荫相交，每两驿置一宫，为停顿之所，自京至江都，离宫四十余所。"隄(dī)：同堤。白居易、杜牧等诗人都写过《隋堤柳》。

② 大业：隋炀帝杨广年号。

③ 膝行：膝步，古代汉族交际礼仪，跪着向前行走，表示尊敬或敬畏。

④ 汴河：指通济渠。隋炀帝时，发河南淮北诸郡民众，开掘了名为通济渠的大运河。

⑤ 舳舻(zhú lú)：首尾相接的船只。舳，船尾；舻，船头。

⑥ 牙樯：象牙装饰的桅杆。桂楫(jǐ)：桂木船桨。

⑦ 鱼钥：鱼形的锁。

⑧ 金明：宋代开封金明池。

⑨ 杏梁：文杏木所制的屋梁，言其楼宇高贵。

⑩ 彭城阁：指隋炀帝偏信虞世基而导致的"彭城阁之变"。

⑪ 吴公台：在今江苏扬州邗江区，南朝宋时，沈庆之攻竟陵王诞所筑弩台，后来陈朝名将吴明彻围攻北齐敬子增筑以射城内，故名。

悼 剑 歌

匣中三尺名龙泉，与我行藏十五年①。

有时风雨鸣高霄，大夏刀环何足传②。

秦关日莫西风起，披褐独立新丰市③。

忽看牛斗射终南，提携入见欧冶子④。

纳履赤龙城⑤，投丝玄隺庭⑥。

恩怨泰山重，生死鸿毛轻。

不愿还丹游太乙⑦，愿得奇书返帝京。

帝京贵客重珠履⑧，鸣钟馔玉华堂里⑨。

我有肝胆报者谁，出门长啸无知己。

吹箫重过阖闾城⑩，慷慨独游轵深里⑪。

俯视豫让上邢台⑫，再吊荆卿渡易水⑬。

邢台易水两悠悠，江汉无声天地愁。

安得壮士去复还，击筑悲歌坐酒楼⑭。

注释：
① 行藏：行止。
② 刀环：刀头上的环。此指宁夏出的刀，西夏打造的刀最好。
③ 新丰市：新丰的街市。刘邦建立汉王朝后，将其父接到长安，安置在长安东南今临潼区新丰镇，在此设立新丰县，以示对家乡徐州丰县的怀念。
④ 欧冶子：春秋末期到战国初期越国人，龙泉宝剑的创始人。
⑤ 纳履：辞别。赤龙城：指皇城。
⑥ 投丝：弹奏丝弦。玄隺(hè)：黑鹤，两千岁的鹤。隺：古同鹤，鸟往高处飞。玄隺庭：指隐士的庭院。
⑦ 还丹：道家术语，丹砂烧成水银之后，放置一定时间还原成丹砂，叫还丹。太乙：太乙山，即终南山，在西安市南。
⑧ 珠履：指珠饰之履，后喻指有谋略的门客。
⑨ 鸣钟馔玉：鸣钟鼓，食珍馐，形容富贵豪华的生活。
⑩ 阖闾城：吴王阖闾所筑的城，阖闾大城在常州，阖闾小城在无锡。

⑪ 轵深里：轵深井里，在今河南省济源市，战国时聂政的乡里。

⑫ 豫让：姬姓，毕氏，春秋战国时期晋国人，是晋卿智瑶家臣。公元前453年，赵、韩、魏共灭智氏。豫让用漆涂身，吞炭使哑，暗伏桥下，谋刺赵襄子未遂，后为赵襄子所捕。临死时，求得赵襄子衣服，拔剑击斩其衣，以示为主复仇，然后伏剑自杀。邢台：邢地之台，最早的台为商代邢侯所筑。

⑬ 荆卿：荆轲，姜姓，庆氏。战国末期卫国朝歌（今河南鹤壁淇县）人，战国时期著名刺客。喜好读书击剑，为人慷慨侠义。后游历到燕国，由田光推荐给太子丹。秦国灭赵后，兵锋直指燕国，太子丹震惧，决定派荆轲入秦行刺秦王。公元前227年，荆轲带燕督亢地图和樊於期首级，前往秦国刺杀秦王。临行前，燕太子丹等都穿着白衣戴着白帽为荆轲送行。易水岸边，高渐离击筑，荆轲和着拍节唱歌："风萧萧兮易水寒，壮士一去兮不复还！"易水：河流名，在河北省西部。

⑭ 击筑：打击"筑"而奏出乐曲。筑是中国古代的一种击弦乐器，形似筝，有十三条弦，弦下边有柱。演奏时，左手按弦的一端，右手执竹尺击弦发音。战国末期燕国的高渐离是击筑的名家。

考亭望武夷①

羁客愁临阁，官桥水背城。月明千嶂合，斗没一天晴。
竹坞先贤宅②，桃溪处士耕③。风灯秋夜乱④，百感负平生。

注释：

① 考亭：在福建省建阳市潭城街道考亭村，距建阳城关约4公里，南宋理学家、教育家朱熹晚年曾在此聚众讲学。武夷：武夷山。此诗应作于顺治六年（1649）秋。

② 竹坞：指朱熹在考亭书院的竹林精舍，后改名沧州精舍。

③ 桃溪：福建省武平县桃溪镇。

④ 风灯：有罩能防风的灯，比喻生命短促，人事无常。

登姑苏台①

君不见，梧桐叶落吴宫秋，芙蓉绿水空悠悠。

采香径里乌夜啼②，西风轻拽木兰舟。

当年金阁催箫鼓，翩翩白纻西施舞。

郁金美酒欢朱颜，罗襦宝带飘芳莊③。

仰看明月出江波，越甲三千暗渡河④。

红烛烧残夜漏短，美人欲别将如何。

昨夜台上君王宴，今日台下白露泫⑤。

已见长洲麋鹿游⑥，老臣休抉东门眼⑦。

注释：

① 姑苏台：姑胥台，在苏州城外姑苏山上。唐·李白《乌栖曲》："姑苏台上乌栖时，吴王宫里醉西施。"

② 采香径：江苏张家港市香山东南麓，相传吴王尝遣美人采香其上。

③ 莊：杜衡，一种香草。

④ 越甲：越国士兵。

⑤ 白露泫：露珠晶莹的样子，形容荒芜。

⑥ 长洲：古长洲苑，春秋时为吴王阖闾游猎之处，在今江苏苏州市西南，太湖北。麋鹿游：比喻繁华之地变为荒凉之所，暗示国家沦亡。

⑦ 休抉东门眼：不用挖出眼睛。春秋时，吴越争霸，吴王夫差不听伍子胥的多次劝谏，大举北伐齐国，并听信谗言，赐伍子胥死。后以"东门眼"谓爱国志士忧虑外患，死而不已。

交溪寄魏冰叔①

泽畔清秋别，行吟任履穿。老亲终日望，稚子竟谁怜②。
出峡依空砦③，买山废薄田。故乡今夜月，休照客愁眠。

注释：
① 交溪：古称长溪，福建省东部独流入海，是闽东最大河流。魏冰叔：魏禧（1624—1681），一字叔子，号裕斋。江西宁都人，曾畹朋友。清代散文家，诗人。明亡后隐居翠微峰，所居之地名勺庭，人又称他为"勺庭先生"。清初，人称魏冰叔、侯方域、汪琬为散文三大家。著作有《文集（外篇）》22卷，《日录》3卷，《诗》8卷，收入易堂原版《三魏全集》中。
② 稚子：幼子。
③ 空砦（zhài）：把老寨子清空。砦，同寨。

建 阳 即 事①

每见归帆落，游人欲断魂。蹉跎悲骨肉，奔走老乾坤。
霜涧寒鱼集，江村莫鸟喧。残年留滞久，况复近黄昏。

注释：
① 建阳：今福建省建阳市，在武夷山南麓。

水 南 处 夜^①

穷年仍作客,剪烛断乡心。岁在今宵尽,愁添故国深。

寒鸦惊列炬^②,急雪下空林。醮鼓填填震^③,春风何处寻。

注释:

① 水南:今福建省将乐县水南镇。此诗当作于顺治六年(1649)乙丑除夕。

② 列炬:排列火炬,古代祭飨等大礼时列于庙门内的火炬。

③ 醮鼓(jiào gǔ):古时军中会饮结束时的鼓声。填填:声音大。

庚寅贵池挽刘伯宗^①

所向兵戈尽,东游最忆君。三年通一字,生死竟离群。

野哭今无主,春风久不闻。志书残四壁,好与殉孤坟^②。

注释:

① 庚寅:1650 年。贵池:安徽省池州市。刘伯宗:刘城(1598—1650),字伯宗,明末清初安徽贵池人,与吴应箕被称为"贵池二妙",著有《峄桐集》20 卷。

② 好与殉孤坟:作者自注"刘辑有天下志书"。

题武进陶峻余西山图①

已怜芳草去，还与白云期。时倚陶潜柳②，归看招隐诗③。

渔樵当落日，兰芷杂秋思。不识西山路，蛛丝满面垂。

注释：

① 武进：江苏省武进市。陶峻余：武进人，不详。
② 陶潜柳：晋陶渊明宅旁植五棵柳树，后人以"五柳先生"等为渊明的代称，多用来赞美隐居田园之优雅的情趣的用词。
③ 招隐诗：西晋时以"招隐"为题的诗作。

江上送王圣墅归沂州①

八月风涛壮，江边正识君。淮西开万马②，山左失千军③。

叠鼓当秋急④，征篷落日分⑤。东归消息断，战地满榆枌⑥。

注释：

① 沂州：清代沂州府，今山东省临沂市。王圣墅：山东临沂人，不详。
② 淮西开万马：作者自注"王先领军淮西"。
③ 山左：山东省别称。
④ 叠鼓：击鼓声。
⑤ 征篷：征帆，指远航的船。
⑥ 榆枌(fén)：榆树。枌，白榆。

天 宁 洲①

秋水盈盈净,芦花岸岸新。六年踪迹断,一月往来频。
衣食从人过,江山独夜身。无端漂泊意,到此泪沾巾。

注释:
① 天宁洲:在江苏省仪征东南五里,长江中。

南昌陷李中宜奉其母居围城中得不死
重遇润州殊非意及于其归也诗以送之①

京口旧司李②,清风古道旁。相逢惊异代③,不死任他乡。
聂政身何许④,陈婴母自康⑤。君归休叹息,况复过南昌。

注释:
① 李中宜:人名,不详。润州:镇江的古称。
② 京口:江苏省镇江市。
③ 异代:不同时代,指明清之变。
④ 聂政:战国时侠客,韩国轵(今河南济源东南)人,为春秋战国四大刺客之一。
⑤ 陈婴:秦末东海郡东阳县(今安徽天长市西北)人,初任县令史,为人诚实而谨慎。为反抗暴秦统治,东阳少年杀县令,打算立陈婴为王,陈婴之母阻止作罢。后率众投奔项梁,共立熊心为楚怀王,陈婴任上柱国,封五县;后投靠刘邦,封堂邑侯。

得灿弟信①

京口三秋夜，新安二弟书②。他乡贫至此，故里信何如。

野店风霜苦，亲朋战伐疏③。春归应不远，悲喜却踌躇。

注释：

① 灿弟：曾畹二弟，名灿，字青藜。

② 新安：今广东省深圳市，明清时为新安县。

③ 战伐：征战，战争。

与灿弟守岁南徐①

汝到逢除夕，他乡又一春。乱离今夜梦，伏腊旧时人②。

黍酒家家熟③，桃符处处新④。江村归鸟尽，兄弟且相亲。

注释：

① 南徐：古代州名。东晋侨置徐州于京口城，南朝·宋改称南徐，即今江苏省镇江市。

② 伏腊：古代两种祭祀的名称——伏祭和腊祭；泛指节日。

③ 黍酒：黍米酒。黍：糜子，碾成的米称黄米。

④ 桃符：春联。

即韵和陈尧夫送别诗①

草色催征马，青枫夹岸边②。麝香五夜过③，鸟道万山悬。

陇酒临关月④，秦娥倚莫天⑤。空惨班定远⑥，投笔是何年？

注释：
① 陈尧夫：吴江人，不详。
② 青枫：鸡爪枫，落叶小乔木。
③ 麝香：中药材名。此指林麝，常在早晨或黄昏活动于林间。五夜：五更。
④ 关月：边关的月亮。
⑤ 秦娥：即弄玉，相传为春秋秦穆公女，又称秦娥、秦女、秦王女等，嫁善吹箫之萧史，萧史吹箫作凤鸣，穆公为建凤台以居之。
⑥ 班定远：班超(32—102)，字仲升，扶风郡平陵县(今陕西咸阳东北)人。东汉时期著名军事家、外交家。奉命出使西域，在 31 年的时间里，平定了西域 50 多个国家，官至西域都护，封定远侯，世称"班定远"。

吴江次和陈尧夫①

即此春江水，已添离别思。登楼须作赋，上马定焚诗。

战伐多新垒②，关山忆旧时。此中留滞久，莫令塞鸿知。

注释：
① 吴江：苏州。
② 垒：防御工事；军营。

将入秦送弟灿归里

婚嫁如何毕，沉吟只自怜。一家都赖汝，孤客且由天。
柳色连云外，滩声落日边。杨朱休泣路①，闾望正凄然②。

注释：
① 杨朱：战国时期伟大的思想家、哲学家。泣路：《晋书·阮籍传》："（阮籍）时率意独驾，不
　　由径路，车迹所穷，辄恸哭而反。"后遂用为典实。唐·罗隐《谗书·屏赋》："阮何情而泣
　　路，墨何事而悲丝？"
② 闾望：倚闾而望，靠着家门向远处眺望。形容父母盼望子女归来的迫切心情。

唐　塠①

乱棹金焦外②，青山铁瓮中③。春衣沾柳絮，渔屋受天风。
砌冷楼阴直④，江楼月影空。兴来还出郭⑤，北固草堂东⑥。

注释：
① 唐塠（duī）：唐颓山，在镇江古城西南，古运河畔。
② 棹（zhào）：划船的工具，形状和桨差不多。
③ 瓮：陶制盛器。
④ 砌：台阶。
⑤ 郭：外城。
⑥ 北固：北固山，在镇江市，北峰三面临江，形势险要，故称"北固"。

甘 泉 山①

韩蕲王为金兵困众②，军得甘泉饮之，力战而后胜。

孤垒今犹在，泉声久不闻。牛羊寻戍道，樵牧乱春云。

铁马追穷漠，金貂酬将勋③。斯人无复作④，鸟幕共斜曛⑤。

注释：

① 甘泉山：扬州城西北三十五里，山有七峰，联络如北斗。宋绍兴初，韩世忠败金人
于此。

② 韩蕲(qí)王：韩世忠，字良臣，延安(今陕西省绥德县)人，南宋名将，为岳飞遭陷害而鸣
不平。死后被追赠为太师，追封通义郡王；宋孝宗时，又追封蕲王，谥号忠武。

③ 金貂：毛带黄色的紫貂，诗词中多以金貂称侍从贵臣。酬：劝酒。将勋：战功。

④ 复作：新的诗作。

⑤ 鸟幕：黄昏飞鸟，好似美丽的帷幕。

高 资 港①

风江三伏乱，流水自春冬。壑回高资树，林疏建业钟②。

秋砧喧野碓③，夕鸟没云峰。飒飒孤帆落④，金焦隔几重⑤。

注释：

① 高资港：镇江古港口。

② 建业：南京，三国时吴国都城。

③ 野碓(duì)：水碓，加工稻谷的器具。

④ 飒飒：形容风吹动树木枝叶等发出的声音。此指落帆声。

⑤ 金焦：金山与焦山，两山都在今江苏省镇江市。

同黄仲聚浦口望秣林①

略见石头城②，秋风埽旧京③。千山俱叶落，一浪与云平。

河北新都护④，江东老步兵。劳人易感动⑤，鹈鴂莫先鸣⑥。

注释：

① 黄仲聚：黄赓（？—1646），字仲叙，又字仲聚，安徽休宁人。明思宗崇祯十六年（1643）癸未科武状元——明王朝最后一位武状元。生来肩宽背阔，力大无穷，精通武艺，善使铁鞭，人称"铁鞭王"。清兵至，率众固守徽州，兵败后投奔福建唐王。清军钦佩黄赓是个难得的武将，想招降，黄赓宁死不从，在福州当地一座山庙当了和尚。浦口：历史上南京的港口，位于今南京市浦口区，在长江以北，原津浦铁路终点。明太祖定都南京后，认为浦口"扼抗南北，钳制江淮"，遂筑浦口城。秣林：江苏名镇，在今南京市江宁区。

② 石头城：位于今南京市西清凉山上，三国时孙吴就石壁筑城戍守，称石头城。后人以石头城指建业，即今南京。

③ 埽：古同"扫"，打扫，迅速横掠而过。

④ 都护：古代官名，设在边疆地区的最高行政长官，此指清政府。

⑤ 劳人：劳苦之人，

⑥ 鹈鴂（tí jué）：杜鹃鸟。

万 顷 湖①

客行天地阔，落日复江湖。浦树时高下②，村烟乍有无。

诸峰随雨没，片月照帆孤。渐及渔潭宿③，菱花满舳舻④。

注释：

① 万顷湖：又名万春湖，位于芜湖金马门东 12.5 公里。

② 浦树：水边的树。

③ 渔潭：安徽省六安市金寨县天堂寨镇渔潭村。

④ 菱花：一年生水生草本植物菱的花。花开在夏天，白色。

庙　埠①

夹石垂杨莫②，荒村一水湾。渔歌喧古渡，树杪见秋山③。
托迹蛟龙窟④，惊心虎豹关⑤。何能从谢李⑥，醉卧白云间。

注释:
① 庙埠:今安徽省宣城市宣州区庙埠村。
② 夹石:作者自注"夹石地名"。
③ 杪(miǎo):树梢。
④ 托迹:寄托形迹,寄身。作者自注"宣城志患鱼龙而兵革无患"。
⑤ 惊心虎豹关:作者自注"新河庄关吏其暴。"
⑥ 谢李:李谢,唐·李白与南朝·齐·谢朓的并称。

宣城过杨幼鳞先生稻陂草堂命赋①

吾爱杨夫子，沧洲寄一庐②。山田供薄酒，水竹拥残书③。
谷转溪仍合，藤阴月渐疏。不须愁战伐，黄绮且安居④。

注释:
① 杨幼鳞:杨昌祚,字幼麟,安徽宣城人。明思宗崇祯七年(1634)甲戌科探花,授翰林编修,累官至左中允。后降清。稻陂(bēi):稻田。
② 沧洲:滨水的地方。古时常用以称隐士的居处。
③ 水竹:别称实心竹,喜温暖湿润和腐殖质丰富的粘性土壤,耐阴不耐寒。
④ 黄绮:汉初商山四皓中之夏黄公、绮里季的合称。

路 斯 湖①

湖盗乱如麻，戈矛趁日斜。怜君真得地，似我尚无家。

寒溜生秋水②，扁舟带落花。蛟龙虽罢斗，战气隐云沙③。

注释：

① 路斯湖：《龙文鞭影》中"祢衡一鹗，路斯九龙"。张路斯，原籍南阳，隋朝初年迁居颍上县百社村，16 岁考中进士，唐朝景龙年间任宣城县令。任宣城令期间，率百姓开沟造田，修路造桥，造福一方。张路斯死后，民间把他神化为龙王，他的 9 个儿子也都是龙。

② 寒溜：寒冷的水流。

③ 战气：战斗意气，斗志。

龙 山 桥①

鬓发今如此，愁看落帽时②。天风吹不绝，秋雁到河迟。

自失青山色，休歌《白纻词》③。江边有思妇④，含笑浣清漪。

注释：

① 龙山桥：在今南京市溧水区。

② 落帽：孟嘉落帽，典故名，形容才子名士的风雅洒脱、才思敏捷。孟嘉是东晋时大将军桓温的参军。

③ 白纻词：亦称《白纻歌》，是一种盛行于魏晋时的古代歌舞。

④ 思妇：怀念远行丈夫的妇人。

白 下 中 元①

金风随客棹，又复下江东。陇亩黄云外②，陵园白草中③。

秋萤千嶂夕④，鬼火万家红。鱼菽曾无祭⑤，钟山狐兔雄⑥。

注释：

① 白下：古地名，南京的别称。中元：中元节，农历七月十五日。民间有祭祖、放河灯的
习俗。

② 陇亩：田地、草野，山野。

③ 陵园：明孝陵。

④ 萤：萤火虫，身体黄褐色，触角丝状，腹部末端有发光的器官，能发带绿色的光。白天伏
在草丛里，夜晚飞出来。

⑤ 鱼菽：鱼菽之祭，以鱼和豆类作祭品。

⑥ 钟山：位于南京城东，自古被誉为"江南四大名山"之一，有"钟山龙蟠"之美誉。

莫 愁 湖①

隐隐横塘曲②，六朝花渐稀。不知蝴蝶梦③，化作云雨飞。

歌妓倚汀草，王孙换舞衣。庐家今夜月④，斟酌与谁归。

注释：

① 莫愁湖：位于南京市建邺区，是一座有着 1500 年悠久历史和丰富人文资源的江南古
典名园，为六朝胜迹，有"江南第一名湖""金陵第一名胜"之称。

② 横塘：古堤名，三国时吴国时于建业（今南京市）秦淮河南岸修筑。

③ 蝴蝶梦：庄周梦蝶，典出《庄子·齐物论》，它通过对梦中变化为蝴蝶和梦醒后蝴蝶复化
为己的事件的描述与探讨，提出了人不可能确切地区分真实与虚幻和生死物化的观
点，成为了庄子诗化哲学的代表。

④ 庐家：寄居者。

广陵闻万安刘伊少讣音诗以哭之①

带甲仍如此②，浮生正渺然③。不知吾丧我④，但觉夜犹年。

三户已多鬼⑤，九原宁有天⑥。痛心须一哭，战鼓没江烟。

注释：

① 广陵：江苏扬州。刘伊少：人名，不详。
② 带甲：披甲的将士。
③ 浮生：空虚不实的人生。古代老庄学派认为人生在世空虚无定，故称人生为浮生。
④ 丧：丢掉，失去。
⑤ 三户：古津渡名，今河北磁县西南古漳水上。公元前207年，项羽与秦兵战，引兵渡三户，即此。也指亡秦的三个楚人——陈胜、项羽、刘邦。
⑥ 九原：九州大地；春秋时晋国卿大夫的墓地，后泛指墓地。

李三石见过京口草堂阅先给谏奏议明旨
有赠赋答①

生死无家日，安危有父书。何堪戎马后，复见圣明初。

风俗非吾土，江山是敝庐②。吞声秋雨下，掩卷一踌躇。

注释：

① 李三石：清初江南诗人，画家。见过：来访。先给谏：曾畹父曾应遴，崇祯七年（1634）中进士，授刑部主事，累迁兵部右侍郎兼都察院右金御史。值李自成起义，应遴上疏论兵事有远见，但因朝政倾轧，终无所补，解职归。明亡，清兵破吉安后围赣州，杨廷麟、万元吉守危城，曾应遴与次子曾灿动员闽地数万兵徒行200里驰援，败绩，不久病卒。著有《枢垣言事》《篆草焚余》。
② 敝庐：破旧的房子。

邗沟闻鬼哭而吊之①

（一）

城南才一战②，四望失援师。赤日天流血，黄昏鬼哭碑。

招魂吹角后③，绝命渡江时④。不是笙歌地，人间恐未知。

注释：
① 邗(hán)沟：联系长江和淮河的古运河，南起扬州以南的长江，北至淮安以北的淮河。引申为"防御"，要塞。
② 城南才一战：指1645年（清顺治二年，南明弘光元年）在清灭南明弘光政权的战争中，南明弘光朝兵部尚书史可法督率扬州军民抗御清军围攻的城池守卫战。
③ 招魂吹角：吹响号角为亡者招魂的仪式。
④ 绝命渡江时：作者自注"史公屡乞陛见不许"。

（二）

无复《九歌》日①，沉沉夜雨声。绮罗还醉舞②，铁马已纵横。

战垒云犹起，隋堤柳自生。忽闻人迹到，疑是未休兵③。

注释：
① 九歌：《楚辞》篇名。原为汉族神话传说中的一种远古歌曲的名称，战国楚人屈原据汉族民间祭神乐歌的基础上改作加工而成，多是人神恋歌。
② 绮罗还醉舞：穿着华贵的丝绸衣服舞蹈，有醉意。
③ 未休：战争尚未停止。

瓜 洲 遇 雪^①

欲济诚何事^②，羁愁昧死生。崩沙翻塔影，急雪乱江声。

市罢渔人宿，山昏野店明。可怜飘荡子，昨夜醉芜城^③。

注释：

① 瓜洲：古瓜洲，江中砂碛堆积而成江心岛，形如瓜，故名。今日江苏省扬州市瓜洲镇。

② 欲济：准备渡河。

③ 芜城：古城名，即广陵城，故址在今江苏省江都县境。扬州别称。

雪夜寄怀里人流寓清江浦^①

他乡仍远别，故里见何人。坐对三山雪^②，愁看五岭春。

亲朋都异城，耕凿合谁邻^③。想到长淮北^④，君应把钓纶^⑤。

注释：

① 清江浦：江苏淮安。

② 三山：护国山，位于南京西南，以有三峰得名。

③ 耕凿：耕田凿井，泛指耕种，务农。

④ 长淮：淮河。

⑤ 钓纶：钓竿上的线。

怀钱驭少①

自君江北去，吾亦掩柴扉。贫贱他乡老，交游俭岁稀。

林风倾腊酒，草露湿寒衣。柔橹长淮下②，多应别钓矶③。

注释：

① 钱驭少：镇江文人。

② 柔橹：操橹轻摇，亦指船桨轻划之声。

③ 钓矶：钓鱼时坐的岩石。

怀邬沂公①

黄石祠边客②，丹徒老布衣③。转粮淮甸去④，采药腊前归⑤。

几夜梅花发，沿江柿叶稀。山阳横铁笛⑥，长啸复何依。

注释：

① 邬沂公：邬继思，字沂公，明末清初丹徒(今江苏镇江)文人。

② 黄石祠：山东省平阴县谷城山(黄石山)黄石公祠。黄石公(约前292—前195)，秦汉时
隐士，传说中授予张良《太公兵法》。

③ 丹徒老布衣：丹徒布衣，指南朝·宋刘穆之。后指贫困未遇之士。

④ 淮甸：淮河流域。

⑤ 采药腊前归：作者自注"邬精岐黄之术"。

⑥ 山阳横铁笛：晋·向秀经山阳旧居，听到邻人吹笛，不禁追念亡友嵇康、吕安，因作《思
旧赋》。后以"山阳笛"为怀念故友的典实。晋时山阳县在今河南辉县、修武一带。

壬辰八日偕友人饮北固僧舍花下
觅潘江如不值①

到此僧偏出，幽人复闭关②。条风暄谷日③，好鸟乱春山④。

江转草堂外，花飞萧寺间⑤。频收南国泪⑥，拚醉不须还⑦。

注释：

① 壬辰：顺治九年（1652）。潘江如：清初镇江的名人，潘一桂之子。此诗当作于顺治九年（1652）正月初八日。

② 幽人：隐士，幽居之士。闭关：佛教用语，指僧人或居士独居一处，静修佛法，不与任何人交往，满一定期限才外出。

③ 条风：东北风，一名融风，主立春四十五日；东风，一名明庶风，主春分四十五日。

④ 好鸟：美丽的鸟。

⑤ 萧寺：佛寺。

⑥ 南国泪：南唐李后主亡国后悲伤、悔恨之泪。

⑦ 拚（pàn）：舍弃，不顾惜。

寿　丘①

大江风猎猎，枯港水潺潺。铁瓮一尊酒，寿丘何代山。

烟波临雨阔，花月到春还。愁绝离人眼②，凭高望故关③。

注释：

① 寿丘：曲阜城东 4 公里旧县村东，黄帝诞生地。

② 离人：离别的人，离开家园、亲人的人。

③ 故关：古代关隘。此指故国山河，故乡。

兵变忆儿效①

（一）

闻说盱江破②，凄凄忆子时。家书应复断，尔懦定依谁。

夜走何人哭，春深独鸟悲。南山不可治，顷豆落为萁③。

注释：

① 效：曾畹子曾效。

② 盱（xū）江：又为"盱江"。水名，古称"汝水"，发源于江西省抚州市广昌县驿前镇，流经广昌、南丰、南城、临川、进贤、南昌，在南昌市滕王阁附近汇入赣江。广昌县作"盱江"，南丰县和南城县称"盱江"。此指原广昌县县城。

③ "南山"两句：出自西汉·杨恽《报孙会宗书》，诗的用意是讥讽皇帝治国无方，忠臣遭弃，剩下的全是无能之辈。

（二）

鸣笳惊海甸①，烽火去柴荆。未必无耕凿，先凭问死生。

两姑夷灶井②，万马猎春城。想见移兵处，山风吹面行。

注释：

① 海甸：近海地区。

② 夷灶井：平毁炉灶、水井，指逃难。出自《左传·成公十六年》："塞井夷灶，陈于军中，而疏行首。"

齐云哭先大人生忌^①

（一）

庚辰春至后^②，将父到长安^③。社稷分崩易，朝廷建白难^④。

力穷焚谏草^⑤，心死去鸣銮^⑥。不及缄刀聘^⑦，终身血泪干。

注释：

① 齐云：齐云山，古称白岳，因遥观山顶与云平齐得名，位于安徽省黄山市休宁县城西15
公里处，与武当山、龙虎山、青城山并称中国道教四大名山。此诗写于顺治六年
（1649）。

② 庚辰：崇祯十三年（1640）。

③ 将父到长安：作者自注"庚辰为先人四十初度，时官兵垣"。长安，指京师北京。

④ 建白：提出建议或陈述主张。

⑤ 谏草：谏书的草稿。作者自注："先人有篆草焚余"。

⑥ 鸣銮：装在轭首或车衡上的铜铃，借指皇帝或贵族出行。

⑦ 缄刀：封刀。

（二）

退朝封事罢^①，苦忆太夫人^②。地下经三载^③，堂前幸九旬。

麻衣惊节换，彩服断江春^④。恐作长流落，飘零负老亲。

注释：

① 封事：密封的奏章。

② 太夫人：汉制，列侯之母称太夫人。此指曾晥祖母。

③ 地下经三载：曾晥父曾应遴病逝于顺治三年（1646）。

④ 彩服：彩色服色，亦借指穿彩服的官员。

东山留别胡奎冈总戎①

将军容揖客②，乐剧始登台。谩折东山屐，频倾北海杯③。

星垂三户暗④，角动五更哀。秣马西归去，他年草檄来⑤。

注释：

① 东山：洞庭东山，又称东洞庭山，俗称东山，位于苏州吴中。胡奎冈：胡明宏，顺治五年（1648）至顺治七年（1650）任江南兵备道。总戎：主将，统帅。清时称总兵为总戎。

② 容揖：雍容揖让，形容仪态大方，从容不迫互相作揖谦让。

③ "谩折"两句：晋·谢安在金陵城东筑别墅，常着屐来此游憩。谢玄等破苻坚，有驿书至，安方对客围棋，阅书既竟，了无喜色，棋如故。既罢，还内，过户限，心喜甚，不觉屐齿之折。后以"东山屐"为典。

④ 三户：古渡口，今河北磁县西南古漳水上。公元前207年，项羽与秦兵战，引兵渡三户，破章邯军，降章邯，秦遂亡。

⑤ 草檄：草拟檄文，泛指撰写官方文书。

芜湖访沈昆铜山庄①

寂寂江村里，枫林绕数椽。诛茅延剑客②，拥耒耨春田③。

谣诼人无恙④，汀州佩可捐⑤。赭山风土恶⑥，莫待捕鸣蝉。

注释：

① 沈昆铜：沈士柱（？—1659），字昆铜，号惕庵，别号寄公，安徽芜湖人，明天启二年（1622）进士。与宣城沈涛民，时称"江上二沈"。与"吴中二张"（张溥、张采）相匹配，著有《土音集》。清军入关后，回芜隐居，继续从事反清复明活动，顺治十四年（1657）年底被捕，顺治十六年在南京雨花台被害。

② 诛茅：芟除茅草。

③ 耒：耒耜，古代指耕地用的农具。

④ 谣诼（zhuó）：捏造事实，对人加以诬蔑和毁谤。作者自注"沈向被党祸"。

⑤ 佩可捐：捐佩，抛弃玉佩。

⑥ 赭山：在安徽省芜湖，土石殷红，故名。

镇江得家问

(一)

三年京口泪，千里故乡书。母子秕糠后，亲朋醉饱余。

吞声还命酒，归梦只骑驴①。贫贱江边老，应难到敝庐。

注释：
① 归梦只骑驴：意为旅行。

(二)

九旬祖母隔，衰白命如丝①。粗食依童仆，山居逾岁时。

江关音问绝，岭徼羽书迟②。岂不怀归去，伤心听子规。

注释：
① 衰白：人老体衰，鬓发疏落花白。
② 岭徼：指五岭以南地区。

(三)

落日丹枫莫，新阡石马秋①。盛年犹俎豆，老去隔松楸。

山鬼拽残碣，蓬蒿覆古丘。宁从王氏腊②，忍痛哭沧州。

注释：
① 石马：石雕的马，古时多列于帝王及贵官墓前。
② 王氏腊：王莽时，沛人陈咸谢职归田，杜门不出。平时尚用汉家祖腊，或说他未合时宜，咸勃然道："我先人怎知王氏腊呢？"

（四）

门墙狐兔出，官吏虎狼增。苋蕨怜儿女①，追呼累友朋②。

家贫才愧客，泪尽更移灯。匹马潇湘北，关山又几层③。

注释：
① 苋蕨：野菜。
② 追呼：追赶呼喊。
③ 关山又几层：作者自注"时由楚入秦"。

（五）

独有青灯泪，他乡一剑知。江山空自对，童仆转相悲。

故国移兵日，余生醉眼时。万方消息动，宁暇数归期①。

注释：
① 宁暇：空闲，没有事的时候。

蒜山忆弟灿

时弟在粤东①

仅有亲朋札，而无二弟书。谁怜归岭北，还似滞南徐。

家在应难问，途穷到可居。旧游吾忆处，慎勿少停车。

注释：
① 蒜山：古时镇江名山，宋代因为长江中流南移而坍塌。此诗当写于顺治八年（1651）。

马当有怀湖南亲友①

旱魃驱雷港②，奔涛激马当。江喧秋气早，水宿火云长③。
岛峙吹零雨④，鱼龙混夕阳⑤。万山迎棹入，忆远不归乡。

注释：
① 马当：长江要塞之一，地处江西彭泽县境内，北临长江。山形似马，故名。湖南：鄱阳湖
  南，指赣南。
② 旱魃(bá)：中国古代汉族神话传说中引起旱灾的怪物。雷港：作者自注"雷港地名"。
③ 宿：大的。
④ 岛峙：并立的岛石。
⑤ 混(gǔn)：同"滚"。

柘 矶①

夜泊柘矶头，鄱阳六月秋②。侧身高树下③，濯足大江流。
襟带分吴楚④，风帆入斗牛。故园星子内⑤，独立羡归舟。

注释：
① 柘(zhè)矶：柘矶山，在江西省彭泽县北2公里。
② 鄱阳：鄱阳湖一带。
③ 侧身：指倾侧身体；近身，置身。
④ 襟带：衣襟和腰带。谓山川屏障环绕，如襟似带，比喻险要的地理形势。
⑤ 星子：原星子县。2016年5月，撤销星子县，设立县级庐山市，由九江市代管。背倚庐
  山，面临鄱阳湖，东与都昌县隔水为邻，西与九江县、德安县、共青城市接壤，北与庐山
  管理局山体相连，南与永修县湖洲相接。

浔阳怀文灯岩年伯①

见说柴桑郡②，陶潜避地赊③。园荒时有菊，兵在定无家。

秋色山光落，江船日影斜。匡君消息断④，凫鹭拥回沙。

注释：

① 浔阳：今江西省九江市的古称，因古时流经此处的长江一段被称为浔阳江，而县治在长江之北，即浔水之阳而得名。文灯岩：明末清初诗人，江西九江人。

② 柴桑：古县名，西汉置，因有柴桑山而得名，故址在今江西九江市西南。东汉末曹操率军自江陵东下，诸葛亮至柴桑与孙权计划抵抗曹军，也是晋代大诗人陶潜（陶渊明）的故乡。

③ 赊：长久。

④ 匡君：指庐山。

同浙僧登赤鼻①

看碑寻赤鼻，问菊到黄州。雁气回秋渚②，江声向酒楼③。

兵戈双泪眼，吴楚一孤舟。萧瑟匡山客④，应随慧远游⑤。

注释：

① 赤鼻：在湖北黄州（今湖北省黄冈市）城西门外。断岩临江，突出下垂，色呈赭赤，形如悬鼻，故而得名。苏轼写《前赤壁赋》《后赤壁赋》和《念奴娇·赤壁怀古》等于此，人称"黄州赤壁"。

② 渚：水中小块陆地。

③ 江声向酒楼：作者自注"苏轼饮酒处"。

④ 匡山：位于长江中游北岸湖北省黄冈市东南，是座地垒式断块山，是中国古代佛教中心。

⑤ 慧远：东晋时佛教领袖，在匡山建立黄牙寺。

武昌南楼吊古①

（一）

昔闻陶侃宅，今见鄂王城②。落日池塘里，深宫驷铁声③。

人稀藤覆瓦，堂改树巢莺。独有清秋月，还来沼上明。

注释：

① 武昌南楼：古楼名，在湖北省武汉市武昌黄鹤山顶，一名白云楼，又名岑楼。

② 鄂王城：公元前877年，楚国国君熊渠封其中子红为鄂王，鄂王之都城为鄂，原址在今湖北省大冶市。在楚国长达800余年的历史中，除去楚国在鄂王城建都的那段历史时期外，将鄂王城作为楚国别都。

③ 驷铁：驾一车的四匹赤黑马。

（二）

贼谍东窥日①，将军五道回②。孤城抛战骼，野鼠戴枯荄③。

岘北依刘苦④，湘南吊屈来⑤。壮心为客误，长啸一兴哀。

注释：

① 贼谍：盗贼与密探。

② 将军五道回：作者自注"左与献合弃城先遁，乃陷"。五道：五路。

③ 枯荄（kū gāi）：干枯的草根。

④ 岘：山名，在中国湖北省，亦称"岘首山"。

⑤ 吊屈：悼念屈原。

（三）

军储縻内帑①，节镇弃藩封②。蒙祸自三楚③，殷忧独九重④。

登楼思广宴⑤，照水哭朝宗⑥。江客肠应断，包茆久不供⑦。

注释：

① 縻：捆，拴。
② 节镇：设置节度使的要地，亦谓节度使。嘉靖设巡抚总督为地方长官，亦称节镇。藩封：中国古代帝王分封诸侯的制度。分封之地称藩国。
③ 蒙祸：蒙受灾祸。
④ 殷忧：深深的忧虑。
⑤ 广宴：盛宴。
⑥ 哭朝宗：眼泪汇入江河。朝宗：比喻小水流注大水。
⑦ 茆：莼菜。

晴　川　阁①

大别排云合，樊山一望开②。乱流争岁月，孤屿下楼台。

高浪沱潜出③，夕阳嶓冢来④。湖南征战苦，到处有尘埃⑤。

注释：

① 晴川阁：位于湖北省武汉市汉阳龟山东麓禹功矶上，始建于明朝嘉靖二十六年到二十八年（1547—1549），为汉阳太守范之箴在修葺禹稷行宫（原为禹王庙）时所增建，得名于唐朝诗人崔颢"晴川历历汉阳树，芳草萋萋鹦鹉洲"诗句。
② 樊山：鄂州西山，古称樊山，又名袁山，因在吴王古都武昌（今鄂州市区）之西，故名西山。位于长江南岸，距武汉68公里。
③ 沱潜：沱江和汉水。潜：汉水的别名。
④ 嶓冢（bō zhǒng）：山名，又名汉王山，在陕西省汉中市宁强县境内，为汉江发源地。
⑤ 到处有尘埃：作者自注"几处角声哀"。

洞庭望君山①

不识三湘浦，空闻七宝钟②。神鸦翻夕浪，渔火接边烽。

星斗东南气，风潮甲马踪③。涉江如可问，吾欲采芙蓉④。

注释：

① 君山：在岳阳市西南15公里的洞庭湖中，古称洞庭山、湘山、有缘山，是洞庭湖中的一个小岛，由大小72座山峰组成，被《道书》列为"天下第十一福地"，现为国家级重点风景名胜区。

② 七宝钟：君山寺内大钟。作者自注"钟在君山"。

③ 甲马：又名纸马或甲马纸，中国民间祭祀财神、月神、灶神、寿星等神祇时所使用的物品。

④ "涉江"两句：《涉江采芙蓉》是产生于汉代的一首五言诗，是《古诗十九首》之一。此诗借助他乡游子和家乡思妇采集芙蓉来表达相互之间的思念之情，深刻地反映了游子思妇的现实生活与精神生活的痛苦。

赤 壁 阻 兵①

汉魏留孤垒，江风日莫吹。杀人还祀鬼②，横槊尚题诗③。

枯港残兵伏，沙溪箭镞遗。十年奔走意，到此转艰危。

注释：

① 赤壁：此指"赤壁之战"的赤壁，在今湖北省赤壁市（蒲圻）。

② 杀人还祀鬼：杀人祀鬼，古代巫术，宋代又兴起，后被宋仁宗废止。

③ 横槊尚题诗：横槊赋诗，指能文能武的英雄豪迈气概。

漏 风 口

(一)

荆北非吾土①，湖南正用兵。交秋抟困兽②，计日毁名城。

楚幕城乌起，齐师班马声③。洞庭悬露布④，归卧赋西征。

注释:

① 荆北:汉代地名,包括今河南南阳,湖北襄阳、随州等地。

② 抟(tuán):集聚。

③ 楚幕:西楚霸王项羽的军幕。借指项羽。

④ 露布:捷报;布告,公告。

(二)

未必毁军实①，居然长寇仇。时闻归毕节②，忽道下辰州③。

角逐胜犹怯，佯狂喜复愁。诸公勋业在，仗剑为谁谋。

注释:

① 军实:军队中的器械和粮食。

② 毕节:贵州省毕节市。

③ 辰州:湖南省怀化市沅陵县,隋开皇九年(589)始置辰州。

沌　口①

好去长沙道，灵均旧此游②。如何兵革阻，复见沔阳秋③。

仗剑还愁乱，因人误放舟。轻生贫贱惯，不是羡封侯。

注释：
① 沌（zhuàn）口：古镇名，在武汉市西南，沌水入长江之口。现为武汉市经济开发区。
② 灵均：屈原之字，后引申为词章之士。晚唐诗人黄滔曾作《灵均》诗。
③ 沔阳：古县名，今湖北省仙桃市。

得　报

十月沅陵破①，残冬独后闻。黄沙吹二别②，赤壁定三分。

衅鼓温禺血③，登陴石勒军④。莫令栈道客，终日忆湘君⑤。

注释：
① 沅陵：沅陵县，隶属于湖南省怀化市，位于湖南省西北部。
② 二别：大别山与小别山。作者自注："闻武汉下黄沙数日"。
③ 衅（xìn）鼓：上古时的一种祭礼。重要器物（如钟、鼓等）制成后，一定要杀牛、羊、猪等，把他们的血涂在新器物上表示祭，称作衅。温禺：匈奴贵族封号。
④ 登陴石勒军：石勒，字世龙，初名石匃背，小字匐勒，羯族，上党武乡（今山西榆社）人，十六国时期后赵建立者，史称后赵明帝。也是中国历史上的唯一一个奴隶皇帝。陴（pī）：城上的矮墙，亦称"女墙"。此指石勒军攻破江夏城。
⑤ 湘君：湘水之神，男性。

楚人捕雁杀而鬻于市^①

正忆衡阳雁^②，风毛雨雪来。月明丹嶂合^③，箭发黑云开。
奔触沙汀回^④，飞鸣俦侣哀^⑤。故巢今夜冷，不及燕秋回。

注释:

① 鬻(yù):卖。
② 衡阳雁:衡山有回雁峰,古代北雁南飞,至此栖息,不再南飞。
③ 丹嶂:秋季红叶把山岭染成红色。
④ 沙汀:水边或水中的平沙地。
⑤ 俦侣:伴侣;朋辈。

题三原温公桥^①

已见沧洲变，仍存利涉桥^②。池阳临绝岸^③，谷口下山椒^④。
万户碑犹回，三川风自饶^⑤。北城朝莫过，不复见飘摇。

注释:

① 三原:陕西省咸阳市三原县,位于陕西关中平原中部,因境内有孟侯原、丰原、白鹿原
　　而得名。温公桥:即龙桥,为跨清峪河的石桥。明嘉靖中,太保温纯捐资所建,桥为虹
　　形,故名龙桥。史载,龙桥之上有"温公祠"。
② 利涉桥:在南京市秦淮区桃叶渡旁,顺治三年(1646)财主金云甫捐款修建木桥,太守
　　李正茂颇为赞赏,题名利涉桥,取利于涉水之意。
③ 池阳:今陕西省三原县古称"池阳",包括今陕西省泾阳县和三原县的部分地区。
④ 山椒:传说中国西部山中栖息的树木之精,夜里出没袭击人类。
⑤ 三川:秦朝的郡级行政区,以境内有河、雒、伊三川而得名,辖境相当今河南黄河以南,
　　灵宝以东的伊、洛流域和北汝河上游地区。

癸巳宿稠桑^①

虽有关中气，居然大国风。河流三辅北^②，山势二陵东^③。
丧乱频年异，兴亡此日同。吾生余涕泪，临眺意无穷。

注释：
① 稠桑：古稠桑驿，在今河南省灵宝县东北函谷关镇。
② 三辅：西汉时治理京畿地区的三位官职京兆尹、左冯翊、右扶风，后指这三位官员管辖的地区，辖境相当今陕西中部地区。
③ 二陵：即二崤。

上巳同刘石生自公刘里出鲁桥
次赵元深涧斋即席怀韩圣秋、温与亭^①

乾坤都作客，之子幸同来^②。芮鞠行难别^③，嵯峨到渐开。
春风吹麦浪，戏蝶上条枚^④。为问兰亭下^⑤，狂歌醉几回^⑥。

注释：
① 上巳：三月三，古称上巳节。鲁桥：在今陕西省三原县鲁桥镇。韩圣秋：清初三原文人。
   温与亭：人名，不详。
② 之子：这个人，指诗人曾畹。
③ 芮鞠：在甘肃省平凉市崇信县汭河流入泾河一带。
④ 条枚：枝干。
⑤ 兰亭：在浙江省绍兴市西南兰亭镇的兰渚山下，是东晋著名书法家、会稽内史王羲之的园林住所。传春秋时越王勾践曾在此植兰，汉时设驿亭，故名兰亭。
⑥ 狂歌：纵情歌咏。

华下雨行怀刘润生、东云雏诸子①

数载客吴楚，三春入杜陵②。川光催弱柳，雨沫散寒冰。

高掌天难出③，车箱谷易崩④。为寻杨伯起⑤，鞍马故飞腾。

注释：
① 华下：华州，今陕西华县。刘润生：人名，不详。东云雏：清初陕西诗人，举人。
② 杜陵：在今陕西省西安市东南，古为杜伯国，秦置杜县。汉宣帝筑陵于东原上，因名杜陵，并改杜县为杜陵县。
③ 高掌：指华山东峰仙人掌。
④ 车箱谷：即仙峪，位于华山峪西，传说古时黄初平、黄初起弟兄在此牧羊成仙，因而得名。
⑤ 杨伯起：杨震，字伯起，弘农华阴（今陕西华阴东）人。东汉时期名臣，隐士杨宝之子。

春入青柯坪①

昨见苍龙岭②，今从白鹿游③。谁能将雾雨④，留与卧云丘⑤。

日影随峰转，川光入华流⑥。非贪登陟好，无计避沧州⑦。

注释：
① 青柯坪：华山紫云宫东，从毛女洞往上行，过响水石、云门便是青柯坪。这里三面环山，地势平坦，林草茂盛，庙宇古朴，浮苍点黛，故名为青柯坪。
② 苍龙岭：华山诸峰之一，位于救苦台南、五云峰下，以其苍黑色的外部和其似悬龙般的地势而得名。
③ 白鹿游：作者自注"白鹿龛"。
④ 谁能将雾雨：作者自注"张超谷"。
⑤ 云丘：云雾缭绕的山丘，指希夷峡。作者自注"希夷峡"。
⑥ 川光：波光水色。
⑦ 沧州：今河北省沧州市。

坐细辛坪走笔赠封慧玄炼师①

铁锁三川动②，金茎五岳空③。几回看玉女④，何处得壶公⑤。

丹灶黄精熟⑥，天门白帝通⑦。阴晴无定所，不在夕阳中。

注释：

① 细辛坪：华山七坪之一，在中峰东北，《本草纲目》中记载的华山细辛的产地，故得名。
　　炼师：古称修炼丹法达到很高深境界的道士。

② 铁锁：华山金锁关的铁链。三川：三川郡，秦朝的郡级行政区，以境内有河、洛、伊三川而得名，辖境相当今河南黄河以南，灵宝以东的伊、洛流域和北汝河上游地区。

③ 金茎：擎承露盘的铜柱。

④ 玉女：太华神女。

⑤ 壶公：又名玄壶子，悬壶翁，是东汉时期的卖药人，传说他常悬一壶于市肆中出诊，市罢辄跳入壶中，一般人不能见到他。后来历代医学家学成开业为人治病，多称之为"悬壶"，称颂医生常用"悬壶济世"。

⑥ 丹灶：炼丹炉。

⑦ 白帝：五方上帝之一，即西方白帝少昊。

二十八宿潭①

玉井窥天出②，三峰下夕阳。松梢流瀑布，潭影落星光。

河涌秦关小，沟分汉畤长。春泉回不动，对我一苍茫。

注释：

① 二十八宿潭：华山西峰镇岳宫旁景观。

② 玉井：在华山西峰下镇岳宫院内，井深丈余，井水清澈甘冽。传说井内生有千叶白莲，吃了可以升仙。

松桧峰送樊清溥孝子归仰天池①

辟诏希夷峡②，朝元汉武祠③。高霄割泾渭，特地俯豳岐④。

人语泉流出，春山月下迟。君归天地隐，莫羡帝王师。

注释：

① 松桧峰：居于华山南峰的东方，与落雁峰、孝子峰三峰共为南峰。峰顶乔松巨桧参天蔽日，因而叫松桧峰。仰天池：在华山南峰绝顶，因站在池畔，仰望青天若在咫尺而得名。池为岩石上一然石凹，呈不规则形，深约1米，池水面积约3平方米，水色清澈，略呈绿色。由于池水涝不盈溢，被列为华山十大谜之一。又因池距太上老君相近，传说太上老君常汲此水炼制金丹，所以又称池为太乙池、太上泉。樊清溥：人名，不详。

② 希夷峡：张超谷，位于陕西省渭南市华阴县。后因陈抟在此脱骨安葬，宋太宗赐陈抟为"希夷先生"，故而更张超谷为"希夷峡"

③ 朝元：古代诸侯和臣属在每年元旦贺见帝王。

④ 豳岐：豳山和岐山，在陕西，指周朝发兴之地。

出青门一日渡泾渭①

到眼春风过，关河渡未休。九州从畴起②，八水自天流③。

寒食客中尽，高城雨际浮④。雄图此百二⑤，日莫漫淹流⑥。

注释：

① 青门：汉长安城东南门，本名霸城门，因其门色青，故俗呼为"青门"或"青城门"。泛指京城东门，也指退隐之处。

② 九州：古代中国分为九个州，泛指天下。

③ 八水：长安八水，指渭、泾、沣、涝、潏、滈、浐、灞8条河流，它们在西安城四周穿流。

④ 高城：京城，此指长安城。

⑤ 百二：即"百二秦关"。陕西古称秦，"百二"本义是以二敌百。

⑥ 日莫漫淹流：《江西诗话》为"日暮漫淹流"。

草 凉 驿①

险绝浑无暑，籁鸣山独聋②。谁知天地坼③，犹有大川风。

褒谷行将尽④，岷山信不通⑤。忍挥家国泪，随意逐征鸿⑥。

注释：

① 草凉驿：在陕西凤县东北 30 公里，著名的古栈道——连云栈，从草凉驿开始至开山驿（今陕西南郑县内），全长约 470 里。

② 籁：箫类乐器。籁鸣指自然界的声音。

③ 天地坼：天地撕裂。

④ 褒谷：秦岭古道褒斜道的西段。

⑤ 岷山信不通：作者自注"时蜀道阻"。

⑥ 逐征鸿：随着鸿雁远去。

费丘关早行①

飞峰三岔驿②，大壑五星台③。山荔倾秋瀑④，岩风吼夏雷。

入关心自壮，当栈意先回。天地留孤壁⑤，长从鸟道来⑥。

注释：

① 费丘关：古废丘，陕西省凤县留凤关，在今凤县县城东南部。

② 三岔驿：凤县三岔镇。

③ 五星台：今凤县红花铺镇五星台村。

④ 山荔：《江西诗话》作"壁荔"。壁荔：爬墙虎类植物，多攀援于岩石、大树、墙壁上和山上。

⑤ 孤壁：峭壁。

⑥ 鸟道：只有鸟可以飞过的道。

陈 仓 口①

屯云层岭蔽，闪闪过南星②。汉代遗祠庙③，岩关只翠屏。

战场乌自起，卫士血犹腥。万古真人气④，江山旧勒铭。

注释：

① 陈仓口：陕西宝鸡古称陈仓，古代从关中通往汉中的"故道"的北口即陈仓口。
② 南星：今凤县南星镇。作者自注"南星地名"。
③ 祠庙：作者自注"高帝祠在"。
④ 真人气：圣人的气质。

刘 坝①

乌龙江欲出②，刘坝即闻波。哀壑笙竽奏③，晴川鹦鹉歌④。

天应一线落，云入九层多。溪谷人民少，开荒近若何⑤。

注释：

① 刘坝：今陕西省留坝县，位于陕西省西南部，汉中市北部，地处秦岭南麓，汉江上游。相传西汉留侯张良晚年隐居于此。
② 乌龙江：褒河，古称乌龙江，又名太白河、褒水。东源称红岩河；北源出自陕西凤县东部秦岭沟附近山区，至留坝县江西营汇合东源，至汉中市入汉水。
③ 哀壑：凄凉冷落的深谷。
④ 晴川：天晴时的江流。
⑤ 开荒近若何：作者自注"时议兴屯"。

麻平寺逢友人楚至①

空山留一寺，下马忽逢君。蜀道无长毂②，征衣有栈云③。
秋边鸣细雨，谷口上斜曛④。客自潇湘至，猿声似贯闻。

注释：

① 麻平寺：在今陕西省汉中市褒河镇麻平寺村。
② 毂（gǔ）：车轮中心的圆木，周围与车辐的一端相接，中有圆孔，可以插轴。泛指车。长毂，指大型的车。
③ 栈云：栈道浮云。
④ 斜曛：黄昏，傍晚。

五　狼　沟①

邛斜非旧谷②，盐井不离川③。一一山形伏，家家树杪穿④。
岚风埋宿莽⑤，石磴泻飞泉⑥。征鸟休相顾，愁看蜀道烟。

注释：

① 五狼沟：在陕西省商洛市。
② 邛：土丘，高丘。
③ 盐井不离川：作者自注"盐井，坝名"。盐井坝在汉中市城固县南部30公里的天明镇，相传在明朝成化年间曾打出7口盐井。
④ 树杪（miǎo）：树梢。
⑤ 岚风：山间的雾气。宿莽：一种可以杀虫蠹的植物。
⑥ 石磴：石级；石台阶。

风　口

山前无路入，莶莒定如何①。石迸人烟断②，林深虎兕多③。

高原天在树，暗窦蜜分窠④。莫问荒村哭，千夫转饷过⑤。

注释：

① 莶莒(kōng ju)：作者自注，"莶莒，地名"。

② 迸：爆开，断裂。

③ 虎兕(sì)：指凶猛的野兽。

④ 窠(kē)：昆虫、鸟兽的巢穴，此指蜂巢。

⑤ 转饷：运送军粮。作者自注"西乡县运草豆入汉郡者，多取道莶莒，昼则背负，夜则露宿。"

出栈宿马道即汉相国追淮阴处①

萧韩天作合②，追马故殷勤。我到无人处，江声彻夜闻③。

大风谁思汉④，高栈复屯军。童子指星宿，阴晴却未分。

注释：

① 栈：连云栈道。马道：马道驿，在今陕西省留坝县东南，今有马道镇，为"火烧栈道""萧何月下追韩信"等历史故事的发生地。

② 萧韩：萧何与韩信。

③ 江声彻夜闻：作者自注"水自乌龙江如褒城"。

④ 大风：刘邦所作《大风歌》。

太尉村题袁茂林先生古器①

斑驳商周器②，深藏太尉家。吾生犹见此，绝域有光华。

不夜星文落③，诸陵盗贼赊④。岁时无复辨⑤，乱后一咨嗟⑥。

注释：
① 太尉村：在陕西省宝鸡市凤翔县南指挥镇。
② 斑驳：形容色彩杂乱。
③ 星文：星象，星光。
④ 赊：多。
⑤ 岁时：季节，时令。
⑥ 咨嗟(zī jiē)：赞叹，叹息。

草　壁　峪①

石鱼无复得②，汧水何凄凄③。萧瑟郭司直④，闭门花一溪。

流云还大漠，厉马蹴高堤⑤。为笑越人射⑥，三年到陇西。

注释：
① 草壁峪：即草碧峪，在今陕西省千阳县与陇县之间，属千阳县。
② 石鱼无复得：作者自注"此中有鱼陇，掘地破石可辟书蠹"。
③ 汧(qiān)水：千河的古称，源出甘肃省，流经陕西省入渭河。
④ 司直：官名，指丞相司直，西汉武帝时始置，帮助丞相检举不法。后称御史中丞为司直。
　　郭司直，指郭钦，西汉隃麋县（今千阳）人，哀帝时为丞相司直。
⑤ 厉马：策马。高堤：堤岸。
⑥ 越人射：语出《淮南子》，讽刺学古而不知变化。

冬日将游西夏再过袁公藕园①

更欲银州去②,还从太乙来③。云随山色换,鸟向日边回。

高榻尘犹积④,名园花未开。远人畏春及⑤,桃李不须栽。

注释:
① 西夏:指宁夏。袁公:凤翔袁茂林。此诗应作于顺治十年(1653)。
② 银州:唐代银州,辖今陕西米脂、佳县一带。此指宁夏。
③ 太乙:终南山主峰名,是终南山的代称。
④ 高榻:床脚高、打造精良的床。
⑤ 远人:远方的客人。

公刘里立春日望余雪①

腊尽春无信,周原雪未干②。即今陶复冻③,犹苦及门看。

远岫低残照,苍鹰耐薄寒。甘泉清暑地④,作赋献人难。

注释:
① 公刘里:陕西咸阳市彬县龙高镇,夏称豳国,商称西极,秦、晋时称豳亭,汉时称豳乡,唐、宋、明时称公刘乡,元时称公刘里,清、民国初称笃圣里,是公刘的故里。公刘,姬姓,名刘,"公"为尊称。公刘是后稷曾孙,周文王的十代祖先。自公刘避桀居豳,至太王古公亶父迁岐,历十一世,300多年,是周朝立国奠基之区,是中华文明的重要发祥地,是中华民族定居农业肇始、形成、成熟的地方,在古代农业、冶铁业发展史上具有重要的地位。
② 未干:没有融化。
③ 陶:陶丘,土山。
④ 甘泉:甜美的泉水。

木　波①

终古无晴日，今朝有塞云。驱车原隰上②，阴霁未全分。

寨筑扶苏墓③，戎侵不窋坟④。半年秋易过，归雁几时闻。

注释：

① 木波：唐木波堡，在今甘肃省环县。

② 隰（xí）：低湿的地方，新开垦的田。

③ 扶苏墓：秦始皇长子扶苏的墓，位于陕西省绥德县城内疏属山顶。指边塞。

④ 不窋坟：不窋，周族部落首领，后稷之子，墓在甘肃省庆阳市。

京师送胡擎天归汉中藩邸①

齐年君最少②，不第且先归。马蹴风云去，山衔雨雪飞。

南宫何岁月③，西栈自光辉④。亦羡弃繻者⑤，朝朝在京畿。

注释：

① 胡擎天：应是与曾畹一同应试的陕西举人。藩邸：藩王的第宅，此指吴三桂在汉中的府邸。

② 齐年：指科举制度下同科登第。

③ 南宫：指礼部会试，即进士考试。

④ 西栈：连云栈道。

⑤ 弃繻（rú）者：弃繻生。后泛指年少立大志之人。繻：丝织品。书帛裂而分之，合为符信，作为出入关卡的凭证。

汴　城①

茫茫禹迹里②，盗贼昔年侵。波浪吹城起，楼台没地深。

梁园空日落③，项国已蛙沉④。万灶浮烟下⑤，游龙何处吟⑥。

注释:
① 汴城:汴京城,河南开封。
② 禹迹:中国的疆域。相传夏禹治水,足迹遍于九州,后因称中国的疆域为禹迹。
③ 梁园:又名梁苑、兔园、睢园、修竹园,俗名竹园,为西汉梁孝王刘武在都城睢阳(今河南省商丘市睢阳区)城内所营建的游赏廷宾之所,故址位于今河南省商丘市睢阳区东。西汉邹阳、严忌、枚乘、司马相如、公孙诡、羊胜等以此为文学主阵地,后世谢惠连、李白、杜甫、高适、王昌龄、岑参、李商隐、王勃、李贺、秦观等都曾慕名前来梁园。
④ 项国:西周至春秋时期的诸侯国,姬姓,子爵,又称项子国。位于今河南省沈丘县与项城市之间,都城在今河南省沈丘县槐店回族镇西郊,和陈国、顿国、沈国相毗邻,地跨颍水而立。
蛙沉:灶没于水中,产生青蛙,沉没的意思。形容水患之甚。
⑤ 浮烟:飘动的烟气或云雾。
⑥ 游龙:喻良马。

汀　州　旅　夜①

楼外十年客,城头一片山。高林人不见,春莫鸟将还。

天地皆孤注②,兵戈尚百蛮③。长汀今夜水,鸣咽夜潺潺。

注释:
① 汀州:福建长汀古称,地处武夷山脉南麓,为闽、粤、赣三省的古道枢纽和边陲要冲。此诗作于顺治十三年(丙申)。
② 孤注:把所有的钱并作一次赌注。
③ 百蛮:古代南方少数民族的总称。

回　龙

陡然高砌出，一浪到峰头①。春涨失天险，回龙夜夜浮②。
劈空山共落，下峡石俱流。宁向穷边老，黄河渡不休。

注释：
① 峰头：今福建漳州云霄县马铺镇峰头村。作者自注"峰头地名"。
② 回龙：水流回转。

折　滩①

轻生且醉眠②，不觉下山巅③。船自峰头落，人从浪里穿。
春波倾白雪，石窦迸青天。回首龙岩上④，千川与万川。

注释：
① 折滩：在今广东省汕头市澄海区溪南镇。
② 轻生：轻贱的生命。
③ 不觉下山巅：《江西诗话》作"失记下山巅"。
④ 龙岩：指今福建省龙岩市（古龙岩县）一带的山地。

午日金山园杂兴①

（一）

韩子送穷后②，移官到水潮③。不知几岁月，犹有鳄川桥④。

土葛鸣梭薄⑤，军厨杀蛤饶。蛮音字字谬⑥，丝竹更相调⑦。

注释：

① 金山：地处潮州城北缘，西临潮州西湖，东近韩江，登山可俯视潮州全城。
② 韩子（768—824）：韩愈，字退之，河南河阳（今河南省孟州市）人。自称"郡望昌黎"，世称"韩昌黎"、"昌黎先生"。唐代杰出的文学家、思想家、哲学家、政治家。贞元八年（792）中进士，两任节度推官，累官监察御史。元和十二年（817），出任宰相裴度的行军司马，其后因谏迎佛骨一事被贬至潮州。晚年官至吏部侍郎，人称"韩吏部"。韩愈任河南令写《送穷文》。送穷：古代汉族正月初五"送穷"，是中国民间一种很有特色的岁时风俗。
③ 水潮：作者自注"俗呼潮州为水潮"。
④ 鳄川：韩江，在广东省潮州市东北，相传为唐韩愈作《鳄鱼文》驱逐鳄鱼之地。
⑤ 土葛：豆科植物野葛，根可入药，纤维可织布。
⑥ 蛮音：潮州话。
⑦ 丝竹更相调：作者自注"潮人以土歌合管丝为剧"。

（二）

绤衣数载罢①，五月尚披裘。关塞烟霜紧，溪潭瘴疠浮。

微风天更燥，将雨夜深秋。远愧王君涤②，守潮祠未修。

注释：

① 绤（chī）衣：细葛布衣。
② 王君涤：宋代潮州知州，任职期间重修韩文公庙。

（三）

海边天易雨，城外盗如麻。有市都为蜃^①，无村不建牙^②。

腥风吹虎蟹^③，官课税龙虾^④。竞渡韩江急^⑤，还堪听莫笳。

注释：

① 蜃：蛤蜊。

② 建牙：古时出师前树立军旗，后指部署军队。作者自注"潮各卫皆设总兵"。

③ 虎蟹：蟹的一种，壳上有像虎的斑纹。

④ 官课税龙虾：以龙虾为税赋。作者自注"潮多土官税"。龙虾：龙虾科下物种的通称，又名大虾、龙头虾、虾魁、海虾等。

⑤ 韩江：流经潮州，因韩愈而得名。古称员江，恶溪，后称鄂溪，中国东南沿海最重要的河流之一。

潮州忆五侄侃^①

诸侄偏怀汝，为怜生汝迟。亲人聊得食，学语尚无期。

暑畏江城湿^②，家须石鼓移^③。有孙归未得，双抱见何时^④。

注释：

① 五侄侃：曾灿子曾尚侃，在曾畹侄辈中排行第五。

② 江城：指潮州，城在韩江畔，夏季湿热。

③ 石鼓：石鼓峰，在江西省抚州市南城县建昌镇云居山。作者自注"畹家避乱石鼓峰，今在城"。

④ 双抱见何时：作者自注"长孙生于盱江未归"。盱江：又称"抚河""汝水"，在江西省东部。

南浦怀泾阳李屺瞻同年①

闻君遂至此，宁不顾柴扉。岁月江湖晚，才名鄠杜稀②。
净琴依竹寺③，中圣画渔矶④。且尽东南美，春风并马归⑤。

注释：

① 南浦:在今福建省漳浦县。李屺瞻:名念慈,号劬庵,陕西泾阳人,顺治十五年(1658)进士,诗画皆擅时名。
② 鄠(hù)杜:鄠县与杜陵。鄠县在今陕西省户县北;杜陵,汉宣帝陵墓。鄠县与杜陵都是汉唐时代靠近首都长安的京畿之地。
③ 静琴:在幽静的环境抚琴。
④ 中圣:酒醉的隐语,古人称酒清者为圣人,酒浊者为贤人。渔矶:可供垂钓的水边岩石。作者自注,"李能琴画"。
⑤ 春风并马归:作者自注,"春明晼亦返秦"。

姑 苏 旅 怀

又作吴趋客①，南园晚步迟②。无风林欲动，落日鸟先知。
耽酒留春色③，愁眠听竹枝④。此中民力苦，半尽采桑时⑤。

注释：

① 吴趋:吴趋坊,苏州的一条老街。
② 南园:在苏州古城内南部,明代种菜供城内居民所需。
③ 耽酒:极好的酒。
④ 竹枝:竹枝词,唐教坊曲名,本是巴渝(今四川省东部重庆市一带)民歌中的一种。
⑤ 半尽采桑时:作者自注"机户以织造为苦"。

梁溪除夕过顾修远饮

时顾有爱妾之恸①

烧烛夜先明，残年忽二更。椒盘仍岁月②，柏酒自平生③。

歌入吴娃馆，春回范蠡城④。画弓人不见⑤，空负绮罗情。

注释：

① 梁溪：水名，其源出于无锡惠山，北接运河，南入太湖。梁溪的得名有两种说法，《无锡志》（元·王仁辅）里记载有"古溪极狭，南北朝时梁大同（535—545）重浚，故号梁溪，南北长三十里"。也有相传东汉时著名文人梁鸿偕其妻孟光曾隐居于此，故而得名。历史上梁溪为无锡之别称。顾修远：人名，不详。此诗写于顺治十三年（1656）冬。

② 椒盘：盛有椒的盘子。古时正月初一日用盘进椒，饮酒则取椒置酒中。

③ 柏酒：柏叶酒。中国传统习俗，谓春节饮柏叶酒，可以辟邪。

④ 范蠡城：越城，人称"范蠡城"。位于今南京市秦淮区西南部，公元前472年，越王勾践令范蠡在今南京中华门外筑，是在南京建造最早的一座城池，为南京建城的开端。

⑤ 画弓人不见：作者自注"锡山处夜家家画弓，独顾以丧妾废。"

丁酉西湖元夕①

独有他乡树，春风最易生。枝枝交客眼，个个似行旌。

桥影灯前灭，湖光雨后清。因思吴越女，午夜未妆成。

注释：

① 丁酉：顺治十四年（1657）。

汛 浙 江①

移舟就月影，不寐听滩声。木魅嗥风入②，江鼍濯甲鸣③。
云从天姥乱④，潮自富春平⑤。石濑悬星汉⑥，烟波彻夜明。

注释:

① 浙江:钱塘江,古称浙,全名浙江,又名之江。
② 木魅:旧指老树变成的妖魅。嗥(háo):野兽叫。
③ 江鼍:扬子鳄,又名鼍鱼、土龙、鼉龙、猪婆龙。
④ 天姥:天姥山,是绍兴的南屏障。
⑤ 富春:富春江,位于浙江省中部,为钱塘江建德市梅城镇下至萧山区闻家堰段的别称。
　长110公里,流贯浙江省桐庐、富阳两县区。
⑥ 石濑:石潭。

乌石山待人①

螺女溪前月②，娟娟共一秋③。蟾蜍留扇底，河汉入妆楼。
歌罢金钿小④，花香玉臂浮。阶前萤火乱，似欲照人愁。

注释:

① 乌石山:简称乌山,又称道山,位于福建省福州市中部。
② 螺女:螺江,亦称螺女江,在福建省福州市西北。
③ 娟娟:长曲貌。
④ 金钿:古代嵌金花的首饰。

戊戌中秋临淄独酌①

作客秋无夜，开樽月近人。关山偏鼓角，齐鲁半荆榛②。
古树前朝寺，残灯异代身。纷纷阳鸟过③，羡尔到江津④。

注释：
① 戊戌：顺治十五年（1658）。临淄：古县名，今山东省淄博市临淄区。
② 荆榛：亦作"荆榛"。泛指丛生灌木，多用以形容荒芜情景。
③ 阳鸟：鸿雁之类候鸟。
④ 江津：江边的渡口。

八月至岱宗①

八月西巡日②，东游泰岱峰③。鸟回封禅道④，云没大夫松⑤。
晓气含群岫，天门散六龙⑥。平明沧海望⑦，长此忆朝宗⑧。

注释：
① 八月：顺治十五年（1658）八月。岱宗：对泰山的尊称。
② 八月西巡：指舜西巡华山。
③ 泰岱：泰山。
④ 封禅：泰山封禅，古代国之大典。以示皇帝受王命于天，向天告太平，对佑护之功表示
　答谢，亦要报告帝王的政绩如何显赫。
⑤ 大夫松：古人用于咏松树，或喻受恩遇。此指泰山有五大夫松。
⑥ 天门：泰山上有三道门："一天门""二天门（中天门）"和"三天门（南天门）"。"一天门"和
　"二天门"之间被称为三重天，"二天门"和"三天门"之间被称为六重天，而出了"三天门"
　就是九重天，再到玉皇顶，就被称为九霄了。六龙：指太阳。
⑦ 平明：天刚亮的时候。
⑧ 朝宗：古代诸侯春、夏朝见天子，后泛称臣下朝见帝王。此指朝拜泰山。

忆丈人峰①

清晨登日观，不辨丈人峰。大海林中散，轻云洞口封。

扪萝失齐鲁②，斫药起蛟龙③。见说山花异，青童无定踪④。

注释：
① 丈人峰：位于泰山玉皇顶西北，状似老翁伛偻着背而得名。
② 扪萝：攀援葛藤。失齐鲁：看不见齐鲁大地。
③ 斫（zhuó）药：采药。
④ 青童：少年，亦指古代中国神话传说中的仙童。

送丘海石令高要①

不敢别吾子②，平生涕泪多。大江无日夜，绝徼有干戈③。

秋老桃榔出④，滩空瘴疠多。只应对包井⑤，退食一高歌⑥。

注释：
① 丘海石：石常，字子虞，号海石，山东诸城人，明副贡生。高要：今广东省肇庆市高要区，地处肇庆市南部。
② 吾子：古时对别人的尊称，相当于"您"。
③ 绝徼：极远的边塞之地。
④ 桃榔：棕榈科乔木，果实两三年才成熟。
⑤ 包井：包公井。宋代名臣包拯，在肇庆任端州知郡事3年，为官清廉，大办实事，造福端州。当时居民因长年饮用不洁净的水，瘟疫、疾病时有发生，包拯发动群众在城区开挖水井七口，居民感激包公将这七口水井称为包公井。
⑥ 退食：减膳以示节俭，指操守廉洁。

喜同年曹禹疏、刘康矣并至济南①

失意今相见，都从此道回。春风三辅别，秋色二东来②。
白发悲明主，黄金愧筑台③。西归鸿雁落，为寄陇头梅④。

注释：
① 曹禹疏、刘康矣：陕西文人。
② 二东：两位客人。
③ 黄金愧筑台：燕昭王建黄金台，用于招纳贤才。
④ 陇头梅：典出南朝·宋·盛弘《荆州记》，陆凯《赠范晔》一诗："折梅逢驿使，寄与陇头人。
江南无所有，聊赠一枝春。"借赠梅之事抒发对友人的思念之情。

孔林题子贡庐墓处①

数仞宫墙外②，犹存筑室场③。独看周礼器，无复汉衣裳。
冢壁洙河晓④，楷林蓍草香⑤。失声天地后，万古一芒芒。

注释：
① 孔林：本称"至圣林"，位于山东曲阜城北1.5公里处，是孔子及其后裔的家族墓地。子
贡庐墓处：孔子去世后，子贡为孔子守墓六年。后人把子贡树为尊敬师长的楷模，并于
明代在孔子的墓前立"子贡庐墓处"碑一块，同时盖屋三间，作为纪念。
② 数仞宫墙：极高的室外围墙，意译为孔子的德行、学问若同只得仰望的数丈高墙。仞为
量词，古代周制七尺为仞。
③ 筑室场：子贡建草庐的地方。
④ 洙河：位于山东省中部，是大沽河支流，因河道转折处常潴水为泊，古称"潴河"。
⑤ 楷林：孔林。楷：木名，即"黄连木"，落叶乔木，果实长圆形，红色。楷树枝干疏而不
屈，因以形容刚直。蓍（shī）草：多年生草本，具细的匍匐根茎。全草可入药，茎、叶
可制香料。

泰兴游季氏园①

延令三面水②，战舰几时侵③。江国城池阔，人家橘柚深④。

落花飞浴鹭，宿雾散鸣禽。似有吴娃在，依稀隔竹音⑤。

注释：

① 泰兴：江苏省泰兴市。季氏园：明末清初季寓庸之"嘉树园"。季寓庸，泰兴名士，明天启二
　 年（1622）进士，官至吏部主事。季寓庸辞官回乡后，即经营盐业，成为巨富，治园于城东
　 隅，号"嘉树园"。清初名士姜宸英在《嘉树园记》中称"维扬嘉树之园遂甲于天下园"。季
　 寓庸次子季振宜，字铣兮，号沧苇，顺治四年（1647）进士，初任浙江兰溪县令，升刑部主
　 事，历任户部员外郎、郎中、河东巡盐御史。
② 延令：宋代延令村，即后来的泰兴城，濠河环绕。
③ 战舰几时侵：指金兵时常入侵。
④ 橘柚：橘树与柚树。
⑤ 依稀隔竹音：作者自注"季有女剧"。

庚子怀任认庵光泽①

竹西分手后②，几日到江闽③。别馆经残腊④，归舟已莫春。

雪花山果落，风磴柳条新⑤。欲向前溪望，子规啼杀人。

注释：

① 庚子：顺治十七年（1660）。任认庵：曾畹友，不详。光泽：光泽县，位于福建省西北部，闽
　 江富屯溪上游，武夷山脉北段。
② 竹西：扬州。
③ 几日到江闽：作者自注"任由建昌到杉关"。杉关在福建省光泽县北45公里的杉关
　 岭上。
④ 别馆：招待宾客的住所。
⑤ 风磴：山岩上的石级，岩高多风，故称。

灿弟将游京师留邗上余渡江南①

（一）

愁极浑忘还，潮回欲放船。可怜兄弟别，值此夕阳天。

水驿淹行李，京华判岁年②。斯游盛辞赋，斟酌向人传。

注释：

① 邗（hán）上：邗江县，在江苏省。此诗当写于康熙八年（1669）。

② 判岁年：区分年月。

（二）

京口空山水，维扬只客商。此中交道绝，别汝最茫茫。

行路贫能贯，依人贱可伤。往来戎马窟，珍重制衣裳①。

注释：

① 珍重制衣裳：作者自注"弟喜道服"。

苎罗山①

出郭寻芳草，湖田近水滨。居然浣纱石②，曾共沼吴人③。

苔上娥眉月，溪流舞袖春。至今山下路，犹带绮罗尘④。

注释：

① 苎罗山：在今浙江诸暨县南，相传为春秋时越国美女西施、郑旦出生之地。

② 居然：安然。浣纱石：亦作"浣纱石"，在苎萝山下，浣纱溪畔，相传西施在其上浣纱。

③ 沼吴：使吴为沼，即让吴国沦为沼地。即灭吴。

④ 绮罗：华贵的丝织品或丝绸衣服。

永嘉客西垟园亭①

揽胜怀王谢②，登临此地同。潮来孤屿下③，山入海城中。

酌酒看残月，移床辟朔风。明朝余兴会，还上塔西东④。

注释：

① 永嘉：永嘉县，浙江省温州市辖县。西垟：西垟村，位于浙江省温州市永嘉县沙头镇。
② 王谢：六朝望族琅琊王氏与陈郡谢氏之合称，后成为显赫世家大族的代名词。晋永嘉之乱后，琅琊王氏和陈郡谢氏族人，从北方南迁至金陵，后因王谢两家之王导、谢安及其后继者们于江左五朝的权倾朝野、文采风流、功业显著而彪炳于史册。
③ 孤屿：孤立的岛屿。此指永嘉江心孤屿，俗称江心屿，位于温州市区北面瓯江之中，江心屿与鼓浪屿、东门屿、兰屿并称"中国四大名屿"，而江心屿列中国四大名胜孤屿之首。
④ 还上塔西东：作者自注"孤屿有双塔"。

赠鄢陵韩叔夜①

垂老永嘉令，琴堂昨日辞②。花留灵运屿③，石刻浩然诗④。

边海民难徙，休官愿已迟。衙斋满书帙⑤，愁绝北归时。

注释：

① 鄢陵：鄢陵县，隶属于河南省许昌市。韩叔夜：韩则愈，字叔夜，号秋岩。顺治八年以岁贡应廷试，十六年授永嘉知县，康熙元年（1662）去官，稽杭州。
② 琴堂：琴室，指县衙。
③ 灵运：南北朝著名诗人谢灵运，曾任永嘉太守。
④ 浩然：唐代诗人孟浩然。
⑤ 书帙（zhì）：亦作"书袠"，书卷的外套；泛指书籍。

书情贻万九皋大参①

（一）

举家吴会别，辛苦适东瓯②。岛屿山城隔，人烟海气浮。

壮心穷不死，乱国泪长流。画角三秋后，时时见蜃楼。

注释：

① 万九皋：曾畹友，不详。大参：参政的别称，指朝廷高官。

② 东瓯：温州及浙江省南部沿海地区的别称。东晋时于此置永嘉郡，隋废，唐时曾复置。

（二）

家家临水曲，树树系江船。失计徒千里，穷交已廿年①。

厨荒嗔仆病，秋老怪人眠。不是悲离索②，无由度碛边。

注释：

① 穷交：患难之交，指贫贱之交。

② 离索：独居或形容萧瑟之相。

（三）

西去秋无信，南游雁已闻。故人容挢客，吾亦重离群。

溪恶江开屿①，峰交峡吐云。此时潮上下，把棹趁斜曛。

注释：

① 恶：荒僻。

答嵇淑子司李①

廿年方筮仕②，便欲赋归休。红稻供官米③，青山对郡楼。

波澄孤屿月，云散石门秋④。抗手西州去⑤，多君念敝裘⑥。

注释：

① 嵇淑子：嵇宗孟，字子震，号淑子，淮安府安东县（今涟水）人。嵇纲六世孙，明清之际诗文家，曾官杭州知府，后定居淮安城内。大学者顾炎武等之挚友。司李：司理，掌狱论之官。

② 筮（shì）仕：古人第一次外出做官，都要占卜问吉凶，故称初次做官为筮仕。

③ 红稻：稻的一种。

④ 石门：浙江桐乡市石门镇，相传越国为了抵抗吴国，在此垒石为门，故称"石门"。

⑤ 抗手：举手，示意告别。

⑥ 多君：感君，感谢你。敝裘：破旧的皮衣。

寄陈尧夫、徐贯时①

适越非得已，干人计转疏②。但添诗赋在，莫问结交初。

地暖秋多蚋，江深市乏鱼③。平生漂泊惯，不敢恨离居。

注释：

① 徐贯时：曾畹友，不详。

② 干人：穷人。转疏：分散。

③ 江深市乏鱼：作者自注"温州海禁后，并江鱼无捕者。"

赠 侯 嗣 宗①

嗣宗高隐久②，五十竟无家。雁荡人烟少，渔村盗贼赊③。

身藏大令帖④，力尽邵平瓜⑤。念我穷边客，时来一叹嗟。

注释：
① 侯嗣宗：曾晄友，不详。
② 高隐：隐居。
③ 渔村盗贼赊：作者自注"侯向家渔村"。
④ 大令帖：王献之（344—386），字子敬，东晋琅琊临沂人，生于会稽（今浙江绍兴），官至中书令（相当于宰相），故人称"大令"，其书帖人称"大令帖"。
⑤ 邵平瓜：东陵瓜。邵平，中国古秦国的东陵侯，秦亡为平民百姓，种瓜于长安城东，瓜美，故世俗谓之"东陵瓜"。

答 姜 尚 父①

忧乱归关塞，轻装客越州。溪声浮败叶，草色照行舟。

禹穴未游得②，曹江空自流③。何时访安道④，重过一淹留⑤。

注释：
① 姜尚父：曾晄友，不详。
② 禹穴：相传为夏禹的葬地，在今浙江省绍兴会稽山。
③ 曹江：曹娥江，钱塘江的最大支流，因东汉少女曹娥入江救父而得名。曹娥江发源于磐安县尚湖镇王村的大盘山脉长坞，自南而北流经新昌县、嵊州市、上虞区、柯桥区，于绍兴三江口以下注入杭州湾。
④ 安道：人名。
⑤ 淹留：长期驻留。

把　都　河①

九月行边塞，雪花风乱吹。长城何用筑，番落更相安②。
万壑奔秋草，群山长牧儿。饥来就瓯脱③，牛马杂成糜④。

注释:

① 把都河:红柳河,系无定河一级支流,在陕西省定边县。此诗写于康熙二年(1663)赴
京途中。
② 番落(fān luò):指少数民族或少数民族聚居之处。
③ 瓯脱:古代少数民族屯戍或守望的土室。
④ 糜:肉糜,粥。

登府谷城同刘正斋游悬空寺
历历指战守旧处感而成诗①

雪后耽形胜②，凭高问战争。沟中听鬼语，石坼搅河声③。
寒日一僧起，孤灯天柱明④。渡头奔走歇，即此悟无生⑤。

注释:

① 府谷城:陕西省榆林市府谷县城。
② 耽:沉溺,入迷。
③ 石坼(chè):巨石开裂。比喻死亡,多用于名儒宿将。
④ 孤灯天柱明:作者自注"寺旁天柱石"。
⑤ 悟无生:佛教术语,原意往生到西方净土。

神　池^①

高阙出神池，无风天四垂。指因霜渐堕，须以雪成丝。

兔走鹰捎疾，羊归犬吠迟。家家争渴汲^②，冰斧夜深持^③。

注释:
① 神池:山西省忻州市神池县。
② 渴汲:急于取水。
③ 冰斧:防身的工具。

次　大　同^①

绝塞幽荒貊^②，楼台十万家。边箫吹朔气，狐迹走圆沙^③。

河到东流曲，山连北岳斜^④。明朝冬至节，一夜煮胡麻^⑤。

注释:
① 大同:今山西省大同市。
② 荒貊(mò):貊地,北方古老民族貊人的领地。
③ 圆沙:沙丘。
④ 北岳:恒山,在山西省大同市浑源县城南 10 公里。
⑤ 胡麻:亚麻,油料作物。

吊　古

幂幂白登台^①，高皇七日回^②。生还非庙算^③，遗赂得群材^④。
牛马玄冰出^⑤，琵琶紫塞来^⑥。读书长此恨，经过重衋回。

注释：
① 幂幂：浓密貌。白登台：在大同白登山上。
② 高皇：北魏道武帝拓跋珪。
③ 庙算：亦作"庙筹"，朝廷或帝王对战事进行的谋划。
④ 遗赂(wèi lù)：赠送财物。
⑤ 玄冰：厚冰。
⑥ 紫塞：长城。

北口峪望蔚州^①

匹马桑干道^②，孤城沙漠阴。风高谷口断，石逆水痕深。
野雉衔酸枣，神狐啸莫林。匣中三尺剑，不试夜沉沉。

注释：
① 北口峪：飞狐峪，位于河北省张家口市蔚县正南13公里宋家庄镇。飞狐峪是山岳型风
　景旅游景区，是历史上著名的"太行八陉"之一。
② 桑干：桑干河，今永定河之上游，相传每年桑葚成熟时河水干涸。

甲辰京师别刘峻度①

（一）

依君三十日，怪我日骑骡。失意狂言少，穷愁酒债多。
青知春韭熟，白赏海棠过②。兴至无人至，狭邪携手歌③。

注释：

① 甲辰：康熙三年（1664）。刘峻度：刘师峻，字峻度，扬州江都人，顺治三年（1646）举人，
　　著有《北岳恒山历祀上曲阳考》。家有女乐班。
② 白赏：白相，玩耍的意思。
③ 狭邪：小街曲巷，也指"妓女"或"妓院"。

（二）

佟有青楼曲①，良宵畏汝知。辟人常窃听②，作意巧相欺③。
乳燕生生语④，灯花细细垂。眼前春欲尽，分外月明迟。

注释：

① 佟有：尽有，全都有。
② 辟人：避开人。
③ 作意：着意，注意。
④ 生生：活力；叽叽喳喳。

（三）

移家非率尔①，鱼米足西州。君有故园在，如何远出游②。
兵戈京口夜③，妇女广陵秋。辟地空萧索④，繁华终可忧。

注释：

① 率尔：轻率，随便。
② 如何远出游：作者自注"刘兰州人，家扬州。"
③ 京口：镇江的古称。
④ 萧索：荒凉，冷落，萧条，凄凉。

夜 听 伎

行乐无他日，遣愁犹昔年①。美花沾席上，小影侧春前。
爱至偏宜泣②，嗔多不受怜。伊凉今夜曲③，为汝一鸣弦。

注释：
① 昔年：往年，从前。
② 宜泣：容易哭泣。
③ 伊凉：曲调名，指《伊州》《凉州》二曲。

题吴工部吴船斋①

（一）

燕市诚何地②，吴船自在行。但闻花草气，不见水流声。
于世原无涉，居官岂为名。浮沉十载过，即此遂柴荆。

注释：
① 吴工部：吴绮（1619—1694），清代词人，字园次，号绮园，顺治十一年（1654）贡生。顺治
　十三年（1656）荐授弘文院中书舍人。顺治十五年（1658）迁兵部职方司主事。后迁兵部
　武选司员外郎。康熙二年（1663）擢工部屯田司郎中。船斋：船形房屋，多建于岸边。
② 燕市：燕京，北京城。

（二）

亭台图画里，吾意亦虚舟①。近市无清夜，居官似远游。
风低高树引，阁小莫春浮。退食归来晚，图书看未休。

注释：
① 虚舟：任其漂流的舟楫，常比喻人事飘忽，播迁无定。

题高邑寓壁留示莫大岸①

（一）

平生游历贯②，不信道途穷。匹马鸦声里，孤城树色中。

渐看仙吏至③，似许故人通。暂舍都亭下④，萧萧落日风。

注释：
① 高邑：高邑县，又名凤城，今属于河北省石家庄市。莫大岸：莫与先，字大岸，别号顾洄，湖北潜江（今潜江市）人，清顺治十五年（1658）进士，曾任高邑县知县，后弃官归里养母，教子孙耕读，著述颇丰。
② 贯：成例。
③ 仙吏：仙界、天庭的职事人员。
④ 都亭：都邑中的传舍。

（二）

同我声名久，输他释褐先①。虽忘燕市醉，合记浙江眠。

贫是居官好，病由逐客痊。棠花满里巷②，憔悴一年年。

注释：
① 释褐：脱去贫民衣服。
② 棠花：隶棠花，落叶灌木，高1~2米，4~6月开花。

（三）

浪游工嫚骂，将老渐和平。侯吏词频改①，知君意太轻。

春深双过雁，树折半巢莺。夙昔依人者②，还应念友生。

注释：
① 侯吏：官吏。
② 夙昔：从前，昔时。

黎城道中①

行人此绝迹，迷路指村姬②。挈饁看蚕出③，分秧驾犊迟④。

丹朱城窅窅⑤，微子岭迟迟⑥。拍手声相问，山风隔岸吹。

注释：
① 黎城：山西长治市辖县。
② 村姬：村妇。
③ 挈饁(qiè yè)：提饭给在田间耕作的人送。
④ 分秧：分稻苗插秧。
⑤ 丹朱：尧的长子丹朱，传说封地在今山西省临汾市翼城县。窅窅(yǎo)：幽深遥远的样子。
⑥ 微子：子姓，名启，世称微子、微子启、宋微子。微子是商王帝乙的长子，纣王的庶兄，早年在微子国(今山西长治潞城微子镇一带)做诸侯国君。微子岭，又名比干岭，在潞城东北9公里处，高1015米，今潞城市微子镇所在地。

赠南州陈吉甫①

大江谁第一，此老万夫雄。赤甲何年卸②，朱旗昨夜风③。

关山嗔格斗④，臣妾耻雷同⑤。侧想飞腾意，横行碣石东⑥。

注释：
① 南州：泛指南方地区。陈吉甫：明末清初人，不详。
② 赤甲：红色的甲，古代谶纬(古代中国官方的儒家神学，谶书和纬书的合称)家谓为帝王受命的祥瑞。
③ 朱旗：红色的旗，指战旗。
④ 嗔(chēn)：生气，怒；不满。
⑤ 臣妾：西周、春秋时对奴隶的称谓，男奴叫臣，女奴叫妾。雷同：随声附和，与他人的一样；也指一些事物不该相同而相同。
⑥ 碣石：山名，在河北省昌黎县北。

上 党 旅 夜①

(一)

客居忧大旱，向晚雨霏霏。宣卷千家静②，参园五叶稀③。

题诗惊雁起，听妓赛神归④。衙鼓高楼发⑤，何人独解衣。

注释：

① 上党：古地名，在今山西省的东南部长治市和晋城市一带。

② 宣卷(xuān juàn)：元、明、清时，僧徒讲唱宝卷，称为宣卷。

③ 参园五叶稀：作者自注"潞安以喧卷为乱风，地出紫团参"。五叶，指产于上党地区的团参，人称"党参"。

④ 赛神：神祇崇拜的一种活动方式，多见于求雨。

⑤ 衙鼓：旧时衙门中所设的鼓，用以集散曹吏。

(二)

昔闻沈藩伎①，娇媚斗宫妆②。一代黄巢后，三街翠黛荒③。

须知色妍丑，直系国存亡。玉漏秋风陌，金闺彻夜凉④。

注释：

① 沈藩：朱元璋第二十一子沈王朱模封沈王，在山西潞州。

② 斗：赛过。

③ 翠黛：古时女子用螺黛画眉，故称美人之眉为"翠黛"。句末作者自注"旧有三街"。

④ 金闺：闺阁的美称。

德风亭同萧青令太守^①

（一）

何年李别驾^②，小构旧楼台。夹石斜阳走，前山雨色来。

鸟窥新菜甲^③，花覆早春醅^④。凭眺无朝夕，狂歌脱帽回。

注释：

① 德风亭：旧址在今长治市府后街，为唐明皇李隆基作临淄王兼任潞州别驾时所建，取意孟子"君子之德风，小人之德草，草上之风必偃"。萧青令：萧来鸾，字青令，江西南昌人，康熙三年（1664）以拔贡任潞安府知府，康熙十一年（1672）离任。

② 李别驾：指李隆基。别驾：官名，亦称别驾从事，简称"别驾"，汉置，为州刺史的佐官。隋初废郡存州，改别驾为长史。唐初改郡丞为别驾，高宗又改别驾为长史，另以皇族为别驾，后废置不常。宋各州的通判，职任似别驾，后世因以别驾为通判之习称。

③ 菜甲：菜初生的叶芽。

④ 春醅：春酥。

（二）

幽意主人惬，招邀共此亭。背城高树碧，当户晚山青。

郡小官无事，风清客暂停。他年回首望，泽潞旧藩屏^①。

注释：

① 泽潞：昭义，唐方镇名，至德元年（756）置泽潞沁节度使，治所在潞州，较长期领泽、潞、沁三州，相当今山西霍山以东及河北涉县地。

赠田二较书①

（一）

帘动闻人至，衣香近烛前。低回光不定，旖旎镜中悬②。
钗以轻风掠，眉从堕髻偏。声声河满子③，歌似李延年④。

注释：
① 田二较：山西歌伎。《江西诗征》作《赠田较书》。
② 旖旎（yǐ nǐ）：柔美的样子。
③ 河满子：何满子，词牌名。
④ 李延年：西汉音乐家。

（二）

直是花如貌①，非关慧有情。回身斜理鬟，侧枕暗愁声。
以我思家泪，还为惜别生。蘼芜山下路②，一步一倾城③。

注释：
① 直是：真是。
② 蘼芜（mí wú）：一种香草，叶子风干可以做香料。古人相信蘼芜可使妇人多子。
③ 倾城：形容女子极其美丽。

蟋　蟀

何物秋声苦，生生夜怨长。远吟低树木，侧唱近池塘。
北董机中妇①，西州砧上霜②。催人归意切，赖尔报姬姜③。

注释：
① 北董：今北董乡，在山西省临汾市曲沃县。作者自注"北董，地名"。
② 西州：古代泛指中原之西的区域。此指宁夏。
③ 姬姜：贵族妇女，泛指美女。此指姬妾。

龙门酒中候渡值客赴朔方先附书往率尔成咏^①

禹凿何年始^②，空山两峡开。斧痕埋绝壁，星宿犯危台^③。
竟日无人渡^④，前村且浊杯^⑤。好将书寄问，河水夏州来。

注释:
① 龙门:山西省河津市与陕西省韩城市间的黄河峡谷,此旅店在河津一侧。
② 禹凿:大禹凿龙门的传说。
③ 危台:高台。
④ 竟日:终日,从早到晚。
⑤ 浊杯:浊酒,未经过滤的新酒。

雨阻赵元深涧斋^①

释辔华池下^②，连宵白雨深。秋花已辞叶，野鸟不归林。
沟断愁河涨，园荒起莫砧。与君聊卜醉^③，树上听晴阴。

注释:
① 赵元深:陕西泾阳人,清初陕西名儒。
② 释辔:解开马缰绳。华池:甘肃省华池县。
③ 聊卜醉:沉醉于闲聊周易。

穆陵关田妇①

永寿关仍设②，穆陵人独归。秋花生乱鬓，霜叶捣寒衣。

歌以薅田发，烟为晒麦稀。不辞沙碛雁，与汝一行飞。

注释：
① 穆陵关：在陕西省永寿县永平镇，北宋嘉祐年间（1057—1063）置，分东穆陵关和西穆陵关。
② 永寿：陕西省永寿县。

九条沟遇客南归冯达家书①

直是虎狼国，千山与万溪。泉枯春不活，沟窄马难齐。

有仆皆南走，移家独向西。自从辞骨肉，乡信泪中题②。

注释：
① 九条沟：在今陕西省安康市汉滨区石梯镇。冯达：凭借快马送达。冯：马行疾速。
② 乡信：家乡人或家人的信。

丙午至秦州①

(一)

惜时悲杜甫，吾亦滞秦州。岂尽才名误，都为旅食愁。

丁花羌笛乱②，分水陇河秋。未省东柯谷③，田荒赋不休。

注释：
① 丙午：康熙五年(1666)。秦州：今甘肃省天水市。
② 丁花：四月的花。
③ 未省(wèi shěng)：未曾，没有。在今甘肃省天水市市东。

(二)

见说仇池穴①，西连麦积山②。不能知战阵③，先已失岩关。

非子马多息④，公孙使未还。骠姚诚爱国⑤，莫过上邽间⑥。

注释：
① 仇池：山名，在甘肃省成县西，古人类穴居之处。
② 麦积山：位于甘肃省天水市麦积区，是小陇山的一座孤峰，因山形似麦垛而得名。
③ 战阵：战或比赛的阵势；战场阵地久经战阵的老战士。
④ 非子：秦非子，秦国的开国君主，商朝重臣恶来的五世孙。
⑤ 骠姚：票姚。汉·霍去病曾为骠姚校尉、骠骑将军，后以"骠姚"指霍去病。
⑥ 上邽：古县名，本邽戎地，今甘肃省天水市清水县。作者自注"时边将喜功"。

(三)

陇西三郡戍①，诏减是何年②。偃甲朝廷喜③，将军拓地偏。

诸戎牛饭散，九阪凯歌旋④。只此开边衅⑤，封侯事枉然。

注释：
① 陇西三郡：汉末陇西郡、安南郡、天水郡。
② 诏减：朝廷下诏减赋。
③ 偃甲：指藏甲衣不用，谓停止战争。
④ 九阪：九折阪。邛郲九折阪，在今四川省蒙阳界西邛崃山，以其喻险要的地势或道路。
⑤ 边衅(xìn)：边境上的争端。

（四）

轩辕传上谷①，八卦雪中明②。未必仙人峡③，居然龙马城④。

松蟠群鸟迹⑤，河静一楼声。北寺哀笳发⑥，山尊独夜倾⑦。

注释：

① 轩辕传上谷：轩辕谷，亦称三皇谷，俗名三皇沟，在今天水市清水县山门镇白河村。《甘肃通志》："轩辕谷隘，清水县东七十里，黄帝诞此。"

② 八卦雪中明：作者自注"谷上遇雪形如八卦"。

③ 仙人峡：也称显亲峡，为今之锦带峡，传为伏羲、女娲滚石磨相合而婚之处。仙人指伏羲。

④ 龙马城：古成纪县故城，传为伏羲、女娲结俪处。作者自注"皆秦州地"。

⑤ 松潘：松潘县，位于四川省阿坝藏族羌族自治州东北部。

⑥ 北寺：古秦州城北寺，在北山，传为隗嚣宫。

⑦ 山尊：1.古代祭器名，即山罍；2.山杯，以竹节、葫芦等制作的粗陋饮器。此为山杯。

水　涨

城没将三版①，南湖塞越西②。满江千户泛，行潦一山齐。

桑树余蚕茧，渔梁架稻畦③。追呼徒有吏，永夜不闻鸡。

注释：

① 版：古代墙高的计量单位，一版高二尺。

② 南湖：余杭南湖，位于浙江省杭州市余杭区。句末作者自注"南湖系越西蓄水之地，今淤塞"。

③ 鱼梁：筑堰拦水捕鱼的一种设施。

遣姬人①

旧侣羁雌散②，高楼吊影初③。我年今始满④，为乐定何如⑤。
不羡秋胡仕⑥，宁同莱氏居⑦。春山春水外，端为赣州书⑧。

注释：

① 遣：送回家乡。此诗写于康熙九年（1670），曾畹最后一次会试不第。
② 羁雌：亦作"羇雌"，失偶的雌鸟。
③ 吊影：对影自怜。喻孤独寂寞。
④ 年：岁月。
⑤ 为乐：行乐。
⑥ 秋胡仕：元杂剧《秋胡戏妻》的故事。汉代胡秋做官归乡，在桑园巧遇梅英。由于两人分别时间太久，彼此已不认得。秋胡见梅英长得标致，竟加以调戏，梅英怒而投江。
⑦ 莱氏：老莱子。存疑人物，有人认为人就是老子。
⑧ 端为赣州书：作者自注"京师寄信老母，俟示苏州，久而不至"。

尚俶视省天目归舟遇雹牛浴河中
抵船几覆闻而有作①

舐犊吾何爱，虚舟触汝难。怒雷翻燕幕②，高桧削龙蟠③。
肉食形无墨④，山深雨骤寒。慈航哪可渡⑤，禅定敢求安⑥。

注释：

① 尚俶：曾畹之子。视省：游览。牛浴河：河流名。牴：触动。
② 怒雷翻燕幕：疾雷惊翻燕阵。燕幕：筑巢在帷幕上的燕子，比喻处境极不安全。
③ 高桧削龙蟠：龙蟠在高大的树梢。削（shāo）：同梢。
④ 肉食形无墨：作者自注"儿痔，色槁"。
⑤ 慈航：佛教语。谓佛、菩萨以慈悲之心度人，如航船之济众，使脱离生死苦海。
⑥ 禅定：佛教禅宗修行方法之一。一心审考为禅，息虑凝心为定。佛教修行者以为静坐敛心，专注一境，久之达到身心安稳、观照明净的境地，即为禅定。

重　阳

凉风欻秋月①，不辨寺东西。白术藏云气②，黄柑落竹溪。

地蒸山雾湿，泉压水筒低。掩息禅扉久③，登高望欲迷。

注释：

① 欻(xū)：物体沿直线快速飞出去或飞过来的声响，此指迅速弥漫。

② 白术藏云气：作者自注"天目产术"。

③ 禅扉：禅房。

徐世臣染剃十余年开堂禾郡梵受寺
春莫过访值其讲庄子作此怀之①

著书悔少作，讲席有庄周②。蝴蝶鸳鸯渚③，昆鹏烟雨秋。

吾徒三毒炽④，末法众生愁⑤。愧我如徐庶⑥，披缁不自由⑦。

注释：

① 徐世臣(1597—1670)：名继恩，浙江仁和人，武林名士，曾隐于竺干山中，更名净挺，字依亭。清初遁入空门，法名正岩，号豁堂禅师，为常熟三峰清凉禅寺住持。染剃：剃发染衣，成为沙弥或沙弥尼。开堂：指开坛说法。禾郡：江西吉安，禾水（永新江）从该地流过。

② 庄周：庄子，字子休（亦说子沐），宋国蒙人，道家学派主要代表人物，先秦七子之一，与老子并称"老庄"。

③ 蝴蝶鸳鸯渚：蝴蝶、鸳鸯栖息在水洲。

④ 三毒炽：三毒炽盛，佛教指三毒是"贪、瞋、痴"。

⑤ 末法：（佛教术语）正、像、末三时之一。指佛法的衰微时期。

⑥ 徐庶：字元直，颍川郡长社县（今河南许昌长葛东）人。东汉末年刘备帐下谋士，后归曹操，并仕于曹魏。

⑦ 披缁：通常僧人穿黑色或深色的衣服，故以披缁表示出家的意思。句末作者自注"母在不得祝发"。

杭州遇魏和公①

（一）

忽然扶病出，却与故人期。岭北归何晚，西湖到几时。

牛知函谷气②，驴负灞陵诗③。定有伤心处，良宵话未迟。

注释：

① 魏和公：魏礼，字和公，号吾庐，江西宁都人，易堂九子之一，魏禧弟，曾畹友。

② 牛知函谷气：指老子骑青牛出函谷关。函谷：函谷关。

③ 驴负灞陵诗：宋·孙光宪《北梦琐言》载有人问郑綮："相国近有新诗否？对曰：'诗思在灞桥风雪中驴子上，此处何以得之？'"明·张岱《夜航船》载："孟浩然情怀旷达，常冒雪骑驴寻梅，曰：'吾诗思在灞桥风雪中驴背上。'"灞陵：霸陵，汉孝文帝刘恒陵寝，位于西安东郊白鹿原东，灞河边。句末作者自注"魏从秦中归"。

（二）

过眼君羁勺①，乌头戴角巾②。对门骑竹马③，乞食荷刍人④。

辟乱诸峰合，穷交四世亲。难兄离别久，相见梦中频⑤。

注释：

① 羁勺：旅途的酒。

② 乌头：长着黑发的头。借指年少。角巾：方巾，有棱角的头巾，为古代隐士冠饰。

③ 对门骑竹马：宁都曾畹家与魏礼家对门，小时一起玩耍。

④ 荷刍（chú）：背草。句末作者自注"魏与畹对门居，少年索果于负薪者"。

⑤ 相见梦中频：作者自注"每梦魏善伯"。

（三）

华山弃我老，汝意故西行。一线真如画，三峰竟削成①。

烧丹供白帝，攀索食黄精。诸岳吾游遍，苍茫独此并②。

注释：

① 三峰：古人称华山三峰，指的是东、西、南三峰。

② 苍茫独此并：中国的大山都游历，独有华山魏礼也来过。作者自注"魏有游华诗"。

浮玉冬夜奉寄合肥龚公十二首①

(一)

甲戌到庚戌②，相看四十年。先公同释褐③，贱子苦迍邅④。

马失空山道，猿哀独树边。偷生惭父执⑤，选佛答皇天。

注释：

① 浮玉：浮玉山，江苏省镇江市的金山、焦山，传说仙人居住的地方。龚公：龚鼎孳。

② 甲戌到庚戌：甲戌，崇祯七年(1634)；庚戌，康熙九年(1670)。

③ 释褐：脱去平民衣服。喻始任官职。作者自注"龚与先公甲戌同榜"。

④ 迍邅(zhūn zhān)：难行貌。

⑤ 父执：父亲的朋友。语出《礼记·曲礼上》："见父之执，不谓之进，不敢进；不谓之退，不敢退；不问，不敢对。"

(二)

蕲水江黄色①，韶年御寇仇②。举烽群马到③，拽炮万山攒④。

赋税论文洽，琴书漉酒看⑤。此中有僧述⑥，细数夜灯残。

注释：

① 蕲水：蕲河，在湖北省黄冈市境内。句末作者自注"龚十九岁令蕲水"。

② 韶年：美好的岁月。

③ 举烽：燃点报警烽火。

④ 拽炮万山攒：作者自注"闻熊文灿当时炮寄蕲水，龚伏四山，击贼却走"。

⑤ 漉(lù)酒：指对新酿的酒进行过滤，除去杂质。

⑥ 此中有僧述：作者自注"天目有蕲水僧"。

（三）

甲午秋风后①，西京寄一书②。故乡断消息，绝域正公车。

养拙怀金阙③，惭文撰石渠④。良时知不再，萧飒十年余。

注释:

① 甲午:顺治十一年(1654)。

② 西京:指西安。

③ 养拙:才能低下而闲居度日。

④ 石渠:指《石渠记》,唐代柳宗元的散文,《永州八记》的第六篇。文章记述了作者沿渠探幽,追求美景的事,表达了作者探奇制胜、拓宽胸怀、追求胜景,借以抒发胸中积郁之气的感情。作者自注"乙未龚劝畹试中书,畹思祖母归,不就"。

（四）

犹及祖慈见，长怀长者恩。壮心消笔囊①，旅食断江村。

木冻晨光散②，鸦飞夜宿喧。灯花何烂漫，凄切照人繁。

注释:

① 笔囊:携带文具用的袋子。

② 木冻晨光散:作者自注"天目雪日相映,于潜(今杭州市于潜区)人呼为木冻。"

（五）

昨年别家母，赤手五湖东①。知有老成在②，何妨泣路穷。

读书常谢客，射策更伤弓。得意残生少，真堪入梵宫。

注释:

① 五湖:古指太湖。

② 老成:谓辞章功力深厚。

（六）

吴娃殒西土，赣郡没辽姬。百里归无策，三年死未知。

盛寒思暖老①，中馈失齐眉②。南北小儿女，相烦一解推③。

注释：

① 暖老：给老人以温暖。

② 齐眉：达到人眉毛的高度，来自"举案齐眉"，比喻夫妇相敬如宾。

③ 解推：解衣推食，意为慷慨赠人衣食。

（七）

天目老人健，多公寄所思。徒劳三月雁，未报数行诗①。

护法须摩诘②，当生是药师③。所嗟乐庵塔④，湮没独残碑。

注释：

① 未报数行诗：作者自注"龚三月寄诗颂老人"。

② 摩诘：维摩诘的省称，意为"净名"或"无垢称"。

③ 药师：1. 药工、医师的古称；2. 佛教中的一种佛名。作者自注"老人每示人，称药师佛号。"

④ 庵塔：尚干雁塔，又称塔林山石塔，俗称安塔、庵塔，在福建省闽侯县尚干镇。

（八）

传闻春榜后①，把卷益心悲。天地宁无意，升沉亦太奇。

拈花迦叶笑②，击筑沩山③知。多谢张公子④，并州昔所师⑤。

注释：

① 春榜：亦作"春牓"，指春试，春试中式的名榜。句末作者自注"龚主试庚戌"。

② 拈花迦叶笑：拈花一笑，佛教语，禅宗以心传心的第一宗典故。包含两层意思：一是指对禅理有了透彻的理解，二是指彼此默契、心神领会、心意相通、心心相印。宋·释普济《五灯会元·七佛·释迦牟尼佛》："世尊在灵山会上，拈花示众，是时众皆默然，唯迦叶尊者破颜微笑。"

③ 沩山：大沩山，湖南境内雪峰山东部的南翼主干。

④ 张公子：张溥（1602—1641），字乾度，一字天如，号西铭，南直隶苏州府太仓州（今属江苏太仓）人，明朝晚期文学家。崇祯四年进士（1631），选庶吉士，与同乡张采齐名，合称"娄东二张"。代表作有《七录斋集》《五人墓碑记》等。

⑤ 并州昔所师：作者自注"张系丹徒人，晚向流寓丹徒闻蔫，卷出张房"。

(九)

多生定多难，屡致仆夫逃①。尚有苍头在②，犹然举足高。

松杉风不住，溪壑雪成涛。日望京书至，扶藜出北濠③。

注释:
① 屡致仆夫逃:作者自注"二场仆又逃"。
② 苍头:仆从。
③ 扶藜出北濠:作者自注"苍头吴人，日望京书，趣蜿出山。"北濠:江苏南通护城河北段。

(十)

舍弟才思钝，承闻开馆初①。人师非所据，应对定何如。

封事马周好②，参军魏绛余③。只应同纪子④，腊尽著残书。

注释:
① 承闻开馆初:作者自注"时灿弟设帐张府"。
② 封事:密封的奏章。古时臣下上书奏事，防有泄漏，用皂囊封缄，故称。马周(601—648)，清河茌平(今山东茌平县茌平镇)人，唐太宗时期宰相。多次向太宗谏言，为贞观年间的政治改良乃至"贞观之治"的形成和延续发挥了积极的作用。
③ 魏绛:魏庄子，春秋时晋国卿，晋悼公时为司马，执掌军法。
④ 只应同纪子:作者自注"纪伯紫在龚幕"。

(十一)

窃意荒山老，蒲团向夕晖。麂獐同礼塔①，橡栗一充饥。

铲草慈亲在，遗羹舍弟稀。明年春夏水，端望放船归②。

注释:
① 礼塔:以香、花礼拜佛塔。
② 端望:凝望。

（十二）

失学吾孙贯，公孙学有年。共看婚事逼，恐失读书缘。

监库须危坐①，荒庄且种田。贤愚容易辨，教法两家传。

注释：

① 监库：库谷监，唐代"五监"之一。此指朝廷监察官员。

庚戌都门早发①

焚书恐不尽，单马出京畿。一路冰霜结，多应令节违②。

儿孙偏失学，慈母日啼饥。只为仆夫困，长年罢第归③。

注释：

① 庚戌：清康熙九年（1670）。都门：京都城门，指京城。

② 多应令节违：作者自注"庚戌先闰腊月，后改二月"。

③ 罢第：考试完毕。作者自注"家人偷逃凡十余次，己亥、庚戌会试两遭之"。

大雪怀刘止一

（一）

望汝游山屐^①，杭州雨雪来。养生惟药饵，趺坐即蓬莱。

诗许禅中定，书从别后开^②。不才甘朽弃，歌哭独衷回^③。

注释：

① 山屐：登山用的木屐。

② 书从别后开：作者自注"刘为畹制药，先有书相闻，值畹出山归始见书"。

③ 歌哭独衷回：作者自注"刘书谓畹笑则真笑，哭则真哭，以诗属畹论定"。

（二）

相依饶八日，心事极绸缪^①。南海千官夜^②，山东万马秋^③。

交情得侨札^④，辞赋失应刘^⑤。独坐溪声里，霜风吹不休。

注释：

① 绸缪：紧密缠缚，连绵不断，情意殷切。

② 千官：千官镇，隶属于广东省云浮市郁南县。

③ 万马：万马岭，在山东省泰安市。句末作者自注"畹初交刘岭南，继济南"。

④ 侨札：指春秋郑国公孙侨（子产）与吴国公子季札。季札至郑，与子产一见如故，互赠缟带纻衣。事见《左传·襄公二十九年》。后以"侨札"比喻朋友之交。

⑤ 应刘：汉末建安文人应玚、刘桢的并称，二人均为曹丕、曹植所礼遇。后泛称宾客才人。

悼苏州老仆

(一)

不腊谁怜汝①，浮生亦厌吾②。袈裟供麦饭，呗咒荐香刍③。

骨化从羁越④，魂归莫向吴。一心望悬鼓⑤，昧谷是西隅⑥。

注释：

① 不腊：不到岁终腊祭的时间。

② 浮生：空虚不实的人生，指人生。古代老庄学派认为人生在世空虚无定,故称人生为浮生。

③ 呗咒：指"嗡嘛呢叭咪吽",佛教六字真言,代表功德。香刍：佛经中指香草,在其上打坐。

④ 骨化：佛教指人死后尸骨火化。

⑤ 悬鼓：古时官署所挂的鼓。此指做官。

⑥ 昧谷：古代中国传说中西方日落之处。西隅(yú)：西部边境。

(二)

隔院声悲紧，今宵渐不闻。坐烧吴会字，回向忏中文①。

枭鸟鸣高树②，鬼风吹黑云。革囊余众秽③，大约有孤坟④。

注释：

① 回向忏中文：忏中,忏悔的时候。作者自注"时礼忏"。

② 枭鸟：猫头鹰,比喻恶人或逆子。

③ 革囊：皮口袋,佛教称人的躯体。

④ 大约：死亡之约。

（三）

汝死成吾觉，惊心念涅槃①。为时无剪爪②，敢望一身安。

食冷胞中转，年衰肺气寒。取灯流视去，须鬓已烧残③。

注释：

① 涅槃：佛教用语，又译为般涅槃、波利昵缚男、泥洹、涅槃那，意译为无为、自在、不生不灭等。
② 剪爪：剪去燕子足趾，盼其明年再来。
③ 须鬓已烧残：作者自注"畹短视，取火误燃须"。

（四）

老奸原可怪①，死后却兴哀②。炉火烧难乞，寮门冻自开③。

残生瓢钵粒④，七尺刹那灰。雨雪荒山满，高低土一坏⑤。

注释：

① 老奸：指阅历很深，老于世故。
② 兴哀：举哀。
③ 寮门：柴门。
④ 瓢钵：食具。
⑤ 高低土一坏：作者自注"仆死后连日雪不绝"。

怀叶具京①

一生无定迹，谢汝最相思。不住吴中札，多怀塞北诗。

通家经乱后，入道阻良期②。三百钟声里，何人解总持③。

注释：

① 叶具京：明末清初学者。
② 入道：皈依宗教，出家为僧尼或道士。
③ 总持：梵语陀罗尼的意译，谓持善不失，持恶不生，具备众德。

先君讳日奉挽羯磨师①

只履西方去②，他生定见师。何当圆寂日，是我荐亡时③。

积雪钟声隔，封龛腊夜迟④。莲花跌坐好，宝树乱风吹⑤。

注释：

① 羯磨师：梵语羯磨阿阇梨，又称羯磨戒师，为受戒三师之一。

② 只履：一只芒鞋。《五灯会元·东土祖师·初祖菩提达摩祖师》："（达摩）端居而逝……葬熊耳山。起塔于定林寺。后三岁，魏·宋云奉使西域回，遇祖于葱岭，见乎携只履，翩翩独逝。云问：'师何往？'祖曰：'西天去！'"后以"只履"为僧人送行或追悼亡僧之典。

③ 荐亡：为死者念经或做佛事，使其亡灵早日脱难超升。

④ 封龛：僧人圆寂后将其坐于缸内，或将其骨灰封存坛中。

⑤ 宝树：佛经中的宝树，用纯金、纯白银、琉璃、水晶、琥珀、美玉、玛瑙等宝物打造成树状。

腊月怀严颢亭都谏①

又复余杭出，思君不见君。长桥河冻断②，隔寺梵钟闻。

贫病缘簪笔③，丘园对夕曛④。虎溪莲社在⑤，头白好同群。

注释：

① 严颢亭：严沆（1617—1678），字子餐，号颢亭。浙江余杭（今杭州）人。顺治十二年（1655）进士。历官兵科、吏科、户科、刑科给事中，太仆寺少卿、佥都御史、左副都御史、户部侍郎等职。善书画，富藏书，有藏书楼，名"清校楼"，藏书万余卷。著有《皋园诗文集》《严少司农集》等。都谏：清代对给事中的称呼。

② 长桥：杭州西湖长桥。作者自注"地名"。

③ 簪笔：插笔于冠或笏，以备书写。古代帝王近臣、书吏及士大夫均有此装束。

④ 丘园：坟墓。

⑤ 虎溪：在江西庐山。莲社：以念佛为主旨之团体名。

西陵寓楼送刘止一山左①

（一）

共有慈亲在，惊闻疾渐时。趣君归马速②，似我到家迟。

筑坝江帆断，长淮雨潦饥③。遥知闾望苦④，衰鬓白如丝。

注释：

① 西陵：浙江省杭州市西兴镇的古称。山左：山的东侧，特指山东。

② 趣：同"促"，催促，督促。

③ 雨潦：大雨积水。句末作者自注"闻常镇筑坝挑河，淮潦饥民载道"。

④ 闾望：倚门远望。

（二）

楼头难聚散，月忌入招提①。挂杖吴山破，饥乌越峤啼②。

衣深三尺雪，河覆一船泥。信宿江关冻③，苕溪隔霅溪④。

注释：

① 月忌：风水学术语，农历每月初五、十四、廿三日为月忌。招提：民间私造的寺院。此处泛指寺院。

② 越峤：越王城山，在今杭州市萧山区，越王句践筑城屯兵拒吴之地。

③ 信宿：连住两夜。

④ 苕溪（tiáo xī）：在浙江省北部，浙江八大水系之一，是太湖流域的重要支流。霅溪（zhá xī）：河川名，在浙江省湖州市境内。苕溪与霅溪源出一脉，自古以来是湖州的主要河流，因此，历史上往往以苕上、霅上、苕霅、霅川等别称来作为湖州的别称。作者自注"刘从吴兴北归"。

褚家堂戴岵瞻廷尉楼坐①

极目雷峰望②，湖头十万家。煨炉融腊雪，阙荡种莲花③。

市隐缘都寂，楼居坐不哗。诸经翻刻就，取次注楞伽④。

注释：

① 褚家堂：唐朝政治家、书法家褚遂良故居，在今杭州市新华路与凤起路口一带。
② 雷峰：雷峰塔，又名皇妃塔，位于浙江省会杭州市西湖风景区南岸夕照山的雷峰上，为吴越忠懿王钱俶因黄妃得子建。
③ 阙荡：浅水湖塘。
④ 楞伽：指《楞伽经》。作者自注"戴楼对雷峰，植莲为荡，多刻经注楞伽"。

辛亥五十初度①

学易曾无过，知非倏五旬②。浮生困童仆，赖佛报慈亲。

璎珞栴檀阁③，醍醐玛瑙春④。入山深未得，亦自远风尘。

注释：

① 辛亥：康熙十年（1671）。
② 知非：五十岁的代称。倏（shū）：极快地，疾速。
③ 璎珞：古代印度佛像颈间的一种装饰，由世间众宝所成，寓意为"无量光明"。栴檀：梵文"栴檀那"的省称，即檀香。
④ 醍醐：美酒。

同年富州牛丽乾、武功杨九如先后成进士
作令东越咸以事免官作诗怀之①

只嫌长吏贱②，不用悔南宫③。解组春风后④，吹箫酒肆中⑤。

越巫缘鬼啸⑥，湖稻限年丰⑦。月自富州白⑧，青天暗武功⑨。

注释：

① 牛丽乾、杨九如：清初进士。作令东越：在浙江东部任地方官员。

② 长吏：地位较高的县级官吏。

③ 南宫：指秦始皇统一中国后，封吕不韦为洛阳十万户侯。吕不韦在今洛阳市东郊龙虎滩村西北修建了风景幽雅、规模宏大的园林建筑——南宫。

④ 解组：解下印绶，谓辞去官职。

⑤ 吹箫酒肆中：作者自注"牛喜吹箫为乐，杨嗜酒"。

⑥ 越巫：越地旧俗好巫术，"越巫"遂为巫者的代称。

⑦ 湖稻：产于杭嘉湖一带的稻谷。句末作者自注"一令松阳，一令诸暨"。

⑧ 富州：今陕西省延安市富县，古称鄜州。

⑨ 武功：武功县，隶属于陕西省咸阳市。

雨水忆弟灿①

安稳京都未？吾归出世初②。一生臧获误③，五十鬓毛疏。

雨水愁吴沼，春山隔越书。躬耕胼手足④，期汝在亲闾⑤。

注释：

① 雨水：康熙十年（1671）雨水节，时曾畹在杭州。

② 出世：佛教用语，意为超脱人世束缚。

③ 臧获（zāng huò）：古代对奴婢的贱称。

④ 胼（pián）：长期从事体力劳动者，手脚生茧。

⑤ 亲闾：家门。

酬 陈 亮 师

（一）

直似刘桢病①，忧勤步趾来②。无才休令德③，有过堕尘埃。

淑气连花萼④，春风一树梅⑤。诗文讨论剧⑥，未许药笼开⑦。

注释：

① 刘桢(186—217)：字公干，东汉末年东平宁阳（今山东宁阳县泗店镇古城村）人，东汉名士，建安七子之一。

② 忧勤：忧愁劳苦，指帝王或朝廷为国事而忧虑勤劳。

③ 令德：美德，有高尚道德的人。

④ 淑气连花萼：作者自注"陈荐友于"。

⑤ 春风一树梅：作者自注"寓梅一树"。

⑥ 剧：热烈。

⑦ 药笼：盛药的器具。

（二）

赖有良医在，一时三折肱①。刀圭自名相②，供养愧山僧③。

入道贫非病，行歌应且憎④。抚琴兼学易，不敢负孙登⑤。

注释：

① 三折肱：《左传·定公十三年》："三折肱，知为良医！"因以"三折肱"指代良医。也用"三折肱"比喻对某事阅历多、富有经验的人。作者自注"诸病交作"。

② 刀圭：旧时量药之器具，借以指医术。

③ 供养：佛教用语，又称供施，是对佛、法、僧三宝进行心物两方面的供奉而予以资养的行为。

④ 行歌：走边歌唱，借以发抒自己的感情，表示自己的意向、意愿等。应且憎：表面上应承，而内心却憎恨。语出东周·鲁国·左丘明《国语》。

⑤ 孙登(209—241)：字子高，吴郡富春（今浙江富阳）人，孙权长子。临终时上疏举荐贤才，希望孙权任用他们使吴国昌盛。

龚伯通煮虎跑泉饭腕谩题①

壶餐今愿惬②，涧水入春霖。属厌小人腹③，饮冰君子心④。
碾涡岩石下⑤，花绽洞门阴。一食充虚气，穷途慰盍簪⑥。

注释：

① 虎跑泉：泉名，在浙江省杭州市西湖西南虎跑山中。泉水自山岩中间流出，甘冽醇厚，
　为全国名泉之一。
② 壶餐：用壶盛的汤饭或其他熟食。
③ 属厌：亦作"属餍"，饱足。
④ 饮冰：指受命从政，为国忧心，后也指清苦廉洁。
⑤ 碾涡：碾辙底陷处，水漩成涡。
⑥ 盍（hé）簪：朋友，士人聚会。

湖上宿戴公房①

紫林乌石下②，结构趁湖阴③。岳庙从坟起，苏堤傍柳深。
日暄杉漆地④，杯渡水云心⑤。腰脚裵回软⑥，钟声夜欲沉。

注释：

① 戴公：戴岵瞻。
② 紫林：作者自注"庵名"。紫林庵，在杭州。
③ 结构：建房子。
④ 日暄：冬天晒太阳，古人称之为负暄，负日之暄。杉漆：杉树和漆树。
⑤ 杯渡：南朝宋时僧人，不知姓名。传说其常乘木杯渡水，故以杯渡为名。事见南朝·梁·
　慧皎《高僧传·神异下·杯渡》。后称僧人出行。
⑥ 裵（péi）回：徘徊。

别嵇淑子太守①

（一）

东乱三江去②，西浮七泽来③。宦情徒若此④，吾意已先灰。

鹅爱山阴笔⑤，林深处士梅⑥。长斋已绣佛⑦，不复醉中回⑧。

注释：

① 嵇淑子：嵇宗孟（1613—？），字子震，号淑子，淮安府安东县（今涟水）人。清康熙二年（1663）进士，曾任杭州知府。著有《立命堂初集》《立命堂二集》等。

② 三江：指太湖附近的长江下游地区。

③ 七泽：相传古时楚有七处沼泽，后以"七泽"泛称楚地诸湖泊。

④ 宦情：官场的情势。

⑤ 鹅爱山阴笔：东晋书圣王羲之爱鹅，称鹅为禽中豪杰，白如雪，洁如玉，一尘不染。他通过观察鹅的神态，逐渐融入其书法之中，所写的鹅字一笔而过，世称"一笔鹅"。

⑥ 林深处士梅：宋代诗人林逋隐居杭州孤山，植梅养鹤，清高自适。后"梅妻鹤子"作为成语和典故，比喻隐逸生活和恬然自适的清高情态。处士：古时候称有德才而隐居不愿做官的人，后亦泛指未做过官的士人。

⑦ 绣佛：用彩色丝线绣成的佛像。

⑧ 不复醉中回：作者自注"往与嵇饮醉，临行有诗，赠以炙鹅，故及之"。

（二）

挼蓝天目水①，却胜武昌鱼。远岫窗中列，高斋郡内居②。

人归禅寂后③，食绝潦荒饥④。一饭宁忘旧⑤，淮阴有故庐⑥。

注释：

① 挼（ruó）蓝：湛蓝色，多用于诗词中。

② 高斋：高雅的书斋。常用作对他人屋舍的敬称。

③ 禅寂：佛教语。释家以寂灭为宗旨，谓思虑寂静为禅寂。

④ 潦（lào）荒：洪水淹没。潦：古同"涝"，雨水过多，水淹。

⑤ 一饭：成语"一饭千金"，比喻厚厚地报答对自己有恩的人。出自《史记·淮阴侯列传》。

⑥ 淮阴：古淮阴县，今安徽省淮安市。故庐：韩信故居。

送戴岵瞻廷尉香炉峰①

红叶当衰落，枝枝火欲然。一川朱紫色，十里菊花天。

零露含朝旭②，寒螿促少年③。琉璃灯火焰④，囮地佛香前⑤。

注释：
① 香炉峰：绍兴会稽山山峰。
② 零露：降落的露水。
③ 寒螿（jiāng）：寒蝉。
④ 琉璃灯：用玻璃或琉璃制作的透明灯。焰：明亮。
⑤ 囮（huò）：象声词。拉船纤时的呼号声。

竟　日　饿

一饭从邻舍，今朝雨闭门。只应安义命①，不敢忆儿孙。

蚕豆茎茎熟，樱桃树树繁。无由供养佛，饥饿给孤园②。

注释：
① 义命：正道，天命。泛指本分。
② 给孤园：佛教语，"给孤独园"的省称，古印度的佛教五大道场之一。亦用作佛寺的
　　代称。

阻 许 湾①

汩汩新秋后②，南风尚有声。篙头沙际立，人背水中行。

亏膳三旬过③，鳏居百病轻。慈亲应望绝，宁悉莫归情④。

注释：
① 许湾：地名，不详。
② 汩汩(gǔ gǔ)：形容水或其他液体流动的声音。
③ 亏膳三旬过：作者自注"畹自常州至此，三十日粥饭断蔬菜"。
④ 宁悉：久立思乡。

弹 子 矶①

五马归槽处②，高矶满峡流。鱼鳞烟雨气，石臼菊花秋③。

少食衣尝进④，长眠病不愁。往来得如此，失喜过韶州⑤。

注释：
① 弹子矶：在广东省英德市沙口镇北江西岸轮石山上。道光《英德县志》："轮石山在城北一百一十里，高一百丈，周七里，一名弹子矶，壁立江浒，壁半有窝，广圆数尺，俗称黄巢试弹于此。"此诗写于康熙十年（1671）秋，曾畹在去海南岛途中。
② 五马归槽：作者自注"地名"。在广东省仁化县韶石山最南端，此处五山并列，迤逦而西，形似五匹高头大马临江饮水。
③ 石臼：作者自注"鱼鳞、石臼皆韶州石名"。
④ 进：宽松。
⑤ 失喜：喜极不能自制。韶州：广东省韶关市的古称。

浈　阳①

绝壁流浈武②，高帆截古羊③。乱云化为石，炎瘴不成霜。

浮海穷愁计④，长斋老寿方⑤。出山偏病少，端赖大医王。

注释：
① 浈阳：汉浈阳县，今广东省英德市。
② 浈武：作者自注"二水名"。浈水和武水，皆在浈阳。
③ 古羊：作者自注"铺名"。
④ 浮海：乘桴浮海。乘小筏子浮游海外，比喻远行。
⑤ 长斋：佛教徒长期素食。

那旦见苗头有生意可爱①

十月连阴雨，蛮陬节气殊②。高岗丹穟匝③，平野绿苗铺。

学道多屯塞④，逢人倍嗫嚅⑤。茆茨三四屋⑥，阶水到庭隅⑦。

注释：
① 那旦：在广东省阳春市岗美镇。
② 蛮陬（zōu）：指南方边远地区人民聚居处。
③ 丹穟：红色的禾穗，指高粱。匝：环绕。
④ 学道：学习道艺，即学习儒家学说，如仁义礼乐之类。屯塞：聚拢堵塞。
⑤ 嗫嚅：想说而又吞吞吐吐，不敢说出来。
⑥ 茆茨：茅屋，指简陋的居室。
⑦ 庭隅：庭院的角落。

值电白郭凌海明府出羊城畹更适
徐闻留诗寄意①

（一）

我到君先出，君归我复游。荧光穿电白②，布鼓逐雷州③。

雁断江关信，猿啼岭海秋。岛山居水下，云望一消愁。

注释：
① 电白：今广东省茂名市电白区。羊城：广州。
② 荧光：微弱的光亮，指星光。
③ 布鼓：布蒙的鼓。比喻在能手面前卖弄本领。雷州：今广东省雷州市，位于雷州半岛中部。

（二）

西河真自恼，添我鹡鸰悲①。生死宁无数，家乡恐未知。

诗憎官命达，赋重洞蛮亏②。民气甘疲敝③，征科或后期④。

注释：
① 鹡鸰：张飞鸟，一种嘴细，尾、翅都很长的小鸟，只要一只离群，其余的就都鸣叫起来，寻找同类。句末作者自注"郭子死于楚，畹弟死于徐"。
② 洞蛮：古代对南方少数民族的蔑称。
③ 疲敝：疲劳不堪。也作"疲弊"。
④ 征科：征收赋税。

宿 城 月①

如是看城月，城中月一湾。沿溪频见鹿，近海渐无山。
露湿沉高柝②，藤枯系夜关。短垣知可逾，幸喜客囊悭③。

注释：
① 城月：今广东省湛江市遂溪县城月镇。
② 高柝：城上巡夜敲的木梆。
③ 悭(qiān)：缺乏。

颜庐梦亡姬①

鳏居十九月，常恐梦中违。汝骨西河暴②，汝魂南海归。
咸湖入磏港③，臭水即香闺④。不若莲池好⑤，深深乌树围。

注释：
① 颜庐：隋颜庐县，今海口市琼山区。
② 西河：黄河西，指宁夏。
③ 咸湖：指海水。磏(lián)港：海南港口。作者自注"地名"。
④ 臭水：作者自注"城名"。香闺：青年女子的内室。
⑤ 莲池：指佛地。

自雷州渡迈特坎经倒流水作①

（一）

军悬高树上，戈压破篱边。大蚌鱼罾挂②，孤豚虎柙眠③。

花雕林不落④，河走月为穿。裂饼充枵腹⑤，吞沙吸苦泉。

注释：

① 雷州：今广东省湛江市辖雷州市。迈特坎：今雷州市纪家镇迈特村。倒流水：古地名，在雷州半岛。

② 鱼罾（zēng）：用木棍或竹竿做支架的方形鱼网，形似仰伞。

③ 孤豚：小猪。虎柙（xiá）：诱捕虎的的木笼。句末作者自注"一路投栅捕虎，军营俱置高树上"。

④ 花雕林不落：花凋落而树林不衰败。雕：同"凋"。

⑤ 裂饼：分饼。以所爱之物分赐他人。枵（xiāo）腹：空着肚子。

（二）

见说张师范，穷追太保军①。烂河人欲渡②，败绩海如焚③。

射马参差出④，擎雷隐见闻⑤。此中神鬼厉，百战有余氛⑥。

注释：

① 太保军：绿林队伍。

② 烂河：夜晚明亮的河面。

③ 败绩：军队溃败。

④ 射马：作者自注"岭名"。射马岭，在今广西北海市合浦县。

⑤ 擎雷：作者自注"山名"。擎雷山，在雷州城南。

⑥ 余氛：残留的妖氛，借指残存的寇贼。

海安南渡至于海口所①

（一）

奔走供慈母，惊波不暇愁②。蛟龙真得水，贝玉独为州③。
岛阔随风起，天低入海流。犹闻铜鼓角④，翕石更吞舟⑤。

注释：
① 海安：海安镇，在广东省雷州半岛徐闻县。海口：今海南省海口市。
② 暇愁：闲愁，无端无谓的忧愁。
③ 贝玉：贝和玉，泛指珍宝财货。
④ 铜鼓角：作者自注"地名"。此指海口市的铜鼓角。
⑤ 翕（xī）石：会聚的礁石。

（二）

岭南天地小，琼岛亦如沟。一日轻风过，连樯侧港收①。
鲸埋黎母水②，椰挂越王头③。津吏数行李④，萧萧对客愁⑤。

注释：
① 连樯：桅杆相连，形容船多。
② 黎母水：南渡江，又称南渡河，古称黎母水，是中国海南岛最大河流。作者自注
　"地名"。
③ 越王头：作者自注"琼人呼椰子为越王头"。
④ 津吏：古代管理渡口、桥梁的官吏。数：清点。
⑤ 萧萧：冷落凄清的样子。句末作者自注"海口吏查客货"。

寄怀徐闻宋又素明府①

(一)

生成王伯佐②，枉汝宰珠官③。邑小墟争米④，巫喧鬼筑坛。

下车疏海戒⑤，化盗信衣冠⑥。天末谋臣在⑦，中原定已安。

注释：

① 徐闻：今广东省湛江市辖县，位于中国大陆最南端。宋又素：宋灏，字又素，汉阳人，举人出身，清康熙七年(1668)至十二年(1673)任徐闻知县。明府："明府君"的略称，古时对太守的尊称。

② 王伯：大伯。王霸，王道与霸道。

③ 珠官：古珠官郡，今徐闻县。

④ 墟：村庄。

⑤ 疏：分散，疏导。

⑥ 衣冠：衣和冠，借指文明礼教。

⑦ 天末：天边，天际。

(二)

别人从何忆，相依灶鼓边①。侧身惊未定，削迹又南迁②。

月照城孤岛，烟销海一船。归期难预卜，端的莫春前。

注释：

① 灶鼓：灶觚，即灶突，也指烧残的木简，形容破旧的书籍。

② 削迹：削除车迹，谓不被任用。消踪匿迹，谓隐居。

（三）

高雷平楚过^①，英利亦无山^②。老树盘根立，如人伏莽间^③。
泥沙深没膝，虎豹怒当关。斩木谁通道^④，岑岑任往返^⑤。

注释：
① 平楚：平野。
② 英利：作者自注"地名"。今雷州市英利镇。
③ 伏莽间：隐藏在丛生的草木中。
④ 斩木：树干当武器，意为揭竿而起。
⑤ 岑岑：高貌。

（四）

缓急惟公在，相似隔海滨。计程无百里，书信动兼旬^①。
冬至挥团扇，轻霜拭葛巾。心知酌椰酒，开口笑人频。

注释：
① 兼旬：两个十天。兼程。

（五）

吾才难出处，心曲少人知^①。君有长生术^②，何嫌吏隐迟。
颜庐无蚤虱，勾漏有疮痍^③。天地萍踪满，升沉任所之。

注释：
① 心曲（xīn qū）：指内心深处或心事。
② 长生术：作者自注"宋好神仙之术"。
③ 勾漏：勾漏山，在广西壮族自治区北流县，相传东晋时道家葛洪在此山溶洞内炼丹
　　成仙。

(六)

岁晏仍为客①，同门绝望时②。慈亲还失养，有弟亦东驰③。

香刹容身否，蛮乡乞食谁？偷潮近时节④，柔橹一相随⑤。

注释：

① 岁晏：年末，人的暮年。此指年末。
② 间门：城门与里门，指乡里、里巷。
③ 有弟亦东驰：作者自注"弟京书云将渡江南"。
④ 偷潮近时节：作者自注"琼潮十一月不测而长，谓之偷潮"。
⑤ 柔橹：操橹轻摇。亦指船桨轻划之声。

放生虎丘归①

放尔归池沼，莲花出水香。寺中山一半，塔里竹千行。

唼藻知人性②，乘流对夕阳。苍生如此日，何以放流亡。

注释：

① 虎丘：苏州虎丘山，据《史记》记载，吴王阖闾葬于此，传说葬后三日有"白虎蹲其上"，
　　故名虎丘。山上有云岩寺塔。
② 唼(shà)：唼喋，形容鱼、鸟吃东西的声音。

儋州野望四首①

(一)

不远征南将,羞称马伏波②。折锤击灶鼓③,掩耳听蛮歌④。

人面同猱玃⑤,山精附茑萝⑥。中原民力尽⑦,开拓此如何?

注释:
① 儋州:海南省儋州市。
② 马伏波:马援(前14—前49),字文渊,西汉末至东汉初年著名军事家,东汉开国功臣之一。
③ 折锤:弯曲的鼓槌。
④ 蛮歌:南方少数民族之歌。
⑤ 猱玃(náo jué):泛指猿猴。
⑥ 茑萝:又名密萝松,旋花科一年生缠绕草本植物。
⑦ 中原民力尽:作者自注"琼州有协饷"。

(二)

挡筝远戍语①,荷锸熟黎哀②。俗连频添税③,田荒不易开。

炎风收益智④,茅屋间春梅。惆怅江阴客⑤,儋州问道来。

注释:
① 挡(chōu):用手指和指甲弹奏。
② 熟黎:指已经或正在汉化的黎族。生黎指没有汉化的黎族。
③ 俗连(wǔ):民俗繁杂。
④ 益智:姜科植物,中药材。句末作者自注"儋州益智长穗三节"。
⑤ 江阴:长江以南。

（三）

载酒堂中像，桃榔庵底瞻①。天渊经出处②，踪迹任飞潜。

荒裔黎诸襜③，垂腰草一镰。苏公才尔尔④，吾亦可无兼⑤。

注释：

① 桃榔庵底瞻：作者自注"苏祠在庵旧址有像"。

② 天渊：高天和深渊，指相隔遥远。

③ 黎诸襜（chān）：作者自注"黎有大小襜"。以服饰区别的黎族分支，有大襜、小襜之分。

　　襜：系在衣前的围裙，襜裙。

④ 苏公：苏轼。尔尔：不过尔尔的简化词，意为不过如此。

⑤ 无兼：不能超越。

（四）

渐与南交近①，谁怜宅朔方。蛙鸣未惊蛰，冰冻正繁霜。

老树奔春色，山花度暗香。服车沙气热②，诚恐陷牛羊。

注释：

① 南交：指交趾，古地区名，泛指五岭以南。

② 服车：官车。

思　北　渡

二月东风正，海潮南北圆。珠池原泄气①，榕树竟参天。

缓急亲朋昧，舟车短褐穿。寒齑供一饭②，犹自数青钱。

注释：

① 珠池：我国东南海域古称珠母海，为采珠之地。洩（xiè）气：泄气、放弃。

② 寒齑（hán jī）：腌菜。

赠通州张崖州①

（一）

张骞牛斗去②，吾亦泛星槎③。西域天人直，南蛮草木邪④。

迁官宁择地，飞舄即为家⑤。自入珠崖郡⑥，题诗复几车。

注释：

① 张崖州：张异资，通州人，清初曾任崖州知府，工曲。著有《崖州路》《麒麟梦》《鸳鸯榜》
　及《黄金盆》传奇各一本，《曲录》传于世。

② 张骞（前164—前114）：字子文，汉中郡城固（今陕西省汉中市城固县）人，中国汉代杰
　出的外交家、旅行家、探险家，丝绸之路的开拓者。牛斗：牛宿和斗宿，指星空。

③ 星槎：舟船。往来于天河的木筏。

④ 邪：疯长。

⑤ 飞舄（xì）：会飞的鞋子，指汉代王乔的神术。

⑥ 珠崖郡：古代行政区，今海南省一部分，郡治位于今海南省海口市琼山区龙塘镇。

（二）

儋耳苏公客①，胡铨黎子云②。古人曾唱和，奇甸亦诗文③。

戴笠吾何许，怜才世有君。但令车宿稳④，不敢辟炎氛。

注释：

① 儋耳：古代地名，在今海南境内。苏轼著有同名诗歌《儋耳》。

② 胡铨（1102—1180）：字邦衡，号澹庵。吉州庐陵芗城（今江西省吉安市青原区值夏镇）
　人。南宋爱国名臣、文学家，与李纲、赵鼎、李光并称"南宋四名臣"。黎子云：又名北
　侬，宋代秀才，海南儋州人，贫而好学，《儋州志》称他"儋州第一名文人"。苏轼在海南
　的朋友。

③ 奇甸：肥沃广阔的田野，朱元璋把海南称为"南溟奇甸"。

④ 但令车宿稳：作者自注"自儋至崖无人烟，昼夜俱行牛车"。

（三）

且说藤桥路①，生生入鬼门。箐林蜂刺密②，蛮树毒流昏。

汲水闻岚气，烧牛厌厉魂③。受斋脾胃弱，心折此郎温④。

注释：

① 藤桥：今三亚市海棠区藤桥村。

② 箐（jīng）：一种山竹。

③ 厌（yàn）：吃饱。句末作者自注"黎人烧牛肉祭鬼"。

④ 心折：从内心佩服。郎温：今海南省陵水县郎温峒。句末作者自注"谚云不怕郎温鬼，只怕郎温水。水毒，饮者辄病"。

（四）

露深眉眼湿，是物骨蜘蛛①。腥秽黎人市，淫昏鬼子巫。

相思期腊月②，未到算归途。萝径交岩树，愁猿夜啸无。

注释：

① 骨蜘蛛：蜘蛛有外骨骼。

② 相思期腊月：作者自注"入崖日中沙热难行，惟腊月稍减。"

（五）

清昼衙斋掩①，庭芜吏复闲。四时虫不蛰，五指海为山。

石蟹榆林港②，蚺蛇淡水湾③。文身黎俗古，生熟结绳间④。

注释：

① 清昼：白天。

② 石蟹：中药名，古生代节肢动物弓蟹科大眼蟹属动物石蟹及其近缘动物的化石。榆林港：作者自注"地名"，在今三亚市。

③ 蚺蛇：又名蟒、王蛇、南蛇、埋头蛇、王字蛇，分布于海南、广东、广西、云南、福建等地。淡水湾：作者自注"地名"。

④ 生熟结绳间：作者自注"黎有生熟，借贷结绳为卷，虽百世子孙验绳偿所负"。

(六)

交趾雄鸡叫①，南风始一闻②。如钟声隔岸③，对月夜销魂。

金没多银水④，香沉三亚村⑤。蛋船频窃取⑥，于汝定无存。

注释:

① 交趾:汉代设"交趾"郡,东汉时更名为"交州"(南交),其最大范围包括今广东省至越南北部。

② 南风始一闻:作者自注"崖与交趾对岸"。

③ 如钟声隔岸:作者自注"崖闻交趾鸡声如钟响"。

④ 金没多银水:黄金沉没在土地中。作者自注"黎田有金"。没(mò):沉入。

⑤ 香沉三亚村:三亚村一带出沉香。作者自注"多银水、三亚村皆地名"。三亚村即今三亚市。

⑥ 蛋船:南方少数民族"蛋民"的船。

别张异资崖州

爱向牛车转,愁经火宅行①。炎州十日出,黎水万山流。

鞭血鸳鸯榜②,潜身鹏鹗秋③。无由随五马④,细数海中沤⑤。

注释:

① 火宅:佛教语,比喻充满众苦的尘世。

② 鞭血:指战争。鸳鸯榜:广东地方戏。作者自注"张有《鸳鸯榜传奇》"。

③ 鹏鹗(péng è):泛指能高举远飞的鸟,比喻俊杰。

④ 无由:没有门径或机会。五马:太守的代称。

⑤ 沤:鸥,水鸟名。

那骞十数里山水作^①

（一）

何地不为客，羁孤奇甸春。气蒸沙陷膝，风涨海迷人。

细碎蚊蝇出，低昂魑魅嗔^②。高天一俯首，世纲隘吾身^③。

注释：

① 那骞：那骞驿，在儋州。

② 魑魅（chī mèi）：中国古代神话传说中的山神，也指山林中害人的鬼怪。

③ 世纲：社会的行为规范。

（二）

海澨风兼雨^①，山洼足稻田。蛟龙不藏窟，星月竟沉渊。

命顺依人冷，途穷活计偏。古来闻道者^②，作意任迍邅^③。

注释：

① 海澨：海滨。宋·陆游《书叹》诗："伏枥天涯老，吞舟海澨横。"澨（shì），堤岸，水边地。

② 闻道者：领会某种道理、追求真理的人。

③ 作意：决意。迍邅（zhūn zhān）：处境困难。

得　信

信自海南寄，仍从海北开^①。儿孙无一字，童仆有书来。

盐埠官民困，山田水旱灾^②。空囊难自给，且为老亲回。

注释：

① 海北：指雷州半岛一带。

② 水旱灾：作者自注"宁都食盐，销引盐埠；诸贾坏法，夺利官民；苦之两岁，潦旱尤甚"。

琼 州 杂 诗

（一）

穷猿不择木，萧飒海南滨。捷臂羁双迹①，行啼过一春。
数奇空托钵②，禅定赖安贫③。只可了心曲，无由慰老亲。

注释：
① 双迹：如来双迹，佛祖的足迹。
② 数奇（shù jī）：命运不好，遇事多不利。
③ 禅定：修菩萨道者的一种调心方法，它的目的是净化心理、锻炼智慧，以进入诸法真相的境界。

（二）

忆远慈亲苦，凝眸寝未甘。举家饶有妇，经岁似无男。
冀北同河北①，江南与海南②。欲将黄子木③，并达小苏函④。

注释：
① 河北：黄河以北。
② 江南与海南：作者自注"灿弟出京客江南"。
③ 黄子木：野橘名。
④ 小苏：苏辙，苏轼之弟。

（三）

先公当季世①，欲就海南官。避乱依珠浦②，骑牛戴鹖冠③。
有虞终不腊④，报楚已非韩。迫怵孤臣泪⑤，吞声瘴疠难。

注释：
① 季世：末世，末叶。
② 珠浦：产珍珠的海滩，意为吉祥之地。
③ 鹖（hé）冠：用鹖羽（褐马鸡）作装饰的冠。
④ 有虞终不腊：虞国不能举行年终的腊祭了。
⑤ 迫怵：窘迫恐惧。

(四)

黎岐交窃杀①,起衅最纤微②。六角黄藤帽③,中身吉贝衣④。
椎牛滤椒酒⑤,击鼓赛神旗⑥。犷犴何难制⑦,兵威与德威。

注释:

① 黎岐:黎族地区,语出清代张庆长《黎岐纪闻》。
② 起衅:同启衅;挑起事端,寻衅。纤微:细微的事物。
③ 黄藤帽:黎族人用黄藤编织的帽子。
④ 吉贝衣:特指以木棉布制成之衣。吉贝,即木棉或棉花。作者自注"二类服衣身半"。
⑤ 椎牛滤椒酒:椎牛酾酒。椎牛:击杀牛。
⑥ 赛神旗:旧时祭祀酬报神恩活动中代表神灵的旗帜。
⑦ 犷犴(guǎng hān):凶猛的野兽。

(五)

淫昏班帅庙①,群妚赛神坛②。不夜多行露③,长街即合欢。
褰裳清易涉④,掷果臭如兰⑤。忠介文庄在⑥,若为风俗看。

注释:

① 班帅庙:作者自注"海口有班帅庙,为群妚行淫祭鬼之所"。
② 妚(fǒu):女子仪态美好。句末作者自注"海南名婢为妚"。
③ 行露:道上的露水。
④ 褰(qiān)裳:提起裙子。
⑤ 掷果:谓妇女对美男子表示爱慕。句末作者自注"野合以槟榔为媒"。
⑥ 忠介:海瑞(1514—1587),字汝贤,号刚峰,海南琼山(今海口市)人。明朝著名清官,去世后获赠太子太保,谥号忠介。文庄:丘浚,明代海南思想家,谥号"文庄"。作者自注"海瑞,丘浚"。

（六）

一气花争发①，荷桃菊与梅。未尝星火近②，好趁莫春回。

永夜高文得，参军老幕开③。囊空笑鸡口，牛后更徘徊④。

注释：

① 一气：指一个节气。

② 星火：星斗，繁星。

③ 参军老幕开：作者自注"琼戍多衰老"。

④ 囊空笑鸡口，牛后更徘徊：成语"鸡口牛后"。宁愿做小而洁的鸡嘴，而不愿做大而臭的牛肛门。比喻宁在局面小的地方自主，不愿在局面大的地方听人支配。

江都寄怀华阴王文修①

别去天高淮水急，江船终日望君开。

重阳官署分新菊②，桑落他乡漉旧醅③。

孤客思家仍啸月④，三秋作赋谩登台。

先凭太华峰前雁⑤，为报青牛雪后来⑥。

注释：

① 江都：古江都县，今扬州市江都区。王文修（1622—1702）：王宏撰，字文修，一字无异，号山史，更号待庵，自书天山老人。明末监生，"复社"成员。陕西华阴县人，清代关中著名学者。顺治初年，他游历江南，结交名士，后应贾汉复的聘请，参与纂修《陕西通志》。著作有《砥斋集》《周易筮述》等。

② 重阳官署分新菊：作者自注"王在淮李署"。

③ 桑落：桑落酒。作者自注"秦酒桑落最佳"。

④ 孤客思家仍啸月：作者自注"王家华下有啸月楼"。

⑤ 太华：西岳华山。

⑥ 青牛："板角青牛"，太上老君之坐骑，代指神仙道士之坐骑；老子的代称。

渡　海

（一）

欲想河头去①，先从海口归。盘食伤蚬蛤②，脱粟笑伊威③。

儒术曾何补，禅门恐亦非。徒歌商颂出④，不制十年衣。

注释：

① 河头：作者自注"肇庆地名"。

② 蚬蛤（xiǎn gé）：蛤蜊，软体动物，栖浅海沙中，肉可食。

③ 脱粟：糙米；只脱去谷皮的粗米。伊威：虫名。

④ 徒歌：唱歌时没有伴奏，即清唱。商颂：商朝及周朝时期宋国的诗歌，产生于商朝发源及建都地，宋国国都商丘。

（二）

岛郡三千里，吾犹济一川。高樯牙鼓动，天末放归船①。

风日如无损②，波涛正皎然③。拔刀斩衣屦④，誓不受人怜。

注释：

① 天末：天边，天际。

② 风日：犹风光。

③ 皎然：明亮洁白。

④ 屦（jù）：古代用麻葛制的鞋。

（三）

大鱼拔山到①，鸣榔击板篷。如何离窟宅②，转似戏潜宫。

我有昆鹏力，愁生铁飓风③。自甘伏春气，变化海涛中。

注释：

① 拔山：比喻力大。作者自注"时有大鱼数十，环绕舟前后，舟人大击板篷而退"。

② 窟宅：住人的洞穴，多指神仙的住所或盗贼藏身的地方。

③ 愁生：愁绪生起。铁飓风：黑色风暴。

（四）

披衣蒙面睡，念佛上慈航。儋耳鸡心木①，鲛船龟贝装②。

风平湖自细，海热气偏凉。未有生还乐，徘徊出故乡。

注释：

① 儋耳:古儋耳国,在今海南省儋州市。鸡心木:红木的一种。

② 鲛船:捕鲛的船。鲛,鲨鱼。龟贝装:用龟甲和贝壳装饰衣服。

吴川县三江口就舟下梅菉①

大海初归客，吴川几覆舟。飓风天欲坠②，鲸浪雨争流③。

诸港通鲛馆④，千家傍水楼。一篙能泊岸，生死可忘愁。

注释：

① 吴川县:今吴川市,广东省辖县级市,由湛江市代管。三江口:北江(浈水)、东江(龙川水)在吴川县汇入西江,经番禺县南入南海。梅菉:原吴川市梅菉镇,位于吴川市中心。菉:古通"录"。

② 飓风:台风。

③ 鲸浪:巨浪。

④ 鲛馆:鲛室,鲛人水中居室。

汉口宋又素好言道引术诗以嘲之

（一）

丹砂化金处①，黄白尽乘风②。不为神仙术，如何入海中。

荆巫祠灶鬼③，铜器刻齐宫④。迂怪嗔方士⑤，少君还少翁⑥。

注释：

① 丹砂：朱砂，是汞的硫化物矿物，古代炼丹的主要材料。

② 黄白：古代术士所谓炼丹化成金银的法术。

③ 荆巫：荆楚的巫祝。

④ 齐宫：斋宫，是皇帝祭天前沐浴斋戒的地方。

⑤ 迂怪：神怪；迂阔怪诞。方士：方术之士，古代自称能访仙炼丹以求长生不老的人。

⑥ 少君：汉武帝时方士名，姓李，以祠灶、辟谷、却老之方往见武帝。后以"少君"泛指道
士。少翁：汉武帝时方士。

（二）

大人长数丈，隐见巨公身①。欲把旗星出②，频看脯枣新③。

祠鸡天帝卜④，牵狗柏梁尘⑤。念汝中牟令⑥，东瓯寿几旬⑦。

注释：

① 巨公：大师，大人物。

② 旗星：星名。

③ 脯枣：干肉和枣类果品。

④ 祠鸡：越祠鸡卜，汉武帝用越人祠祭之法以求长生之事。

⑤ 牵狗：《史记·封禅书》载武帝封禅泰山，群臣讲"老父牵狗"的神仙故事。柏梁：汉武帝
时的柏梁台，借指宫廷。

⑥ 中牟：赵国首都。

⑦ 东瓯：古东瓯国，存在仅54年，在今浙江省温州市境内。

清 风 亭 上①

（一）

啮木虫声碎②，群鸦噪树巅。硐州犹碧血③，琼岛只苍烟。

老去楼棚阵，其如沉溺天。祥兴知不再④，尚有汉唐钱⑤。

注释：

① 清风亭：在广东省湛江市湖光岩风景区，宋朝丞相李纲被贬海南途经此地，并题写摩
  崖石刻"湖光岩"。

② 啮（niè）：咬，撕咬。

③ 硐州：湛江。

④ 祥兴：南宋末帝赵昺的年号，该年号共计1年余。

⑤ 汉唐钱：作者自注"高雷尚用五代汉唐钱"。

（二）

细叶青青落，残花币币开①。边海偏有虎，石里更藏雷。

野旷山川见，城空鸟雀来。甑中宁攫食②，不敢弃炲煤③。

注释：

① 币币：凋零，破旧，衰败。币，同"敝"。

② 攫食：指颜回攫食典故。甑：古代蒸饭的一种瓦器。

③ 炲（tái）煤：火烟凝积成的黑灰。

始 兴 江①

往往三五里，溪山合迫船②。急湍如下阪，快马不遑鞭③。

人语风滩乱，江声夜月圆。故乡大庾北④，天末已经年⑤。

注释：
① 始兴江：流经广东省韶关市始兴县的浈江。
② 溪山：在今广东省河源市。
③ 不遑：没有时间，来不及。
④ 大庾：大庾岭。
⑤ 天末：天的尽头，指极远的地方。

九日至天目值觉老人同白松云居二禅师礼开山塔畹亦冒雨登焉①

两年西目别②，重九拜师来③。大众齐倾倒④，诸峰独往回。

黄华崖底落⑤，丹叶雨中摧⑥。恰值狮岩会⑦，禅关复一开⑧。

注释：
① 云居：云居山，原名欧山，位于江西省九江市永修县西南部，中国佛教名山。山上的真如禅寺是佛教禅宗曹洞宗发祥地。
② 西目：西天目山。
③ 重九：重阳节，农历九月初九。
④ 倾倒：形容畅怀诉说。
⑤ 黄华：黄花，菊花。
⑥ 丹叶：红叶。
⑦ 狮岩：狮子岩，在天目山。作者自注"岩系高峰，祖师闭关处。弟子断崖中峰，两师望拜不得见。"
⑧ 禅关复一开：作者自注"时觉老人出关礼塔"。

竹西赠城固罗怀圮兵备^①

十月耆旧泣途穷^②，衰病无家任转蓬^③。

身世哪堪冰火后^④，山川半入画图中^⑤。

隋堤春树流莺集^⑥，舞阁飞花乱蝶丛^⑦。

闻汝汉南茅屋在^⑧，急将书信寄江东^⑨。

注释:

① 城固:陕西省汉中市城固县。

② 耆(qí)旧:年高望重者。

③ 转蓬:蓬草随风飘转。比喻行踪无定或身世飘零。

④ 冰火:短时间内接受了两种反差很大的事态。

⑤ 山川半入画图中:作者自注"罗工于画"。

⑥ 隋堤:位于河南省商丘市至永城市之间的汴河故道。隋大业元年(605)开通济渠,
　　两岸筑堤种植桃、柳,供隋炀帝杨广乘龙舟游江南时观赏。流莺:莺。流,谓其鸣声
　　婉转。

⑦ 飞花:花瓣飞舞。

⑧ 汉南:汉水以南。指汉中。

⑨ 急将书信寄江东:作者自注"时畹家京口,将游汉中"。

竹西赠城固罗怀圮兵备[①]

十月耆旧泣途穷[②]，衰病无家任转蓬[③]。

身世哪堪冰火后[④]，山川半入画图中[⑤]。

隋堤春树流莺集[⑥]，舞阁飞花乱蝶丛[⑦]。

闻汝汉南茅屋在[⑧]，急将书信寄江东[⑨]。

注释:

① 城固:陕西省汉中市城固县。

② 耆(qí)旧:年高望重者。

③ 转蓬:蓬草随风飘转。比喻行踪无定或身世飘零。

④ 冰火:短时间内接受了两种反差很大的事态。

⑤ 山川半入画图中:作者自注"罗工于画"。

⑥ 隋堤:位于河南省商丘市至永城市之间的汴河故道。隋大业元年(605)开通济渠,两岸筑堤种植桃、柳,供隋炀帝杨广乘龙舟游江南时观赏。流莺:莺。流,谓其鸣声婉转。

⑦ 飞花:花瓣飞舞。

⑧ 汉南:汉水以南。指汉中。

⑨ 急将书信寄江东:作者自注"时畹家京口,将游汉中"。

无锡唐采臣宅忆旧游

春申涧里斜阳远①，泰伯祠前孤雁飞②。

江上昔依刘表去③，海中空载赵岐归④。

论交十载家难问⑤，插树诸陵愿已违。

想到津亭烽火暮⑥，横塘高柳市人稀⑦。

注释：

① 春申涧：又名黄公涧，在今江苏省无锡市锡惠公园中，相传为战国春申君黄歇饮马处。

② 泰伯祠：祭祀吴国创始人泰伯的祠庙，在今锡山区梅村镇。

③ 刘表（142—208）：字景升，山阳郡高平（今山东微山）人，东汉末年宗室、名士，汉末群雄之一，被任命为镇南将军、荆州牧。建安六年（201），刘表收留刘备。

④ 赵岐：字邠卿，东汉末年经学家、画家，汉献帝时，官拜太仆。句末作者自注"乙酉午月别唐，即出江上，通闽帅泛海归"。

⑤ 论交：争论与交谈；结交，交朋友。

⑥ 津亭：津渡。

⑦ 横塘：古堤名。三国吴大帝时于建业（今南京市）南淮水（今秦淮河）南岸修筑。

阻风燕子矶①

独上津亭坐碧苔，苍茫风雨向南来。

不知芳草随春去，但见潮声彻夜催。

六代笙歌余夕照②，百年征战老尘埃。

江天一色城如带，唯有渔人棹月回。

注释：

① 燕子矶：在南京市栖霞区观音门外，有"万里长江第一矶"的称号。

② 六代：六朝。南京为"孙吴、东晋、刘宋、萧齐、萧梁、陈"六朝古都。

中秋惠山雨同钱季霖、秦留仙①

古寺荒林万籁秋，天底叶落水争流。

无端风雨留人醉，到处溪山动客愁。

草阁蛛封垂迓石②，竹枝歌出采菱舟。

邹阳一别长洲苑③，遮莫吴宫麋鹿游④。

注释：
① 惠山：在江苏省无锡市。钱季霖：无锡名士。秦留仙：秦松龄，字留仙，无锡人，清顺治乙未年（1655）进士，官检讨。
② 草阁：草堂。垂迓：下垂遮拦。
③ 邹阳：西汉前期文学家。长洲苑：在今江苏苏州市西南，太湖北，春秋时为吴王阖闾游猎之处。
④ 遮莫：亦作"遮末"。尽管，任凭。

题万年少年伯隰西草堂①

歌风台下夜乌啼②，郁郁山庄古木齐。

半亩桑田人去住，一湖春水屋东西。

星临丰沛瞻龙虎③，地接青徐杂鼓鼙④。

独把鱼竿凭月钓，门前草色正萋萋。

注释：
① 万年少：万寿祺（1603—1652），字介若，一字内景，号年少，铜山（今徐州市）人。明崇祯庚午年（1630）举人，文学家，书法家。有《隰西草堂集》。
② 歌风台：在今徐州市沛县县城中心汉城公园内，为纪念汉高祖刘邦衣锦还乡所著《大风歌》而建。句末作者自注"堂在清江浦"。
③ 丰沛：汉高祖刘邦是沛郡丰邑人，因以丰沛称高祖故乡。泛指帝王故乡。
④ 青徐：青州和徐州的并称。

辛卯北固访顾与治①

金焦漠漠与云平②，山北山南秋雨声。

此日看碑怀米芾③，谁能沽酒醉刘伶④。

苍茫异域时弹铗⑤，迟暮佳人夜拂筝⑥。

自是扶携采药去，追呼未必鹿门惊⑦。

注释：

① 辛卯：康熙八年(1669)。北固：山名，在今江苏省镇江市东北。顾与治：顾梦游，字与治，江宁(今属江苏)人。崇祯十五年(1642)岁贡生。

② 金焦：金山与焦山的合称，两山都在今江苏省镇江市。

③ 米芾：字元章，湖北襄阳人，北宋书法家、画家、书画理论家，与蔡襄、苏轼、黄庭坚合称"宋四家"。

④ 刘伶：字伯伦，沛国(今安徽淮北)人，魏晋时期名士，与阮籍、嵇康、山涛、向秀、王戎和阮咸并称为"竹林七贤"。刘伶嗜酒不羁，被称为"醉侯"。

⑤ 弹铗：弹击剑把。此表示思归。

⑥ 迟暮：黄昏，比喻晚年，暮年。迟暮佳人夜拂筝：作者自注"顾新纳妾金陵，以洲田迍累羁此"。

⑦ 鹿门：鹿门山，在湖北省襄阳市。后汉庞德公携妻子登鹿门山，采药不返。后因用指隐士所居之地。

云间吊陈卧子、夏彝仲诸先辈
兼怀王玠右、王名世[1]

泖滨风雨下孤城[2]，愁绝滩头鹤唳声。

塞外又传收岭外[3]，苍生今复误儒生。

戈船战罢人稀出，海市春回雁不鸣。

寂寞沧江回首晚[4]，机山无恙月空明[5]。

注释：

[1] 云间：旧时松江府的别称，松江府约为今上海市吴淞江以南直至海边的整个区域。陈卧子：陈子龙，初字人中，后改字卧子，崇祯十年（1637）进士，论功擢兵科给事中。清兵陷南京后与夏彝仲投水殉国。夏彝仲：字允彝，号瑗公，松江华亭（今属上海松江）人，明万历四十六年（1618）举人，崇祯十年进士，任福建长乐县知县。顺治二年（1645），清军进攻江南，夏允彝与陈子龙等起兵抗清，兵败后投水殉节。王玠右：王光承（1606—1677），字玠右，江南华亭（今上海松江）人。明末清初学者。与同邑夏允彝、陈子龙、徐孚远等结几社。王名世：云间人，与王光承同为几社成员。

[2] 泖滨：泖河之滨。泖河，又称加湖。古泖河在青浦县境西南沈巷、练塘间，为古代谷水的一部分。

[3] 塞外又传收岭外：作者自注"时闻两粤复破"。

[4] 沧江：江流，江水。江水呈苍色，故称。

[5] 机山：古松郡九峰中第六山，位于上海松江天马乡境内。

檇李依韵和陈尧夫送别汉南①

离亭风雨得知音②，万井莺花趁晚阴③。

披褐谩存王猛志④，报书须辨李陵心⑤。

秦宫石燕春应集⑥，汉畤铜驼草又深。

谢汝绸缪西望意⑦，使人愁绝陇头吟⑧。

注释：

① 檇（zuì）李：古越国地名，在今浙江嘉兴县南。汉南：指汉中。

② 离亭：驿亭。

③ 万井：千家万户。古代以地方一里为一井。

④ 谩存：空存。王猛（325—375）：字景略，东晋北海郡剧县（今山东潍坊寿光东南）人，十六国时期著名的政治家、军事家，在前秦官至丞相、大将军，辅佐苻坚统一北方，被称作"功盖诸葛第一人"。

⑤ 报书：回信。李陵（前134—前74）：字少卿，陇西成纪（今甘肃天水市秦安县）人，西汉名将，飞将军李广长孙，善骑射，爱士卒，颇得美名。天汉二年（前99）奉汉武帝之命出征匈奴，率五千步兵与八万匈奴兵战于浚稽山，最后因寡不敌众兵败投降。

⑥ 石燕：鸟名。

⑦ 绸缪：情意殷切。汉·李陵《与苏武诗》之二："独有盈觞酒，与子结绸缪。"

⑧ 陇头吟：唐代诗人王维用乐府旧题写的一首边塞诗。

金 山 竞 渡

客路天中箫鼓急①，感恩空想荐衣回②。

都从醉后招魂去，不记江边饮马来③。

万里潇湘龙虎斗，三山风雨鬼神哀。

五丝续命还如此④，忍见牙樯锦缆开。

注释：

① 箫鼓：箫与鼓，泛指乐奏。

② 荐衣：为逝者焚送衣服。

③ 不记江边饮马来：作者自注"乙酉端阳，兵正南渡"。

④ 五丝：即五色丝，又叫"五色缕""长命缕""续命缕"。端午时人们以彩色丝线缠在手臂
　　上，用以辟兵、辟鬼，延年益寿。

敬 亭 山①

日落高台柳涧青，丹枫翠壁半凋零。

干戈迢递江边老②，蟋蟀凄凉月下听。

万叠云山藏谢宅③，一天风雨扫秋亭。

徘徊不尽登临兴，醉卧苍苔看古铭。

注释：

① 敬亭山：位于中国安徽省宣城市区北郊。

② 迢递（tiáo dì）：遥远。

③ 谢宅：谢灵运的宅院，常指贵族家园。

维扬同王于一泛舟平山堂①

青青荷叶出孤蓬②，藻井荒垄夹棘丛③。

地轴仍传通蜀道④，琼花无复向隋宫⑤。

几多战垒楼船外，一线长江烟雨中。

爵马鱼龙今已歇⑥，开樽犹得故人同。

注释：

① 维扬：扬州的别称。王于一：名猷定，字于一，号轸石，江西南昌人，善画。平山堂：在扬州市西北郊蜀冈中峰大明寺内，始建于宋仁宗庆历八年（1048），当时任扬州知府的是欧阳修。坐此堂上，江南诸山，历历在目，似与堂平，平山堂因而得名。平山堂是专供士大夫、文人吟诗作赋的场所。

② 孤蓬：飞蓬，比喻飘泊无定的孤客。

③ 藻井：中国传统建筑中室内顶棚的独特装饰部分，一般做成向上隆起的井状。荒垄：荒坟，指史可法墓。史公墓：明末抗清名将史可法之墓，在扬州个园西。句末作者自注"山上有第五泉，与史公墓近"。

④ 地轴：陆地的中心。

⑤ 琼花：古歌曲名，即《玉树后庭花》，被称为亡国之音，作者是南朝亡国之君陈后主陈叔宝。

⑥ 爵马：古代两种角斗性质的杂耍。鱼龙：古代百戏杂耍中能变化为鱼和龙的猞猁模型，亦为该百戏杂耍名。

海陵刘仅三招同
叶子闻、邓孝威诸子饮花下^①

一路清溪十亩田，半山亭畔柳含烟②。

友多爱酒真何逊③，婢解吟诗独郑玄④。

鹅鹳应随高树没⑤，楼台况是大江悬。

故人虾菜忘归得，好锁松云白日眠⑥。

注释：

① 海陵：古海陵县，今江苏省泰州市。刘仅三、叶子闻：人名，不详。招同：召集到一起。邓孝威（1617—1689）：邓汉仪，字孝威，号旧山，别号旧山梅农、钵叟，明末吴县诸生，尤工于诗，被认为是"红楼梦原创作者"。康熙十八年（1679），召试博学鸿儒，不第，以年老授中书舍人。著有《淮阴集》《官梅集》《过岭集》等。

② 半山亭：亭名，在今江苏南京市中山门北半山寺。半山寺原为宋王安石故居，元丰七年（1084）改为寺宇。

③ 何逊：南朝齐、梁文学家。

④ 郑玄（127—200）：字康成，北海高密（今山东省高密市）人，东汉末年儒家学者、经学大师。作者自注"刘有侍史能诗"。侍史：侍使，古时侍奉左右、掌管文书的人员。"侍史"，疑为"侍女"。

⑤ 鹅鹳：天鹅与鹳鸟。

⑥ 松云：青松白云。语出《南史·隐逸传上·宗测》，谓眷恋自然山水，有隐居山林，不问世事之意。

将还润州留题方汉章水西草堂①

千峰寂寂旧门扃②，寥落寒蛩秋满亭。

眼底龙蛇分汉楚③，山中风草自雷霆。

长林纤月当窗冷，隔岸渔舟带雨腥。

诗到水西频寄酒，我归北固醉初醒④。

注释：
① 润州：镇江的古称。水西草堂：在安徽省泾县水西山上。
② 门扃(shǔng)：门上环钮。
③ 眼底龙蛇分汉楚：宋·王令《南徐怀古》："乾坤未定龙蛇争，日月须归仁义主。"
④ 北固：山名，在今江苏省镇江市东北。

送友人崇州省觐①

五狼山色对柴扉②，此去西风动彩衣。

卖药每逢萧寺住，吟诗独向草堂归。

垆中酒熟黄花老③，江上秋深紫蟹肥。

百里沧洲成异域④，莫教燕子背云飞⑤。

注释：
① 崇州：今四川省崇州市。
② 五狼山：在江苏省南通市。
③ 垆：旧时酒店里安放酒瓮的土台子。黄花：指菊花。
④ 沧洲：滨水的地方。古时常用以称隐士的居处。
⑤ 莫教燕子背云飞：作者自注"友人有燕垒草堂"。

壬辰登万岁楼①

仙人鹤氅昔年游②，今日空登万岁楼。

两晋衣冠残碣在，三吴烟草大江流。

风吹杨柳迷台榭，云卷春帆入斗牛③。

莫问梅花吊陵谷④，金焦点点下芦洲。

注释：
① 壬辰：顺治九年（1652）。万岁楼：在江苏镇江。
② 鹤氅：鸟羽制成的裘，羽衣；道家的服饰。此指道服。
③ 斗牛：指天上星宿。
④ 陵谷：丘陵和山谷。此指陵墓。

汉口留别宋又素

清漳如带草堂东①，独树分明一亩宫②。

仆病苦遭风雨后③，我行偏向乱离中。

潇湘有芷江难涉④，忠孝无成路转穷。

俟得衡阳群雁到，愁看秋色老梧桐。

注释：
① 清漳：漳水，发源于湖北南漳，流经当阳，与沮水会合，经江陵注入长江。
② 独树分明：一株树花开明丽。一亩宫：寒士的简陋居处。
③ 仆病苦遭风雨后：作者自注"一仆病留宋处"。
④ 芷：指香草。

练溪三月拜王文烈祠①

圣主宾天万国哀②，煤山犹见讲官来③。

身歼异代还祠庙④，盗贼中原尚草莱⑤。

风雨暗教三月过⑥，松杉长傍百年开。

传闻陵墓今销落⑦，不及词臣土一抔⑧。

注释：

① 练溪：在安徽省芜湖市无为县。

② 圣主：指崇祯皇帝。

③ 煤山：现北京景山公园，明崇祯皇帝在此自缢。讲官：为皇帝经筵进讲的官员。

④ 歼：死亡。

⑤ 草莱：草莽；杂生的草。

⑥ 风雨暗教三月过：作者自注"甲申三月国变"。

⑦ 销落：凋谢，引申为衰落。

⑧ 词臣：旧指文学侍从之臣，如翰林之类。

早发三营至临高县①

三营闻夜雨，百舌啭春声。已觉天将曙，晨鸡不肯鸣。

绩麻当美陇②，缫茧趁新英③。日饱铁钉饭④，何嫌薯蓣羹⑤。

注释：

① 临高：海南省临高县，位于海南岛西北部，北临琼州海峡。

② 绩麻：搓麻绳。美陇：美陇滩，在临高县东15公里。美陇：作者自注"滩名"。

③ 新英：作者自注"都名"。今海南省儋州市新英镇。

④ 铁钉饭：佛语"煮木札羹，炊铁钉饭"，比喻禅境实际上是平实无奇的，只在日常的一饭一汤之中。

⑤ 薯蓣：山药。作者自注，"海南多以薯蓣为粥"。

白下送王杲青扶榇肇庆①

天涯消息与谁传，异域惊闻鹏鸟篇②。
乱后移家还十庙③，山中哭父已三年。
兵戈落日江湖外，舆榇春风瘴疠边④。
尚有衣冠归宿草⑤，七星岩下自啼鹃⑥。

注释：
① 白下：古地名，在今江苏省南京市西北，后为南京的别称。
② 鹏鸟篇：指汉·贾谊《鹏鸟赋》。
③ 十庙：南京北极阁"十庙"，为明太祖朱元璋南京建都后，在钦天山（北极阁）上大建"功
　　臣十庙"。
④ 舆榇：载棺以随。表示决死或有罪当死。
⑤ 宿草：隔年的草，借指坟墓。
⑥ 七星岩：在广东省肇庆市。

章华台寄怀何观我先生①

别离苦忆瑞灵初②，鼙鼓中原涕泗余。
亲老间关添白发③，君恩珍重赐绯鱼④。
可怜问道家难问，欲报生涯信转疏⑤。
莫怪江边芦雁叫，荆州八月故人书。

注释：
① 章华台：也称章华宫，是楚灵王六年（前535）修建的离宫，后毁于兵乱。这座"举国
　　营之，数年乃成"的宏大建筑，被誉为当时的"天下第一台"。经考证位于湖北潜江
　　龙湾附近。
② 瑞灵：上天所显示的祥瑞。作者自注"与何肇庆别"。
③ 间关：形容旅途的艰辛，崎岖、辗转。
④ 赐绯鱼：皇帝赐予绯衣与鱼符袋，旧时朝官五品以上为佩鱼符袋。
⑤ 转疏：不通畅。

掷甲山登高①

（一）

荆州城北有高台，古树连天秋色来。

绛帐笙歌为客尽，远安征战几人回②。

私将涕泪酬嘉节③，笑指云山落酒杯。

彭泽南窗无恙在④，菊花好向故园开。

注释：

① 掷甲山：古山名，位于荆州城（今湖北荆沙市荆州区）西北隅。

② 远安：远安县，隶属于湖北省宜昌市，位于湖北省西部。作者自注"时荆州镇军自远安归"。

③ 嘉节：指重阳节。

④ 彭泽：陶渊明，字元亮，东晋末至南朝宋初期伟大的诗人、辞赋家，任彭泽县令等职，人
称陶彭泽。

（二）

九鼎凭江定向谁①，包茅不贡更何为②。

凄凄鹤泽悲秋日③，冉冉龙山落帽时④。

河朔曹仁堪北走⑤，巴西关羽正东窥⑥。

可怜毛发茎茎短，谩插茱萸赋楚词。

注释：

① 九鼎：喻分量重。

② 包茅：苞茅，是南方的一种茅草，又叫菁茅，盛产于荆山山麓南漳、保康、谷城一带。楚王
在这一带立国之初，周天子让楚人上缴的贡品，就有这种茅草，主要用于缩酒祭祀。

③ 鹤泽：荆州的别称。悲秋：指"宋玉悲秋"的典故。

④ 龙山落帽时：成语"龙山落帽"的典故，形容人气度恢弘，临乱不惊。

⑤ 河朔曹仁堪北走：指《三国演义》中曹仁在樊城被刘备打败，夜回许昌。

⑥ 巴西关羽正东窥：作者自注"时有蜀警"。

（三）

纳纳方城汉水昏①，登高苦忆旧王孙。

渚宫芳草犹迎客②，沙市妖姬早闭门③。

万里谁家捣素练④，一声何处哭玄猿⑤。

乾坤日日当阳九，忍见陶公花满园。

注释：

① 纳纳：沾湿貌。

② 渚宫：春秋时楚国的宫名，故址在今湖北省江陵县。代指江陵。

③ 沙市：今湖北省荆州市沙市区，明清时为沙市镇。妖姬：美女。

④ 素练：白色绢帛。常用以喻云、水、瀑布等。

⑤ 玄猿：黑色的猿。

江陵寄三原友人①

卫公祠北故人居②，念我生还瘴疠余。

万里先凭乌鹊报，十年应断鹡鸰书。

锄瓜乱后青门老③，忆弟愁时白发疏。

湘水芷兰无可佩④，高秋杜曲一停车⑤。

注释：

① 江陵：荆州。

② 卫公祠：唐代南荆节度使卫伯玉祠。

③ 锄瓜：种瓜。种瓜有五色，甚美，故世谓之"东陵瓜"，又云"青门瓜"。青门：汉代长安城
　　的东南门，本名霸城门，王莽更名仁寿门。因门色青，民称青门。

④ 湘水芷兰无可佩：错过季节，没有芷兰可以佩戴。

⑤ 杜曲：古地名，在今陕西西安市东南的长安区东少陵原东南端。

癸巳豳馆访宜川刘石生①

昨日入关苦忆君，陶复陶穴何纷纷②。

西周尚有公刘里，北地曾无不窑坟。

蓍草春风还紫气③，高原老树自青云。

亦知归雁声声急，况是豳亭月夜闻④。

注释：

① 豳（bīn）馆：豳地的家塾。豳，同"邠"，古豳州，在今陕西省彬县、旬邑县西南一带。宜川：今陕西省延安市宜川县。刘石生：明末清初陕西名儒。

② 陶复陶穴：出自《诗·大雅·绵》"古公亶父，陶复陶穴，未有家室"，就是黄土高原的民居窑洞。

③ 蓍（shī）草：菊科植物，生于向阳山坡草地、林缘、路旁及灌丛间。

④ 豳亭：豳地村里。

舟泊枫桥见鹦鹉因忆吴姬夏州①

每到勾吴似到家②，馆娃虽在隔天涯。

一从身世惭通籍③，致汝边州误岁华。

玉臂潜消渠口雪，春风不断陇头花。

邻舟鹦鹉能言语，好是深闺独怨嗟④。

注释：

① 枫桥：江苏苏州西郊的一座古桥，位于今虎丘区枫桥街道，跨上塘河。枫桥以唐代诗人张继的《枫桥夜泊》而闻名天下。夏州：指宁夏。

② 勾吴：春秋战国时的吴国。

③ 通籍：记名于门籍，可以进出宫门。后指做官。

④ 怨嗟：怨恨叹息的意思。

铁佛寺遇平西王下诸公同下江南喜赋①

正愁三伏大梁行②，忽有西藩近侍兵③。

夜月同驱长葛马④，辰星独下黑阳城⑤。

山空废寺群狐窟，雾起中原百战营。

口号遍传军令细，鞮鍪凯虬见平生⑥。

注释:

① 铁佛寺:指河南省长葛市中原大铁佛寺,始建于唐贞观年间,兴于宋,鼎盛于明、清。平西王:吴三桂,1644 年投降清朝,引清军入关,被封为平西王。

② 大梁:指战国时魏(梁)国都城,在今河南省开封市西北。

③ 西藩:清初平西王吴三桂。

④ 长葛:古长葛县,今河南省长葛市。

⑤ 黑阳城:黑阳山下的城堡。明清开封府辖原武县城,在黑阳山南 10 公里处。

⑥ 鞮鍪(dī móu):亦作"鞮瞀",古代战士的头盔。

与李仲木后板厂述旧①

锦帆深处旧时晴，坐看桥头春水生。

伯仲乱来齐好佛②，亲知老去渐忘名。

鸡头岭外花前发③，鹦鹉声中夜半行。

我与君交吴越久，不闻羌笛不伤情。

注释:

① 李仲木:李楷,字仲木,苏州人。后板:后坂,疑是苏南地名。厂:棚舍。

② 伯仲:兄弟间排行的次序。

③ 鸡头岭:鸡头山,笄头山,崆峒山的别称。作者自注"李旧守宁羌州"。

甘 泉 宫①

圜丘雍畤诸侯邸②，定有金茎承露盘③。

钩弋夫人云外见④，瑶池王母镜中看。

峰阴寨老窥天易，暑雨沟深下马难。

献赋杨雄今白首⑤，建章宫里万山寒⑥。

注释：

① 甘泉宫：指渭河北面的汉代甘泉宫，汉武帝将秦林光宫改建而成，时称桂宫。遗址位于咸阳市淳化县南 25 公里的铁王乡。
② 圜丘：皇帝举行冬至祭天大典的场所，隋唐的圜丘，建在长安城郭城的南边，位于唐长安城正门明德门东侧。雍畤：古雍州的田野，今陕西等地。
③ 金茎承露盘：相传汉武帝曾使人塑金人承露盘，以求取天降玉露，而获长生。
④ 钩弋夫人：赵婕妤，汉武帝刘彻宠妃，汉昭帝刘弗陵的生母。
⑤ 扬雄（公元前 53—公元 18 年）：字子云，蜀郡成都（今四川成都郫都区）人。西汉官吏、学者，博览群书，长于辞赋，有《甘泉》《河东》等赋。
⑥ 建章宫：汉武帝刘彻于太初元年（前 104）建造的宫苑，宫城中分布众多不同组合的殿堂建筑。

泛 钱 塘 江

眼见戈船转大旗①，特从东海赴西陲。

移家已过秋风后，忆弟何当雁落时②。

赖有文章销客路③，不愁风雨对江篱。

廿年筋骨狂趋走④，九月寒衣授未迟。

注释：

① 戈船：战船。转：掉转，飘动。
② 何当：何日，何时。
③ 销：通"消"，排遣，把时间度过去。
④ 趋走：奔走。

始　皇　陵①

东羡羡门巡幸去②，崩年不在阿房宫。

泰山坛禅空朝雨③，苍岭鱼灯几夜风④。

已见旗铃回北极⑤，哪闻烽戍逼西戎。

长城似筑千年恨，墓草萧萧牧马中。

注释:
① 始皇陵:秦始皇陵,是中国历史上第一位皇帝嬴政(前259—前210)的陵寝,位于陕西省西安市临潼区城东5公里处的骊山北麓。
② 东羡:贪羡。羡门:传说握有长寿法术的方士。宋玉《高唐赋》:"有方之士,羡门高溪"。《史记》:秦始皇"之碣石,使燕人卢生,求羡门高誓"。羡门、高誓是居住在海中仙山上的神仙,手中有长生不老之药。
③ 泰山坛禅:公元前219年,秦始皇率领文武大臣及儒生博士70人,到泰山去举行封禅大典。
④ 苍岭:指始皇陵。鱼灯:即鱼烛,以人鱼膏做的烛。
⑤ 旗铃:旌旗上的铃。北极:国土的北端。

泊　阊　门①

二十年来吴会客，风帆一过一萧条。

兵戈近沟黄鹂巷②，箫鼓空喧白马桥③。

未有楼船通贾盐④，渐开丝茧税渔樵。

最怜堤畔垂杨柳，终日青青向射雕⑤。

注释:
① 阊门:苏州古城之西门,通往虎丘方向。
② 黄鹂巷:苏州市古街巷。
③ 白马桥:在苏州市山塘街,唐代苏州刺史白居易所建,又名泰定桥、白姆桥。
④ 贾(gǔ)盐:商盐。
⑤ 射雕:喻善射。

汉中王城秋兴①

(一)

鸡头岭下万山开②，汉主当年拜将台③。

遂使金瓯归一统，谁教铜马犯中台④。

陈仓非复萧何道，天栈空迟徐庶回⑤。

讲猎栽花行乐事⑥，鸣笳羌笛夜闻哀⑦。

注释：

① 汉中王城：汉高祖刘邦封汉王的城池，遗址在今汉中市汉台区武乡镇。

② 鸡头岭：陕西省汉中市北七盘岭。

③ 拜将台：亦称拜将坛，位于汉中市城区，相传为刘邦拜韩信为大将时所筑。

④ 铜马：新莽末年河北的农民起义军铜马军，后被刘秀击败。中台：内台。古代天子会诸
侯时，为诸侯所设的台，分内外台，内台比外台尊贵。

⑤ 徐庶：字元直，颍川郡长社县(今河南许昌长葛东)人。东汉末年刘备帐下谋士，后归曹
操，并仕于曹魏。

⑥ 栽花：指晋时潘岳任河阳县令时，在县中满栽桃李，传为美谈。后以"栽花"称扬县令。

⑦ 鸣笳：吹奏笳笛。古代贵官出行，前导鸣笳以启路。亦作进军之号。羌笛：古代羌族民
间吹奏乐器，六声阶双管竖笛，据传为秦汉古羌人发明。

(二)

曾为逆旅仇吴国①，岂复因人谕蜀都②。

宫帐酪酥常得饮③，陇头鹦鹉自相呼④。

乾坤误掷三泉县⑤，将帅何知八阵图⑥。

虎战云旗金鼓震，高秋猎得一熊无?

注释：

① 逆旅：叛逆的军队。

② 谕蜀都：谈论蜀都。蜀都，蜀国的都城，即成都。谕：古同"喻"。

③ 宫帐酪酥：北方民族的奶制品。

④ 陇头鹦鹉：喻思乡之情。

⑤ 三泉县：今陕西省宁强县。

⑥ 八阵图：传说是由三国时诸葛亮创设的一种阵法，以乱石堆成的石阵。

（三）

炙背三年醉汉苑①，龙兴虎视此中分。

杨雄谩作美新论，司马犹惭封禅文。

西割蜀江浑白雨②，南流楚峡尽黄云③。

曳裾宁向王门老④，故国烽川雁几闻。

注释：
① 炙背：晒背。
② 白雨：冰雹。
③ 黄云：黄色的云气。天子气，祥瑞之气。
④ 曳裾宁向王门老："曳裾王门"，典出《汉书》卷五十一《贾邹枚路传·邹阳》。后以"曳裾王门"比喻在王侯权贵门下作食客。曳裾：拖着衣襟。裾，衣服的大襟。王门：指王宫之皋门、库门。

（四）

秦川桂竹从来少，瞥见褒斜匝地生①。

舂米也知水碓熟②，食鱼仍美汉江清。

丹枫日堕留侯庙③，碧血天开定远城④。

回首可怜勋业尽，雁飞残照落花声。

注释：
① 褒斜：褒斜道，古代穿越秦岭的山间大道，南起褒谷口（汉中市大钟寺附近），北至斜谷口（眉县斜峪关口），沿褒斜二水行，贯穿褒斜二谷，故名。匝地：遍地，满地。
② 水碓（duì）：借水力舂米的工具。句末作者自注"秦中皆碾米，惟汉中用碓"。
③ 丹枫：经霜泛红的枫叶。留侯庙：汉张良庙，在汉中留坝县。
④ 定远城：今四川省武胜县，元、明、清为定远县。公元1273年七月，南宋军队与蒙古军队在此鏖战。

立春日雪中公刘里同刘石生怀江左诸子①

姜嫄河北雪霜飘②，卒岁终依刘孝标③。

胡鼻到今无月令④，库桃从此又春朝⑤。

云兼枯草沟中出，天入悬崖爨里烧⑥。

惆怅江东人不见，五陵裘马日萧条⑦。

注释：
① 江左：江东，范围包括今苏南、皖南、浙北、赣东北地区。
② 姜嫄河：泾河支流，以周朝祖先后稷之母姜嫄为名。发源于陕西省旬邑县石门山，流经旬邑县清塬镇、土桥镇和淳化县十里塬镇，于十里塬镇罗家村注入泾河。
③ 刘孝标：刘峻（463—521），南朝·梁学者兼文学家，以注释刘义庆等编撰的《世说新语》而著闻于世。
④ 月令：古代每个月的礼制和农事活动。
⑤ 春朝：春初。作者自注"胡鼻、库桃皆地名"。
⑥ 爨（cuàn）：灶。
⑦ 五陵：汉朝的五个皇帝陵墓，分别是汉高祖刘邦的长陵，汉惠帝刘盈的安陵，汉景帝刘启的阳陵，汉武帝刘彻的茂陵，汉昭帝刘弗陵的平陵。五陵的位置大概在距离长安城约40公里处。裘马：指轻裘肥马，形容生活豪华。

连云栈雪行①

乾坤忽改千岩色，劈面飞霜堕百泉。

江水横添山涧瀑，雪花吹落栈云天②。

人随鸟道回风舞，马傍狐踪大坝穿。

莫向柴关愁路冻③，樵林是处有和烟。

注释：
① 连云栈：连云栈道。
② 栈云：栈道高耸，与云相连。
③ 柴关：柴门，寒舍。

曲江九日同榆林李元发三原孙日生
奉侍沈陆二座主登雁塔①

旌旗一片出西京，十里烟沙逐队行。
赐宴昔闻唐进士②，题名今复鲁诸生③。
江头柳傍慈恩寺④，塔影风飘冯翊城⑤。
下马登高陪色笑，宜春苑北已秋声⑥。

注释：

① 曲江：唐代著名的皇家园林所在地，在西安城区东南部。座主：明清举人、进士对本科
　主考官或总裁官的尊称。

② 赐宴昔闻唐进士：唐代新进士及第后，天子于杏园赐宴，在曲江聚会饮酒，慈恩塔下题
　名，即"曲江流饮"和"雁塔题名"。

③ 鲁诸生：鲁地的儒生。

④ 慈恩寺：即大慈恩寺，位于唐长安城（今西安市），是中国佛教唯识宗（又称法相宗、俱
　舍宗、慈恩宗）的祖庭。唐太宗贞观二十二年（648），太子李治为了追念母亲文德皇后
　长孙氏创建。大慈恩寺大雁塔，1961年被国务院公布为全国重点文物保护单位。

⑤ 冯翊（yì）城：汉太初元年（前104）将"左内史"更名"左冯翊"，治所在长安（今西安市东
　北），相当于郡守。

⑥ 宜春苑：古代苑囿名，秦时在宜春宫之东，汉称宜春下苑，即后来的曲江池。

渔　家

月落江村黑，滩高水没田。棹歌渔浦入①，不醉不成眠。

注释：

① 棹歌（zhào gē）：行船时所唱之歌。渔浦：江河边渔船的出入口处。

乙未三原元日无题

过眼倡楼绡帐间①，辛盘柏酒傍红颜②。

戚姑今夕偏投厕③，秦赘何年复入关④。

按拍杨花吹粉黛⑤，隔帘春服染云山。

石渠金马终多事⑥，薄梦华池莫浪还⑦。

注释：

① 倡楼：倡女所居处，妓院。

② 辛盘：中国农历正月初一，用葱、韭等五种味道辛辣的菜蔬置盘中供食，取"迎新"之意。

③ 戚姑今夕偏投厕：作者自注"秦俗是夜以茅为戚夫人名，曰戚姑姑投入厕"。戚姑：刘邦妃子戚夫人。汉高祖刘邦皇后吕雉怨恨戚夫人，待刘邦死后，吕后罚戚夫人为奴仆，削光她的头发，熏聋她的双耳，然后逼她喝下致哑的毒药，最后挖掉戚夫人的双眼，将她扔到茅厕里，活活折磨致死。

④ 秦赘：赘夫。秦代男子家贫无以为婚者入赘妇家。此指曾畹入籍陕西。句末作者自注"明日赴公车"。

⑤ 杨花：柳絮，此指雪花。

⑥ 石渠金马：指文人词臣待诏的金马门官署和收藏历代典籍的石渠阁。出自汉·班固《两都赋·序》。

⑦ 华池：神话传说中的池名，在昆仑山上。

定　边①

碛上秋风恶，碛下秋草落。

功名万里心，不肯射狐貉②。

注释：

① 定边：陕西省榆林市定边县。

② 狐貉（hú mò）：狐与貉。

己亥吴门奉待佟汇白抚军^①

　　传闻使节大江来，千里楼船画戟开。

　　岂有诏书前日至，翻令羽檄隔年催^②。

　　钱塘腊月群师集，茂苑春朝万马回^③。

　　欲与先生临海甸，库门危坐一衔杯^④。

注释:

① 己亥:顺治十六年(1659)。佟汇白:佟国器,字汇白,奉天襄平人,清朝大臣。满族佟佳氏,隶汉军正蓝旗。顺治三年(1646)担任福建左布政使晋按察使,顺治十年(1653)担任福建巡抚,顺治十二年(1655)调南赣巡抚,后辞官。

② 羽檄:古代军事文书的一种,插鸟羽以示紧急,必须迅速传递。

③ 茂苑:古苑名,又名长洲苑,故址在今江苏省吴县西南。后也作苏州的代称。春朝:初春。句末作者自注"元日万马由吴赴越"。

④ 库门:古传天子宫室有五门,库门是其最外之门;诸侯宫外三门之一。此指苏州城门。

泊上清河值挐船先发遣仆入城迎灿弟^①

　　客居迁次本无定，况复移家乱后过^②。

　　兄弟行藏相见少，友朋生死未闻多。

　　鲛船猎猎吹瓜步^③，番马萧萧下孟河^④。

　　早晚归来同卒岁，六朝烟雨近如何？

注释:

① 上清河:南京市大清河,在白下区。挐(rú)船:有桨的船。

② 况复移家乱后过:作者自注"海上乱后,从无锡挐家归"。

③ 瓜步:一作瓜埠,山名,在南京市六合区东南,亦名桃叶山。古时此山南临大江,相传吴人卖瓜于江畔,故名。步:水际。

④ 番马:同番马,少数民族的马。指清军。孟河:江苏省武进县孟河镇。

温　溪①

东瓯鼓角战云屯②，日脚潮头截海门③。

十里芙蓉秋满树，千家薜荔雨为村。

尸中鳖令还称禅④，病后牛哀且噬昆⑤。

大禁虽严鳞甲在⑥，凭夷无数上滩痕⑦。

注释：

① 温溪：在浙江省青田县。

② 东瓯：温州及浙江省南部沿海地区的别称。

③ 海门：瓯江入海口。

④ 尸中鳖令还称禅：楚国有个叫鳖灵的人，心失足落水被淹死，尸首逆流而上，一直冲到郫。尸体被打捞起来，他便复活了，望帝便叫他做了蜀国的丞相，后来把帝位禅让给他，号称丛帝，又称开明帝。

⑤ 病后牛哀且噬昆：牛哀，古人名，即公牛哀，春秋鲁国人，一说韩国人。传说他病了七日变虎，把去看他的哥哥吃了。典出《淮南子》。昆：哥哥。

⑥ 大禁：作者自注"谓海禁云"。鳞甲：金属铠甲。

⑦ 凭夷：侵扰。

蓼　台①

夹岸啼猿梦泽孤②，荆王墓畔半头湖③。

须知佞色倾人国④，覆楚非关伍大夫⑤。

注释：

① 蓼台：开满蓼花的高地。

② 梦泽：云梦泽，中国湖北省江汉平原上的古代湖泊群的总称。

③ 荆王墓：明荆王墓，位于蕲春县。半头湖：在今湖北省。作者自注"半头，湖名。"

④ 佞色：谄媚的表情。

⑤ 伍大夫：伍子胥（前559—前484），春秋末期吴国大夫、军事家。

昆山送徐仲舒司李汀州^①

美君曾出洞庭波^②，汀上移官足放歌。

炎瘴应知春雪少，郡斋时有夜猿过^③。

廿年分手惊蓬鬓，万里将家截塞河^④。

若到郁孤烦闻讯^⑤，闾门母子近如何^⑥。

注释：
① 昆山：今江苏省昆山市。徐仲舒：清初官员名。汀州：今福建省长汀县。
② 美君：俊美的君子，指徐仲舒。句末作者自注"徐先理宝庆"。
③ 郡斋：郡守起居之处。
④ 塞河：边塞的河，指黄河。
⑤ 郁孤：郁孤台，指赣州。烦：烦请。
⑥ 闾门母子近如何：作者自注"汀、赣接近"。

曲阜同孔超宗同年饮吉人宅
超宗有私伎不与见作诗嘲之^①

同尔公车出帝乡，桑园犹带粉闱香^②。

诸姬绣被堆芳昼^③，五月榴花照夕阳。

乳燕并飞应并伏，啼莺相对不相妨。

黄金取尽文君酒^④，返识长门卖赋郎。

注释：
① 吉人宅：吉人吉宅，福宅。
② 桑园：故乡，故里。
③ 绣被：绣花被。芳昼：美好的白天。
④ 文君酒：汉辞赋家司马相如与卓文君私奔，在临邛卖酒的典故。

织　堂　川

东井何年聚五星①，嬴蹄奔走迹如萍②。

才归边塞头全白，一出罗川草尚青。

风色欲冲寒雁过③，秋声只在隔山听。

巨灵长使关河碎④，赑屃沟分岳渎形⑤。

注释：

① 东井：井宿，二十八宿之一。
② 嬴蹄：秦地的良马。
③ 冲：阻挡。
④ 巨灵：巨灵神，神话传说中劈开华山的河神。
⑤ 赑屃（bì xì）：又名龟趺，龙生九子之长，力大可驮负三山五岳，属灵禽祥兽。相传上古时期，它常驮着三山五岳，在江河湖海里兴风作浪。后来大禹将他收于麾下，凭借他的大力推山挖沟，疏通河道，很快治水见到了成效，赑屃成为了治水的功臣。岳渎（yuè dú）：五岳和四渎（"长江""黄河""淮河""济水"）的并称。句末作者自注"谓九条沟云"。（九条沟在甘肃省庆阳市华池县；罗川在庆阳市正宁县。）

润州听暮角①

江城旧日羁栖久，芦管初闻夜断肠②。

自此扁舟从北发，陇头羌笛是家乡。

注释：

① 润州：古润州府，今江苏省镇江市。暮角：日暮的号角声。
② 芦管：芦笛。

投徐静庵督学^①

二千口外黄河曲，劈面霜风七日来。

荞麦枯泉盐断绝^②，滑沟衰草马徘徊^③。

诗因穷极工何益，家类投荒久不回。

欲假高冈双羽翼^④，南飞直到凤凰台^⑤。

注释：

① 徐静庵：时任陕西提学副使。督学：明清派驻各省督导教育行政及考试的专职官员。也称视学。

② 盐断绝：作者自注"时九条沟乏盐"。

③ 滑沟：坍塌的山沟。

④ 欲假高冈双羽翼：由汉代李陵有诗句"凤凰鸣高冈，有翼不好飞。安知凤凰德，贵其来见稀"演绎而来。

⑤ 凤凰台：凤凰栖息的高台。此指南京市江宁区的凤凰台，唐朝诗人李白曾登临，并作《登金陵凤凰台》诗。

宿郭金汤有竹草堂^①

两年三过君庐舍，今日终南郭泰归^②。

客久共知为客苦，家贫虽老在家稀。

诸儿掘蓣晨充菜^③，小婢擎灯夜补衣。

稍喜邻翁兰若好^④，醉来须待彗星微^⑤。

注释：

① 郭金汤：陕西延安府人，康熙二年（1663）武举。

② 终南：终南山，秦岭中段，在西安市南25公里。泰归：平安归来。作者自注"时郭南山获稻归"。

③ 蓣：薯蓣，又名"山药"，块根可吃。

④ 兰若：作者自注"酒名"。

⑤ 彗星微：作者自注"时见彗星"。

丙午赴贡举仆夫失道久不得至
乃题诗王湖旅馆①

等闲风雪共飘蓬②，我佩短刀汝佩弓。

后路不知前路失，今宵难与昨宵同。

一身孤徼并汾外③，单马重裘枥肆中④。

却羡斜阳浮客到⑤，解鞍明日赴榆东⑥。

注释：

① 丙午：康熙五年（1666）。失道：迷失道路。王湖：今山西省晋中市榆次区王湖村。诗后作者自注"王湖属榆次县"。

② 飘蓬：随风飘荡的蓬草，比喻漂泊不定。

③ 孤徼：孤寂的旅行。并汾：并州与汾河，指山西。

④ 枥肆：马房。

⑤ 浮客：四处漂泊的人。

⑥ 榆东：榆次东部。

函　谷　关①

跶跋黄尘天下满②，却辞吴越赴西来。

鸡鸣狗盗今皆死③，五夜关门吏莫猜④。

注释：

① 函谷关：位于河南省三门峡市灵宝市区，该关西据高原，东临绝涧，南接秦岭，北塞黄河，是中国历史上建置最早的雄关要塞之一。

② 跶跋（bì bá）：马蹄击地声。

③ 鸡鸣狗盗：微不足道的本领，偷偷摸摸的行为。此言鸡鸣狗盗之徒。

④ 五夜：五更。

范县悼泗上施许公^①

（一）

山城寂寂日初低，旅衬萧萧古木齐。

不见泗滨浮磬响^②，独闻嬴博夜乌啼^③。

游仙好傍张良墓^④，负米空悲子路堤^⑤。

更有大宛金栈马^⑥，九原相殉一长嘶^⑦。

注释：

① 范县：河南省濮阳市范县。泗上：泛指泗水北岸的地域。泗水河：发源于鲁中山地新泰南部太平顶山西麓，西南流经山东济宁市的泗水、曲阜、兖州、邹城、任城区、微山等县市，它是山东省中部较大河流，又名泗水。

② 泗滨浮磬：泗滨浮石是中国最早被命名的石材，用其制成的磬（古代贡皇家专享的乐器、法器、神器）称泗滨浮磬，在4000多年前就是贡品。泗滨：泛指古泗水河流域。

③ 嬴博：指嬴与博，春秋时齐国二邑名，季札葬子于其间。后作为死葬异乡之典。

④ 张良墓：流传张良墓在中国有10多处，此指张良封地留城附近的山东省济宁市微山县张良墓。

⑤ 子路堤：山东聊城阳谷县"北金堤"上游，是孔子弟子子路的故乡。

⑥ 大宛（dà yuān）：古代中亚国名。

⑦ 九原相殉一长嘶：句末作者自注"施死一马亦死"。九原：墓地。

（二）

绝命哀哀望故园^①，江蓠莎草对黄昏^②。

琴书堆案双亲老，花萼高楼一弟存^③。

鹏翼空翻斜幕雨，莺声不叫旧时魂。

烟郊累累多新冢，地下修文谁与论。

注释：

① 绝命哀哀望故园：作者自注"施集有绝命诗"。

② 江蓠：红藻的一种。

③ 花萼高楼：花萼楼，唐玄宗于兴庆宫西南建"花萼相辉之楼"，简称花萼楼。

（三）

苏武生还十九年①，长殇怜汝隔重泉②。

亦知天地轻才子，不向人间老谪仙③。

病里思家肠欲断，闺中作客眼将穿④。

夜台应共肩吾赋⑤，好把唐诗集数联。

注释：

① 苏武生还十九年：作者自注"施十九岁卒"。苏武（前140—前60），字子卿，杜陵（今陕西西安）人，西汉大臣。天汉元年（前100），奉命以中郎将持节出使匈奴，被扣留，后将他迁到北海（今贝加尔湖）边牧羊。至始元六年（前81），方获释回汉。苏武去世后，汉宣帝将其列为麒麟阁十一功臣之一，彰显其节操。

② 重泉：九泉，旧指死者所归。

③ 谪仙：谪居世间的仙人，常用以称誉才学优异的人。

④ 闺中作客眼将穿：作者自注"施妻随父任未娶"。

⑤ 夜台：坟墓，亦借指阴间。

平 陵 城①

上有盗跖山②，下有阳虎墓③。洒尔一杯酒，祝尔莫当路。

注释：

① 平陵城：山东济南的古城，位于今山东省济南市章丘区。

② 盗跖（zhí）：传说春秋时期率领数千人的大盗，原名展雄，姬姓，名跖，又名柳下跖，当时鲁国贤臣柳下惠（柳下季）之弟，在先秦古籍中被称为"盗跖"和"桀跖"。盗跖死于东陵山上，位于济南市章丘区龙山镇东北。

③ 阳虎：又名阳货，与孔子同是春秋时期鲁国人氏，年龄略长于孔子，鲁国政治家。

历下喜上元蒋穆止同寓①

老去江东亲识少②，　独逢君至类诸昆③。

每怜出塞归青海④，　相劝携家住白门⑤。

鸭作铏羹童懒煮⑥，　垆当夏夜酒难温⑦。

比邻趵突泉声苦⑧，　却似催人到故园。

注释:

① 上元:古上元县,民国时期并入江宁县。明清时期的上元县治,在今南京市白下路,当时叫"升平桥"。

② 亲识:亲友。

③ 诸昆:众多兄弟。

④ 青海:喻边远荒漠之地。

⑤ 白门:南朝·宋都城建康(今南京市)宣阳门的俗称,也是南京的别称。

⑥ 铏羹:古祭祀时盛在铏器中调以五味的羹。铏(xíng):古代盛菜羹的器皿。

⑦ 垆:小口的盛酒瓦器。

⑧ 趵突:济南趵突泉。

华池温虞白、马紫绚置酒倡楼作别①

华馆三更后，骊歌六月初②。莫添红粉泪，流入白公渠③。

注释:

① 华池:今甘肃省庆阳市华池县。温虞白、马紫绚:华池文人。

② 骊歌:古代离别时唱的歌。

③ 白公渠:流经陕西省泾阳、高陵等县,汉太始二年(前95年)由赵中大夫白公主持修建,溉田4万余顷,为中国古老灌渠。

济南送某司李裁官归温州

摩笄山顶酒幔青①，纷纷车马暗郊垧②。

秋风忽动江心寺，荷叶将衰水面亭。

不用深文成密网③，须知读法在明经④。

近来刀笔张汤贵⑤，策士依然判五刑⑥。

注释：

① 摩笄(jī)山：在河北省张家口市东南，春秋末叶晋国大夫赵襄子姊摩笄(以簪刺太阳穴)而死之处。

② 郊垧(jiōng)：郊野。

③ 密网：繁苛的法令。

④ 明经：汉朝选举官员的科目，始于汉武帝时期，至宋神宗时期废除。被推举者须明习经学，故以"明经"为名。

⑤ 张汤：西汉官员、酷吏，杜陵(今陕西西安东南)人，因为审理陈皇后、淮南王、衡山王谋反案，得到汉武帝的赏识。

⑥ 五刑：中国古代五种刑罚之统称。作者自注"司李出身科目"。

诸暨见丽人戏柬牛丽乾明府①

涤器溪边立②，前村是妾家。

使君如有意③，明日浣春纱④。

注释：

① 诸暨：今浙江省诸暨市。

② 涤器：洗涤器物。

③ 使君：先生。汉代称呼太守、刺史，汉以后用做对州郡长官的尊称。

④ 浣春纱：洗春纱。春纱，生丝织成的薄纱。

将还金石堂枉柏乡魏相公远札重以诗币宠行因寄短章用伸酬谢①

尺素低徊先哲裔②，天寒珍重念无衣。

绨袍宁异章身服③，羽扇还同奏凯归。

郭隗台前虚上驷④，邹阳谷里斗春辉⑤。

从今大笑江边去，将母移家卧钓矶。

注释：

① 枉：绕道。柏乡：今河北省邢台市柏乡县。魏相公：魏裔介（1616—1686），字石生，号贞庵，邢台柏乡人，清顺治二年（1645）进士，选庶吉士，授工部给事中。后升任都察院都御史，累官至太子太保、保和殿大学士。他入阁办理国家大事时年仅40余岁，须发皆黑，历史上称之为乌头宰相。宠行：赠诗文送别。此诗写于康熙六年（1667），是年曾畹会试后游山东，而后返宁都。

② 先哲：尊称已经去世的有才德之人。

③ 章身：语出明末李渔"衣以章身"，意思是服饰彰显一个人是否贤良淑德的内在品质。

④ 郭隗（wěi）（约前351—前297）：战国中期燕国人，燕国大臣、贤者。

⑤ 邹阳：齐人，西汉散文家。文帝时，为吴王刘濞门客，以文辩著名于世。吴王阴谋叛乱，邹阳上书谏止，吴王不听，因此离吴去梁，为景帝少弟梁孝王门客。

戊申献酬佟寿民方伯宴集寄园①

花覆春阴一草堂，使君尊酒更笙簧②。

映阶萍藻迎牙仗③，傍沼凫鸥跕石梁④。

雪色如欺天不夜⑤，灯光反照水中央。

频年西去垂时令⑥，杨柳关山正未黄⑦。

注释：

① 戊申：康熙七年（1668）。佟寿民：佟岱，字寿民，号方伯，辽东人，先世为满洲，世居佟佳，清初将领。顺治年间随兄养量征战，曾任苏州布政使、湖广总督。寄园：在常州，为佟寿民家园。

② 笙簧：笙；笙的乐音。簧：笙中的簧片。

③ 萍藻：浮萍。牙仗：仪仗。

④ 跕（diǎn）：从高处飞下；难以飞跃而下坠。

⑤ 如欺：气势猛烈。

⑥ 频年：连续几年。垂：接近。

⑦ 正：恰好。

鸳湖竹枝词①

南湖春草绿萋萋，燕子楼空暗柳堤②。

金谷乌衣何处是③，东风依旧啭黄鹂。

注释：

① 鸳湖：浙江省嘉兴市南湖。

② 燕子楼：江苏徐州五大名楼之一，因飞檐挑角形如飞燕而得名，为唐朝贞元年间，武宁节度使张建封为其爱妾、著名女诗人关盼盼所建。

③ 金谷：金谷园。西晋元康六年（296），石崇在洛阳金谷园举行盛宴，邀集当朝的达官政要、名人雅士30人，这就是史上著名的"金谷宴集"。

赠顾松交吏部①

直觉东归似故乡，每逢佳节就君觞。

客中文宴如羊曼②，吴下名园数辟疆③。

芳草昼凝歌扇绿④，落花春散舞衣香。

东山未许频游玩，早晚征书发建章⑤。

注释：

① 顾松交：顾予咸（1613—1669），字小阮，号松交，苏州人，顺治四年（1647）进士。曾任礼部主客司主事、吏部考功司员外郎。

② 文宴：亦作"文燕"，赋诗论文的宴会。羊曼（274—328）：字祖延，晋元帝司马睿任命他为镇东参军，转任丞相主簿，委以机密事务。历任黄门侍郎、尚书吏部郎、晋陵太守，因公事有误免职。

③ 辟疆：古代君主专用之号，取开疆拓土之意。此指"辟疆园"，东晋江南望族顾辟疆的名园，唐时尚存，园址在今江苏省吴县。

④ 歌扇：歌舞时用的扇子。

⑤ 征书：古代记载灾异征兆的纬书。建章：汉建章宫，此指朝廷。

倦　游

未必昼长能误客，明湖华注两相忘①。

愁来归卧华林寺②，新得希夷大小方③。

注释：

① 明湖：济南大明湖。华注：华不（音同斧）注山，在济南市区东北部，位于黄河以南。

② 华林寺：佛寺，在济南市正觉寺街。

③ 希夷：陈抟（tuán）（871—989），字图南，号扶摇子，赐号"白云先生""希夷先生"，北宋著名的道家学者、养生家。大小方：开出的药方分药力重和轻。

怀郭电白同年①

偏是雁行临北额②，不闻蛇窦出南巴③。

十年作吏诗都废，一岁方新乱又赊④。

海寇脚穿梨木屐，官军头插素馨花⑤。

每听风雨林边过，却似春回电白车。

注释：

① 电白：原电白县，今广东省茂名市电白区。

② 北额：作者自注"寨名"。北额岭，在广东省阳江市阳西县，清初有村寨。

③ 蛇窦（dòu）：蛇的洞穴。南巴：古南巴县，今广东省茂名市茂南区。作者自注"城名时有茂名，令行取者。"

④ 赊：繁多。作者自注"电白春正有海警"。

⑤ 素馨花：木犀科藤本植物素馨花的花蕾，又称耶悉茗花、素馨针、大茉莉。

东华门车上①

谁家少妇斗春风，纤手扶车御柳中。

一步一回金阙下②，却教飞燕入深宫③。

注释：

① 东华门：北京紫禁城东门。

② 金阙：皇宫。

③ 飞燕：赵飞燕（前45—前1），出身平民之家，选入宫中为家人子（即宫女），后在阳阿公主处学舞，为汉成帝刘骜第二任皇后。

泊 苏 州

（一）

海烽亲见近来平①，遍设貔貅十万兵②。

最是吴侬终好事，等闲箫鼓虎丘行③。

注释：
① 海烽：海上警报。
② 貔貅：(pí xiū)，别称"辟邪""天禄"，是中国民间神话传说的一种凶猛的瑞兽。
③ 虎丘：虎丘山，位于苏州古城西北角。

（二）

傍水佳人趁夕阳，吴妆却换满洲妆①。

不防门外章京见②，却指东姬画阁藏。

注释：
① 满洲：部族名称，此指满族。
② 章京：清朝官名。

（三）

歌酒喧喧出水涯①，吴箫袅袅间哀笳。

悬知千骑楼头醉②，不听高阳白鼻骒③。

注释：
① 水涯：离水很近的地方。
② 悬知：料想，预知。
③ 高阳：河北省高阳县，指北方。白鼻骒(guā)：白鼻黑嘴的黄马。

羊凤井至紫金关杂诗①

（一）

把都河外黑山戎②，深践王庭第几重。

雪满沙中不辨路，马蹄行处是狐踪。

注释：

① 羊凤井：地名，应在晋北。紫荆关：长城的关口之一，位于河北省易县城西 40 公里的紫荆岭上。

② 把都河：红柳河，无定河支流，陕西省榆林市。黑山戎：陕西北部的民族。黑山，在陕西榆林西南。戎：中国古代称西部民族。

（二）

劈面凌澌出塞城①，羊酥乳酒一伤情。

哀笳不管愁人耳，吹作千山冰雪声。

注释：

① 凌澌：流动的冰凌。

（三）

匹马桑干阴碛来①，题诗砚冻一衔杯。

平明万里千层雪，人到岩关门未开。

注释：

① 桑干：桑干河，是海河的重要支流，位于河北省西北部和山西省北部朔州朔城区南河湾一带。阴碛：塞外的沙漠。

潞安府口号①

三街伎馆一时荒，惟有铜鞮旧日倡。

莫唱前朝王府曲，新翻都是山坡羊②。

注释：
① 潞安府：今山西省长治市。口号：古诗标题用语，表示随口吟成，和口占相似。
② 山坡羊：民间曲调名。流行于明正德年间，多表现男女情爱。此指民间歌曲。

小松凹伎席（用正韵）①

五龙坛后拊苍鳞②，一树霜皮一树云。

庙鼓隆隆明月散，东山挟伎是何人③？

注释：
① 小松凹：地名，当在山西省。
② 五龙坛：在唐长安兴庆宫龙池南岸。拊：古同“抚”，安抚，抚慰。苍鳞：灰白色的鳞片，此指树皮老皱。
③ 挟（jiā）：用胳膊夹着。

绛州白松和尚自义兴海会来喜赋^①

曾逐汾河过绛州，泥沙拥急断行舟。

不知中有慈航渡^②，却在荆溪海会流^③。

注释：

① 绛州：今山西省运城市新绛县。义兴：今江苏宜兴市。海会：佛教盛大的集会。

② 慈航渡：即"慈航普度"，佛教言通过用慈悲之心，去引导人们，使大家能度过生死苦海，达到快乐的彼岸。

③ 荆溪：在宜兴市。

补遗篇

诗因过客传

失手足，十二诗章「哭六弟」

梦塞北，西湖灯下「续二句」

三月好，杨子桥上「月渐高」

忆光武，白水村头「大风起」

看红尘，马嵬坡前「青青冢」

再出塞，青铜峡里「走春声」

银川承天寺塔（1932 年）

哭六弟焀①

（一）

汝生一二岁，我年十九时②。朝客接轸至，我父正委蛇③。

珥冠与绣弁④，颠例错相施。襁褓索果饵，学语幽并儿⑤。

我来觐省归，风尘怒马驰。牵衣背面啼，恍然惨别离。

注释：

① 六弟：曾焀，字丽天，生于崇祯十二年（1639），康熙九年（1670）在徐州无病而卒。少有诗才，七岁能文，痒生。著有《曾丽天诗》一卷。

② 我年十九时：曾畹生于1620年，长曾焀19岁。

③ 委蛇（wēi yí）：蜿蜒曲折，但比较随顺。

④ 珥冠与绣弁：华丽的服饰。

⑤ 幽并儿：古代幽并二州多豪侠之士，故用以喻侠客。语出三国魏曹植《白马篇》。

（二）

九岁背我父，汝母不能守。出入五兄俱，总角如朋友①。

故乡兵火中，我独中风走。仲兄亦远行，赋役浮八九②。

飞洒恣官吏③，追呼到鸡狗④。自如仲兄归，清理无逋负⑤。

鬻舍琐屑余⑥，取汝中馈妇⑦。不知谁教汝，松菊爱诗酒⑧。

诗酒纵何妨，英发伤汝寿。

注释：

① 总角：古时少儿男未冠，女未笄时的发型。

② 赋役：赋税和徭役的合称。

③ 飞洒：特指明、清时地主勾结官府，将田地赋税化整为零，分散到其他农户的田地上，以逃避赋税的一种手段。

④ 追呼：吏胥到门号叫催租，逼服徭役。

⑤ 逋负（bū fù）：拖欠赋税、债务。

⑥ 鬻舍：卖房子。

⑦ 中馈妇：家庭主妇。

⑧ 松菊：松与菊不畏霜寒，因以喻坚贞节操或具有坚贞节操的人。

(三)

同居三十年，乃上郊外庐。妇言蝇蚋少，何用离索居①。
诸兄劝汝归，汝已丹腊余②。营贷饬草堂③，挥金如积储④。
亲戚酤美酒，娈童荐嘉蔬。笙箫半年内，风雨暗琴书。
空余数椽桷⑤，索逋徒穹闾⑥。

注释：

① 离索：独居或形容萧瑟之相。
② 丹腊：可供涂饰的红色颜料。喻绘画。
③ 饬(chì)：打理。
④ 积储：蓄积存储。
⑤ 椽桷：承屋瓦用的圆木与方木。圆的叫椽，方的叫桷。泛指椽子。
⑥ 索逋：催讨欠债。穹闾：穹庐，毡帐。

(四)

两兄尝作客，汝亦学远游。书画满江西，笔力何轻遒①！
便当春吐气，年命乃不秋②。一杯爱陶谢③，半生轻尹周④。
盖棺今则已，徒使骨肉忧。

注释：

① 轻遒：飘逸有力。
② 不秋：不长久。
③ 陶谢：东晋末年、南朝初的诗人陶渊明、谢灵运的并称。
④ 尹周：商朝的伊尹和周朝周公。

(五)

末俗干请塞①, 万里投故人。故人书尔尔, 开缄喜且嚬。
假资泛大江②, 藏椟托诸邻③。即辞白茅峰④, 身死黄河津。
童仆一二人, 藁葬置荆榛⑤。归里求墓木, 举家惨伤神。
经年得归梓, 稍慰堂上亲。

注释:
① 末俗(mò sú):1. 谓末世的习俗,低下的习俗。2. 世俗之人。
② 假资:借钱。
③ 藏椟:把珠宝藏在木匣里,等待高价出售。比喻怀才待用或怀才隐退。
④ 白茅峰:宁都莲花山的顶峰。
⑤ 藁葬置荆榛:草草埋葬于荒野。

(六)

无病即溘然, 骇仆曾否知①? 侵晨税凤驾②, 乃见床头尸。
故断涕泪声, 爱根从此辞。所恨不闻道, 徒尔殒下邳③。
合掌祝西风, 生汝莲花池④。

注释:
① 骇(ái)仆:不晓事理的仆人。
② 侵晨税凤驾:黎明时停车。
③ 下邳:今天江苏省睢宁县古邳镇,古下邳郡,北距徐州市 80 公里。
④ 生汝莲花池:超生于清静之地。

（七）

楞严忏佛日^①，余附故人舟。故人出灿书，俱言荆花忧^②。

须叟惊魂坠，开口泪难收。黑夜设瑜伽^③，神歆果在不^④?

注释:

① 楞严忏佛日:作者自注"时浙江佛日山礼,楞严忏毕"。
② 荆花:紫荆花,常比喻兄弟昆仲同枝并茂。
③ 设瑜伽:静坐修炼。
④ 神歆(xīn):神灵享用的祭品。

（八）

闻汝死之夕，把酒对月明。濡笔寄所历^①，一日百里程。

展册墨未干，形体荆棘生。楚汉争战地^②，阴风万马鸣。

英雄一瞬目^③，萧曹横高茔^④。左俯麒麟冢^⑤，右睍吕梁城^⑥。

附列具精魂^⑦，壮哉竖子名^⑧。

注释:

① 濡笔:蘸笔书写或绘画。
② 楚汉争战地:指徐州附近,当年是刘邦与项羽争战的地方。
③ 瞬目:眨眼睛,言时间之短。
④ 萧曹:萧何和曹参,汉室功臣。高茔:古墓。
⑤ 麒麟冢:指名臣贵人的坟墓。
⑥ 睍(jiàn):窥探。吕梁城:今江苏省徐州市铜山区伊庄镇吕梁村,古吕国建都于此。
⑦ 附列:参加行列。精魂:灵魂,精神,此指英烈。
⑧ 竖子:童仆;小子。对人的蔑称。

(九)

彭城江太守①，为我夙昔友。岂料吾弟死，乃在汴潍口②。

隔岁收衣冠，风雪奠杯酒。解剑古人心③，再拜俯双手。

注释:
① 彭城:江苏省徐州市古称。
② 汴潍:汴河和潍河,都在徐州附近汇入泗水。
③ 解剑:放下刀剑,意为不违心诺。

(十)

归拜慈帏下①，罗列少二人。炌也旅食久，焰也旅梓新。

凄恻赴荒郊，欲哭翻忘身②。痛极更无泪，念我出世真。

所嗟汝妻子，伶仃屈曲贫。

注释:
① 慈帏:亦作"慈帷",旧时母亲的代称。
② 忘身:奋不顾身;置生死于度外。

(十一)

两嫂先后逝，一侄昨年亡。白骨成灰烬，松槚无一行①。

不封亦不树②，浅厝各异方③。牛眠卜吉少④，麦舟徒悲伤⑤。

苟活得不死，都为矿穴藏⑥。

注释:
① 松槚:松树与槚树。墓地的代称。
② 不封亦不树:既没有封土堆,也不种植树木以为标志。
③ 浅厝(cuò):把棺材停放待葬,或浅埋以待改葬。
④ 牛眠:据《晋书·周光传》记,陶侃父母丧,家中老牛出走卧眠山岗,指示此地为埋葬的风水宝地。后来。人们以"牛眠""得牛眠""卜牛眠""牛眠地"的典故,喻埋葬先人,可让后辈发迹兴旺的坟地。
⑤ 麦舟:指宋代范纯仁以一船麦子作为赠品,助故旧治丧之事。
⑥ 矿穴:坟墓。

（十二）

清夜礼千佛①，莲叶瓶中开。萧槭灯火内②，新鬼故鬼哀。

凉风飘飒飒，阴房长绿苔③。生者为兄弟，死者为尘埃。

——《江西诗徵》卷六十六

注释：

① 清夜礼千佛：作者自注"时为弟礼三世佛"。

② 萧槭：凋零,零落。形容风吹树木的声音。

③ 阴房：坟墓。

电白县霞洞①

东田邻西田，刈稻复种稻。一时落水来②，平川皆成潦。

七日始遇山，千里犹在岛。牧童淋漓歌，骑犊喂青草。

略见荒村烟，风雨慰怀抱。

——《江西诗徵》卷六十六

注释：

① 霞洞：今广东省茂名市电白区霞洞镇,位于电白区西北部,背倚浮山岭,面临沙琅江。

② 一时落水来：作者自注"高肇人称落雨为落水"。

黎　母　水①

横槊黎母水②，鸣笳贺兰山③。蛮烟与塞雪，和泪吹行间④。
归从令弟耕⑤，壮气催衰颜⑥。

——《赏雨茅屋诗集》卷六

注释：
① 黎母水：南渡江，又称南渡河，古称黎母水，海南岛最大河流。发源于海南省白沙黎族
　自治县南开乡的南峰山，流经白沙、琼中、儋州、澄迈、屯昌、定安、琼山等市县，在海口
　市美兰区流入琼州海峡，全长333.8公里。
② 横槊：横持长矛，形容气概豪迈。槊：类似长矛。
③ 笳：胡笳，中国古代北方民族的一种乐器，类似笛子。
④ 吹行：边吹奏，边行走。
⑤ 归从令弟耕：归家后和弟曾灿耕作。古称自己的弟辈为令弟。作者自注"青藜"。
⑥ 衰颜：衰老的容颜。

岁　暮

除夕栖僧舍，游踪独此宵。宛然生死过，顷刻岁时消①。
鱼梵闻清磬②，禅衣脱敝貂②。暂辞天目水，坐对浙江潮。

——《江西诗徵》卷六十六

注释：
① 顷刻岁时消：作者自注"宗门以生死交接之际为腊月三十日，喻年尽、月尽、日时俱
　尽也"。
② 鱼梵：敲木鱼和诵经念佛之声。
③ 禅衣：单衣；僧衣。敝貂：破旧的皮衣。

岁暮经石山风雨有诗①

谁令汝至此，风雨海南滨。平衍沙无性②，童山石不春③。

骑牛如隔世④，忆雁到慈亲⑤。行役天涯尽⑥，年华又一新。

——《江西诗徵》卷六十六

注释：
① 石山：位于海南省海口市西南，距市中心28公里，以火山口、火山口熔洞群、"双池" "山神庙"等名胜著称。
② 平衍：平坦广宽。
③ 童山：不生草木的山。
④ 骑牛如隔世：作者自注"海南北以牛代马"。
⑤ 慈亲：慈爱的父母。
⑥ 行役：行旅，出行。

忆　远

屡易河西信①，无人肯即归。亦知小儿女，已解说庭帏②。

岁暮寒初急，穷边雁遂稀。一生游不死，且复到京畿。

——《江西诗徵》卷六十六

注释：
① 河西：黄河以西。指宁夏。信：消息。
② 庭帏：父母居住的地方。代指父母。

鲁连初斋中赋别①

不得聊城下,终当就鲁连。春风为卜夜②,把酒对高眠③。

名任公车废,诗因过客传。故人藩邸满④,独觉大夫贤。

——《江西诗徵》卷六十六

注释:

① 鲁连初:鲁仲连,又名鲁连,战国时齐国人,长于阐发奇特宏伟、卓异不凡的谋略,却不肯作官任职,曾客游赵国。

② 卜夜:卜昼卜夜,形容不分昼夜地饮酒作乐。

③ 高眠:高枕安眠,指闲居。

④ 藩邸:藩王之第宅,官员的府邸。

扬 子 桥①

三月风日好,或忆广陵涛。到此舟偏逆,相看月渐高。

榜歌喧浦溆②,战血铲城壕③。直觉姜才后④,明星偃大刀⑤。

——《江西诗徵》卷六十六
——《感旧集》卷六

注释:

① 杨子桥:江苏省扬州市运河上的桥,古时长江北岸有杨子津渡口。

② 榜歌:船夫唱的歌。浦溆:水边。

③ 铲:用锹或铲撮取或清除物体。

④ 姜才(? —1276):濠州(治安徽凤阳)人,南宋末抗元将领。

⑤ 明星:明亮的星,指金星。偃:倒下,停止。

茂苑得宋又素雷州讣音哭之①

(一)

遂使人流涕，江山一寂然。奇才终海邑②，归榇信皇天③。

气存神龙剑，魂伤飞鵩篇④。旧游谈道处，尸解有群仙⑤。

注释：

① 茂苑：古苑名，又名长洲苑，故址在今江苏省吴县西南。后也作苏州的代称。
② 奇才终海邑：作者自注"宋知徐闻县"。
③ 皇天：昊天上帝。旧时常用与"后土"并用，合称天地。
④ 鵩(fú)：古书上说的一种不吉祥的鸟，形似猫头鹰。《鵩鸟赋》是汉代文学家贾谊的赋作，借与鵩鸟问答以抒发了自己忧愤不平的情绪，并以老庄的齐生死、等祸福的思想以自我解脱。
⑤ 尸解：道教认为道士得道后可遗弃肉体而仙去，或不留遗体，只假托一物(如衣、杖、剑)遗世而升天。群仙：作者自注"宋好神仙之术"。

(二)

今春予落第，汝在定悲凉。岂意擎雷别①，翻为溘露伤②。

兼金分药饵③，细葛解衣裳④。多谊惭何报⑤，浮生只悼亡⑥。

——《江西诗徵》卷六十六

注释：

① 擎雷：擎雷山，位于雷州城南南兴镇境内。
② 溘露(kè lù)：成语"溘先朝露"。指生命比朝露消失得还快。
③ 兼金：价值倍于常金的好金子。泛指多量的金银钱帛。
④ 细葛：细葛布制的衣。就是"绤(chī)衣"；饰以刺绣的贵族礼服。解衣裳：成语"解衣推食"，把衣服脱给别人穿，把食物让给别人吃，形容对别人生活极为关怀。作者自注"壬子宋赠金、药、葛布"。
⑤ 多谊：深厚的友谊。
⑥ 浮生：空虚不实的人生，指人生。古代老庄学派认为人生在世空虚无定，故称人生为浮生。

和黄冈杜于皇澄江赠诗①

(一)

此生犹见汝,幸汝不佯狂②。身世看秋箨③,乾坤正夕阳。

台城穷彻骨④,夏浦饱经霜⑤。谩说工诗赋,青钗鬓发苍。

注释:

① 黄冈:今湖北省黄冈市。杜于皇(1611—1687):名濬,原名诏先,字于皇,号茶村,湖北黄冈人。明亡后避地金陵,寓居鸡鸣山之右。澄江:江苏省江阴市的别称。古长江流到这里,江面骤宽,流缓沙沉,清澄见底,故有此称。

② 佯狂:假做癫狂,装疯。

③ 秋箨:秋日的竹壳,喻脆弱易掉落之物。隋炀帝《手诏劳杨素》:"汴部郑州,风卷秋箨,荆南塞北,若火燎原。"

④ 台城:东晋至南朝时期的台省(中央政府)和皇宫所在地,位于建康(今南京)城内。因尚书台位于宫城之内,因此宫城又被称作"台城"。

⑤ 夏浦:夏天的水滨。

(二)

忽报老成尽①,转添离别悲。死生徒有约,贫贱见无期。

月黑乌号子②,天低雁伏雌③。凄凉余我辈,双泪到江陲④。

——《江西诗徵》卷六十六

——《晚晴簃诗汇》卷二十六

注释:

① 忽报老成尽:作者自注"时闻龚宗伯讣音,与杜相对欷歔"。老成:年高有德的人,指龚宗伯。

② 号:呼喊。

③ 雁伏雌:雄雁遮蔽着雌雁的身体。

④ 江陲:江边。

鸡 头 关①

南山忽已尽②，纳纳褒城春③。汉水原通蜀，巴山不过秦④。

烧荒熊出坝，树密虎窥人。铭德昆吾者⑤，还应问钓纶⑥。

——《江西诗徵》卷六十六
——《清诗别裁集》卷五

注释：

① 鸡头关：在陕西省汉中市西北。据《汉中府志》与《褒城县志》载：连城山北七盘山，上为鸡头关，"有大石自麓至顶，层棱兀出，状如鸡冠，故名。

② 南山：指巴山。

③ 褒城：古县名，隋朝仁寿元年（601）由褒内县改名而得，治所在今陕西汉中市西北的大钟寺，属汉川郡。唐朝初年改属梁州，后又属兴元府。南宋嘉泰年间将治所移置今汉中市西北的褒城镇。明清时属汉中府，民国沿之，1958 年时撤销。

④ 巴山：大巴山脉，简称巴山，位于中国西部，东西绵延 500 多公里，是嘉陵江和汉江的分水岭，四川盆地和汉中盆地的地理界线。

⑤ 铭德昆吾：《晋书张协传》："玉猷四塞，函夏谧静，丹冥投锋，青徼释警，却马于粪车之辕，铭德于昆吾之鼎。"昆吾：古代中国传说中为陶器制造业的发明者。

⑥ 钓纶：钓竿上的线。喻田园生活。

西湖灯夕梦得下二句续成①

绝塞天空雁几群，榆关南北渭河分②。

秋风八月黑山动③，吹落黄花无数云。

——《感旧集》卷六

注释：

① 灯夕：中国古代对元宵节的别称。旧俗于正月十五夜张灯游乐，故称其为"灯夕"。

② 榆关：古关名，泛指北方边塞。

③ 黑山：黑山县，辽宁省锦州市辖县。位于辽宁省西部，锦州市东北端。距沈阳市区 135 公里，距锦州市区 100 公里。此指八旗兵入关。

鄱阳湖望五老峰①

苍然慈翠两三湾，欲载匡庐出故关②。

水合江湖归万里，地分吴楚接千山③。

老蛟吹雪波涛白，高髻悬崖薜荔斑。

自愧偏隅非华岱④，也称乔岳俯云间⑤。

——《江西通志》卷六十六

注释:

① 五老峰:庐山东南并列的五个山峰,仰望若五位老翁席地而坐,故名。

② 欲载:乘车经过。

③ 吴楚:指吴地和楚地。比喻不同区域。

④ 偏隅:一方之地,一隅之地。指偏僻的地方。华岱:华山与泰山的并称。

⑤ 乔岳:本指泰山。泛指高山。

宿　马　嵬①

濯锦明河万里开②，上皇羽盖自西来③。

哪堪此地青青冢④，更待红尘蜀道回⑤。

——《江西诗徵》卷六十六
——《感旧集》卷六

注释:

① 马嵬:马嵬坡,在陕西省兴平县西,杨玉环墓在此。

② 濯锦明河:河水洗涤过锦缎,色彩华丽。岷江过成都为锦江,因江水濯锦后晾晒色彩分
外鲜明而得名"濯锦江"。

③ 羽盖:用羽毛装饰的车盖,

④ 青青冢:杨贵妃墓。

⑤ 红尘:古代土路车马过后扬起的尘土,借喻名利之路。

经汉光武白水村①

莽莽春陵起大风，汉家鼙鼓万山雄。

谁从洛北收朱鲔②，再向河西服窦融③。

——《江西诗徵》卷六十六

注释：

① 汉光武：刘秀（前 5—57），字文叔，南阳郡蔡阳人（今湖北省襄阳市辖枣阳市），中国东汉
王朝的建立者，庙号"世祖"，谥号"光武皇帝"。白水村：有两处，一处在今湖北省枣阳市
吴店镇西南，一处在今河南南阳宛城区瓦店镇，皆传为刘秀故乡。诗中的春陵在今湖北
省枣阳市吴店镇，故这里的"白水村"指枣阳市吴店镇的白水村。公元 29 年，东汉光武帝
诏令，改春陵乡为章陵县，均属南阳郡管辖。隋以枣阳为治所置郡，即春陵郡。

② 朱鲔：字长舒，汉阳（今湖北省武汉市汉阳区）人。公元 22 年参加绿林军起义，为首领
之一。公元 23 年，拥立大汉宗室刘玄为帝，入长安之后，刘玄封朱鲔为胶东王，但朱鲔
以汉高祖有约"异姓不得封王"，而没有接受封赏。公元 25 年（建武元年），刘秀称帝，
挥兵攻打朱鲔镇守的洛阳，朱鲔投降，刘秀拜他为平狄将军，封扶沟侯。

③ 窦融（前 16—62）：字周公，扶风平陵（今陕西咸阳西北）人。新莽末至东汉时期军阀、名
臣，云台三十二将之一。王莽掌权时，窦融担任强弩将军司马，后拜波水将军。刘秀称
帝后，窦融归汉，授职凉州牧，从破隗嚣，封安丰侯。建武十二年（36）入朝，历大司空、
将作大匠，行卫尉事。"窦融归汉"也成为后世的著名典故。

出塞过青铜峡①

高原无树影，大壑走春声②。候雁传烽戍③，纷纷统万城。

——《感旧集》卷六

注释：

① 青铜峡：宁夏青铜峡峡谷，银川平原灌区引黄河水处。在今属宁夏青铜峡市。
② 大壑：大山沟。此指青铜峡。
③ 烽戍：设置烽燧，驻兵防守之处。

附录

亲友致曾畹

林时益：『壁挂长弓柱挂刀，闻君又说出临洮。』

邓汉仪：『与君试话封侯事，慷慨悲风万里情。』

徐　倬：『曾无破屋住西东。』

钱澄之：『自着方袍万恨平。』

吴伟业：『十年走马向天涯……贺兰山下不思家。』

朱彝尊：『雪满天都走贺兰；万里鸣沙能跃剑。』

魏际瑞：『为问塞垣行乐地，可因宁夏忆宁都。』

青铜峡（1942 年）

贺曾庭闻举孝廉①

宋　琬②

谁言才子竟蹉跎，天马西徕万里过。

名姓在秦张禄贵，文章入洛陆机多。

汉廷伫奏《凌云》笔，羌笛争传出塞歌。

陇上梅花凭驿使，好将双鲤下黄河。

——《安雅堂集》

注释：
① 作者自注"庭闻，江右人，易名中秦榜"。
② 宋琬（1614—1673）：字玉叔，号荔裳，汉族，山东莱阳人。清初著名诗人，清八大诗家之一。诗与施闰章齐名，有"南施北宋"之说。又与严沆、施闰章、丁澎等合称为"燕台七子"。著有《安雅堂集》《二乡亭词》。

曾庭闻挈家宁夏诗来次韵有答

魏际瑞①

携家荒徼斗穷途，廿载江湖好丈夫。

日费十金犹见少，年奔万里只如无。

饥巢夜永乌头白，寒水秋深雁阵孤。

为问塞垣行乐地，可因宁夏忆宁都？

——《魏伯子文集》

注释：

① 魏际瑞(1620—1677)：清初学者，魏禧之兄，江西宁都县城人。原名祥，字善伯，人称伯子先生。明诸生，与弟魏禧、魏礼合称"宁都三魏"。明亡，与弟及彭士望、曾灿等居翠微峰，号"易堂九子"。著有《魏伯子文集》。

在潮州送曾庭闻归里复之宁夏①

魏际瑞

经年离别吾常惜，万里来回子独堪。

一路衣冠兼盗贼②，极天西北到东南。

河干只有斯须立，故国能无数日耽。

为语翠微诸弟友，相思莫梦鳄鱼潭。

——乾隆《潮州府志》卷四十二(1656)

注释：

①《潮州府志》题无"复之宁夏"。庭闻以家为旅，六句概寓讽也。

② 一路衣冠兼盗贼：作者自注"寇氛未靖"。

曾庭闻邀骑马过龙须看地归
适李咸斋至云早过冠石视辑儿病

林时益①

十年倚杖谁骑马，眼暗髀创膝不申。

灯下正嗟人坐老，酒中愁见客呼门。

乾坤潦倒双颧骨，风雨支吾一幅巾。

吾子病深应作苦，感君念我独伤神。

——《豫章丛书·朱中尉诗集卷四》

注释：

① 林时益（1617—1678）：字确斋，原籍南昌，后入宁都籍。明宗室宁王后裔，原姓朱，名议，字作霖，人称朱中尉。明亡后，隐姓埋名，同彭士望隐居翠微峰，与魏禧、邱维屏等人并称"易堂九子"。终身躬耕，种茶制茶，世称林芥茶，销路很广。著有《冠石诗集》五卷、《确斋文集》并行于世。

过曾庭闻东亭言别

林时益

壁挂长弓柱挂刀，闻君又说出临洮。

木香花覆亭中雪，石户寒开春后桃。

——《朱中尉诗集》

久不得曾庭闻消息怅然有怀

吴錂①

路向西南尽，江连汉沔深。旌旗秦栈晓，橘柚楚祠阴。
落日孤村戍，秋风万里砧。黑貂应已敝，谁识曳裾心。

——《晚晴簃诗汇》卷三十四

注释：
① 吴錂，字若金，宣城人。诸生。有《浮筠轩集》。

得曾庭闻湖南消息

吴　錂

闻君西去路，已过洞庭西。庙竹湘娥怨，江枫杜宇啼。
人家经乱少，雁阵接天低。陇阪层云上，遥遥听鼓鼙。

——《浮筠轩遗稿》

禾中赠曾庭闻

徐倬①

庾信飘零似转蓬，江关词赋老逾工。

客程半在青山里，壮志全消白社中。

尚有匡床分上下，曾无破屋住西东②。

鸳鸯湖畔轻携手，孤负桃花烂漫红。

——《清诗别裁集》

注释：

① 徐倬（1624—1713）：字方虎，浙江德清人。康熙癸丑（1673）进士，官翰林院侍读，后家居，加礼部侍郎。著有《全唐诗录》等。

② 破屋句，念其弟青藜无家，不能如二陆之同居也。

过曾庭闻芜阴市上

钱澄之①

自着方袍万恨平，穷途遇尔转伤情。

我从岭外经年至，君向江南何处行？

瓢笠喜无乡里识，须眉犹使故人惊。

相持莫便当街哭，为到郊原一放声。

——《遗民诗》四
——《辛篍卷》十

注释：

① 钱澄之（1612—1693），初名秉镫，字饮光，一字幼光，晚号田间老人、西顽道人。汉族，安徽省桐城县（今枞阳县）人。明末清初的文学家。与顾炎武、吴嘉纪并称江南三大遗民诗人。著有《田间集》《田间诗集》《田间文集》《藏山阁集》等。

吴门过曾庭闻有怀潘江如

钱澄之

声名知益盛，问讯孰为通。念载存亡异，无家远近同。
树疏寒野白，云尽晓天红。犹忆题诗处，京江似梦中。

——《遗民诗》十一

晤曾庭闻知熊子文给谏死难汀州

钱澄之

并舫双江夜雨吹，疏灯坐对虎头痴。
人前屡发怀沙愿①，酒后哀吟吴帝诗。
鸣珮趋朝班已散，当门喋血骂谁知。
双峰古署衔杯话②，竟是荆卿死别时。

——《藏山阁集·生还集》卷九

注释：
① 子文偿有鸱夷之志。
② 子文改给谏未数日死，犹是过顺昌邀饮夜别也。双峰，顺昌驿名。

哨遍·曾庭闻至

陈维崧①

有客苍然,万里而来,精悍眉端做。

诉蹉跎、少壮迅流波,算狂奴、半生磊砢。

炙毂踝高谈,直惊帝座,周旋与我宁为我。

嗟廿载河湟,全家关陇,虞兮其若之何?

况赫连城下虎腥多。更无定河头毒龙窝。

夜少毡房,马腹中间,鼾哈竟卧。

邀羌女秦娥,豪猪皮染茜红靴。

脱帽侮群帅,醉来遑恤其他。

奈少妇穷边,三年浅土,坏罗裙被枫根裹。

遂不觉神伤,悄焉泪湿,浮生渐识因果。

乃豪气、狂踪尽摧挫。向法鼓、斋鱼修梵课。

更谁知、劫风吹堕。

今年作事大谬,又掫芦沟柂。

道上路鬼,揶揄近日,前辈何其计左。

东风下第渡滹沱,笑洛阳、黑貂裘破。

——择自《清名家词之十三·陈维崧〈湖海楼词〉》

注释:

① 陈维崧(1625—1682),字其年,号迦陵,江苏宜兴人。明末清初词坛第一人,阳羡词派领袖。明末四公子之一陈贞慧之子。与吴兆骞、彭师度被吴伟业誉为"江左三凤"。与吴绮、章藻功称"骈体三家"。康熙十八年(1679),举博学鸿词科,授官翰林院检讨。

送赣州曾庭闻孝廉移家宁夏

吴伟业[①]

（一统志）宁都州在赣州府东北三百二十里。宁夏府在甘肃布政使司东北九百四十里。（国朝诗别裁集）曾畹初名传灯，字楚田，后更名畹，字庭闻。江西宁都人，顺治丁酉（1657）举人。

> 十年走马向天涯，回首关河数暮鸦。
>
> 大庾岭头初罢战，贺兰山下不思家。
>
> 诗成碛里因闻雁，书到江南定落花。
>
> 夜半酒楼羌笛起，软裘冲雪踏鸣沙。

中四句赣州宁夏分写，起结暗写送字。（高达夫诗）"门柳萧萧噪暮鸦"。庾岭，见叹王子彦。贺兰山，见雪中遇猎。"碛里详出塞"。（杜彦之诗）"蒹葭月冷时闻雁"。（杜诗）"书到汝为人"。（又）"自是江南好风景，落花时节又逢君。"（王之涣诗）"羌笛何须怨杨柳"。软裘，见雪中遇猎。（马虞臣诗）"马头冲雪度临洮"。（一统志）"鸣沙故城在宁夏府中卫县东。

——《吴诗集览》卷十五
——《娄东诗派》卷十三

注释：

① 吴伟业（1609—1672）：字骏公，号梅村，江苏太仓人。明崇祯四年（1631）榜眼，曾任翰林院编修、左庶子等职。清顺治十年（1653）被迫应诏北上，次年被授予秘书院侍讲，后升国子监祭酒。顺治十三年（1656）年底，以奉嗣母之丧为由乞假南归，此后不复出仕。他是明末清初著名诗人，与钱谦益、龚鼎孳并称"江左三大家"，又为娄东诗派开创者。长于七言歌行，初学"长庆体"，后自成新吟，后人称之为"梅村体"。著有《梅村家藏稿》五十八卷、《梅村诗馀》、传奇《秣陵春》等。

甲午秋日得长兄壬辰腊月诗

曾 灿

翩翩归鸟夕，集我旧庭除。游子行当久，音信亦已疏。
长萦骨肉念，不知舟与车，惊传万里札，又是隔年书。
信息到故里，行者无定居。

庭前石榴树，蔚然成高林。结子何累累，采之不同心。
我有双燕子，其名为珍禽。出入相与俱，好声相与吟。
故巢一旦毁，别去久无音。一在岭之北，一在汉之南。

波澜阔且深，沅湘与彭蠡。二水既分流，汇之亦千里。
上有高堂亲，下有双稚子。江水不能言，安能为我使？

——《六松堂集》

同长兄庭闻放舟净慈寺
访吉生归步苏公堤至西冷桥

宿雨幕林峦，湖光邈难辨。触景多异思，怀新重所践。
一舟棹微茫，隐盼历几转。鱼鸟瞰空明，芹藻组清浅。
遥见湖南峰，奋乎雾初卷。下有幽人居，襟期足虚缅。
碌碌十年间，饥寒仍不免。万事伤人怀，以兹山水遣。
池塘长新荷，凉风生婉娈。停舟堤上行，感慨成偃蹇。

——《六松堂集》

归耕乌石垄作呈长兄庭闻

曾 灿

啸歌土地外，樵牧足吾徒。即此生平愿，岂为妻子驱。

逃名嫌小草，忧世茹新荼。敢学于陵士，寒山不爨苏。

——《六松堂集》

怀曾庭闻

汪 楫[1]

有客吴江来，传君忽为僧。不信温泉中，一朝结为冰。

十年骑寒马，一气何绕腾！马蹄踏白骨，月照光崚赠。

上书虽不报，谁谓君无能。激昂遂出世，夫岂忧缴矰？

呜呼壮士肝，永夜为摧崩。

——《清诗别裁集》

注释：

[1] 汪楫，字舟次，江南仪征籍，休宁人。康熙己未年（1679）召试博学鸿辞，官至福建布政使。有《悔斋集》。

慰曾庭闻下第①

孙枝蔚②

崎岖万里头将白，憔悴青春杏正红。

绝塞封侯曾未遂，高楼少妇久成空。

千篇自信诗无敌，三北谁言战有功？

为问大罗天上客，可知成佛让英雄？

——《溉堂续集》卷之五

注释：

① 作者自注"庭闻近来遣妾，学道誓不更"。

② 孙枝蔚（1620—1687），清初著名诗人，字豹人，号溉堂，陕西三原人。因其家乡关中有焦获泽，时人因以焦获称之。著有《溉堂前集》九卷，《溉堂续集》六卷，《溉堂后集》六卷。

别曾庭闻五年喜遇之华阳用韵赋赠

刘伯宗①

燕台游处总飞烟，狭路华阳小有天。

念我新逢歌舞艳，看君依旧语言颠。

红牙按拍人成队，紫管连床锦作篇。

豪举风流堪命世，谁能喑哑一身全。

——《峄桐诗集》卷八

注释：

① 刘伯宗：贵池人，明末复社成员。与吴次尾为贵池二妙。与沈寿民、杨维斗、沈昆铜、吴应箕称为"复社五秀才"。著有《峄桐集》。

广陵送曾庭闻之新安三首

孙枝蔚

（一）

相逢草草话平生，折柳何堪送远行。

到日轩辕台上望，乱余萤火似芜城。

（二）

名士从来只苦贫，琴书何日离风尘？

新安金帛江南少，莫学杨雄骂富人①。

（三）

侠气雄才何所施，劝君行乐盛年时。

诸侯不少千金赠，归买红儿与雪儿。

——《溉堂前集》卷八

注释：
① 莫学杨雄骂富人：作者自注"王阮亭曰滑稽绝倒"。

曾庭闻同客延令别予先归凄然有赠(六首)

孙枝蔚

(一)

为人常作客，与尔忽相从。寒日衣能解，穷途话易重。
吾侪尊鲍叔，当世恕临邛。又复成分手，依依且骁钟。

(二)

宁都望宁夏，万里独归人。堂上终朝叹，橐中何太贫？
文章工倚马，官长夺垂纶。劳我初相虑，休轻负米身。

(三)

移家知不易，苦欲住山东。爱尔先贤裔，无忘关里风。
六经冰火外，一水咏歌中。早晚糇粮备，还应待岁丰。

(四)

笺言曾未了，临别更多端。骏马何时卖？妖姬着急看。
樽前呼中妇，扇上画双莺。切莫教相妒，仍歌行路难。

(五)

真性如君少，虚怀独我知。荃荛蒙不弃，小大必周咨。
且和《巴人》调，休高郢客词。论文遭侧目，飘泊竟何为。

（六）

忽忽岁云暮，时时恨落晖。梦中呼我起，愁里说君归。

古寺僧多俗，霜天雁正飞。去留皆拙计，惟有泪沾衣。

——《溉堂前集》卷五

曾庭闻润州枉顾草堂赋赠

邓汉仪①

偏是穷途重友生，柴门握手泪纵横。

一时聚散兼贫病，千载存亡只弟兄②。

宅巷久归狐兔窟，江山犹恋鼓鼙声。

与君试话封侯事，慷慨悲风万里情。

——《淮海英雄集》丁集卷一

注释：

① 邓汉仪（1617—1689），字孝威，号旧山，别号旧山梅农、钵叟。明末吴县诸生，尤工于诗。康熙十八年（1679），召试博学鸿儒，不第，以年老授中书舍人。著有《淮阴集》《官梅集》《过岭集》等。

② 一时聚散兼贫病，千载存亡只弟兄：《乾隆潮州府志》卷五十二作"一时聚散兼贫病，千载存亡只弟兄。"

送 曾 庭 闻

施闰章①

百年何辞醉,良朋万里来。家声重庐岳,客路过轮台。
泪积边城苦,诗兼鼓角哀。即今犹战斗,分手一徘徊。

——《学余堂诗集》卷二十六

注释:

① 施闰章(1619—1683):字尚白,一字屺云,号愚山,媲萝居士、蠖斋,晚号矩斋,后人也称
施侍读,另有称施佛子。江南宣城(今安徽省宣城市宣州区)人,清初政治家、文学家。
清顺治六年(1649)进士,授刑部主事。康熙十八年(1679)举博学鸿词科,授翰林院侍
讲,纂修明史,典试河南。诗与宋琬齐名,有"南施北宋"之誉。与邑人高咏生主持东南
诗坛数十年,时称"宣城体"。著有《双溪诗文集》《愚山诗文集》等 10 余种。

赠 曾 庭 闻

朱彝尊①

西行不肯夺儒冠,独上雄州看马盘。
去国曾参原不贱,游秦范叔岂愁寒?
河流山峡归灵武,雪满天都走贺兰。
万里鸣沙能跃剑,翻惊此地到来难。

——《篪衍集》卷十

注释:

① 朱彝尊:字锡鬯,号竹垞、驱芳、金风亭长,浙江秀水(今浙江嘉兴市)人,与纳兰容若、
陈维崧并称"清词三大家"。清康熙十八年(1679)举博学鸿词,与李因笃、严绳孙、潘耒
同以布衣身份授翰林院检讨,参与修撰《明史》。

答曾庭闻四首

曹 溶①

（一）

诗中风雪思，来自赫连城。壮士挥金尽，燕姬并马行。
冲寒河套直，入塞战场平。为我嗟离索，停鞭话晚晴。

（二）

两度过鸳水，车书失会同。那知鸡黍约，翻在道途中。
腊尽椒盘酒，阳回玉琯风。西邮兵事减②，寂寞数英雄。

（三）

避地河西好，移家傍贺兰。时名尊雁塔，乡梦落鱼竿。
射猎需才备，山川倚险看。闻君驱马出，灵武至今寒。

（四）

献书金凤阙，猛气欲干霄。友籍存关尹，离吟付柳条。
阵图沙磊磊，边雁影萧萧。郡阁开尊处，征笳夜不骄。

——《静惕堂诗集》卷二十

注释：

① 曹溶（1613—1685）：字秋岳，一字洁躬，亦作鉴躬，号倦圃、钼菜翁，浙江秀水（今嘉兴）人。明崇祯十年进士，官至御史。清顺治元年清兵入北京后，仕清任顺天学政，为清王朝献策，皆被采纳实施。顺治三年会试任监考官，三月迁升为太仆寺少卿。顺治十一年（1654）迁左通政，次年擢左副都御史、户部右侍郎，后改任广东布政使。康熙三年随征福建。筑书楼于嘉兴南湖之滨的倦圃别业，称"静惕堂"，藏书极富。编撰有《静惕堂书目》。

② 西邮兵事减：《曹秋岳卷之九》作"西陲"。

送曾庭闻游汉中

方　文①

秦川自古兴王地②，楚蜀咽喉在汉中。

龙战且收西极马，鹏搏应待北溟风。

将军名以先朝重，才子文于露布雄。

酒后有时还纵猎，诗人争与赋彤弓③。

——《嵞山集》卷八

注释：

① 方文（1612—1669）：字尔止，号嵞山，原名孔文，字尔识，明亡后更名一耒，别号淮西山人、明农、忍冬，安徽安庆府桐城（今桐城市区凤仪里）人。早年与钱澄之齐名，后与方贞观、方世举并称“桐城三诗家”。著有《嵞山集》。

② “秦川自古兴王地”，《辛箴卷二十二》作“秦门”。

③ 《小雅·彤弓》是中国古代第一部诗歌总集《诗经》中的一首诗。此诗是一首在宴会上唱的雅歌，描述的是天子赏赐诸侯彤弓，并设宴招待他们的情景。

曾庭闻北上见访不遇

蒋　薫①

高轩才子过，岁晚掩荆扉。官赋行囊重，商歌陌巷稀。

无心云自出，乘兴客多违。漫劳题凤去，终待看花归。

——《留素堂诗·塞翁编》卷一

注释：

① 蒋薫（1610—1693）：字闻大，号丹崖。明末清初浙江嘉兴人。崇祯九年（1636）举人，著有《留素堂集》。

答曾庭闻孝廉见赠

方 文

鲁江曾载酒,送尔去西秦。本是茹芝者,今为折桂人。
贫难安陇亩,乱且涮风尘。名易心无改,相逢感叹频①。

别后同漂泊,伤情是悼亡。赠予诗八首,对尔泪千行②。
冒雪来章贡,先春返建康。欢愉才几日,惆怅又鸣榔。

——《盦山集续集·西江游草》

注释:
① 作者自注:"庭闻旧名传灯,今名晼。"
② 作者自注:"庭闻诗云,才牧亡妾泪,又洒旧神京。"

寄曾庭闻孝廉[①]

冒　襄[②]

其一

清刚先子少虚谀，独颂尊公是大儒。
曾挹冰霜严指视，恒于幽独凛型模。
数千里外频追忆，三十年来叹绝无。
何意共君谭往事，先裁书札到姑苏。

其二

春来沉痛不堪闻，刘峻还家说遇君。
绝塞依人翻入月，中原结客胜如云。
诗穷汉魏追风雅，文逼周秦溯典坟。
愁极借君书细读，灯香彻夜共氤氲。

其三

当年吴越总为家，两纪归林逐暮鸦。
旧会珠盘真是梦，频年杯影乱如蛇。
虚名负实应逢谤，反德为仇更可嗟。
衰老过江知已往，独看天半有朱霞。

其四

山名悬雷且留行③，十六年来并废耕。

人外孤虚遗万有，意中销尽屡庚生。

蜗庐亦有凭空斗，土室从教合力倾。

今日见君何所事？八旬老母畏深惊。

——《巢民诗集》卷五

注释：

① 庭闻：作者自注"旧黄门二濂先生令子也"。

② 冒襄（1611—1693）：字辟疆，号巢民，一号朴庵，又号朴巢。南直隶扬州府泰州如皋县（今江苏如皋）人。明末清初的文学家。董小宛丈夫。著有《先世前征录》《朴巢诗文集》《岕茶汇抄》《水绘园诗文集》《影梅庵忆语》《寒碧孤吟》和《六十年师友诗文同人集》等。

③ "山名悬雷且留行"，作者自注"古有弃家长往五岳者，以母老姑止悬雷山，余十六年前荒园筑山名之以此。"

送曾庭闻返宁夏

屈大均①

宁夏推雄镇，咽喉花马池。膏腴鱼米地，灌溉汉唐波。

尔爱贺兰翠，家临河水湄。功名边上好，莫即叹流离。

——《屈大均诗编年笺注》卷四

注释：

① 屈大均（1630—1696）：初名邵龙，又名邵隆，号非池，字骚余，又字翁山、介子，号菜圃，汉族，广东番禺人。明末清初著名学者、诗人，与陈恭尹、梁佩兰并称"岭南三大家"。曾与魏耕等进行反清活动。后避祸为僧，中年仍改儒服。诗有李白、屈原的遗风。著作多毁于雍正、乾隆两朝。后人辑有《翁山诗外》《翁山文外》《翁山易外》《广东新语》及《四朝成仁录》，合称"屈沱五书"。

送曾庭闻下第归赣江

龚鼎孳①

其一

章门烟水陇头霜，失意扁舟且故乡。

客泪短裘僮仆散，秋灯残叶道途长。

沙晴鸿雁移金角，日落蛟龙斗石梁。

应忆河湟征战后，鬓毛曾对朔风苍。

其二

海内论才复几人，最怜磊落困风尘。

传家谏札吾同草②，脱手诗篇汝有神。

锦席诸侯铙吹曲，麻鞋绝徼瘴花春。

封留辟谷须史事，莫便焚书学隐沦。

——《定山堂诗集》卷二七

注释：
① 龚鼎孳（1616—1673）：字孝升，因出生时庭院中紫芝正开，故号芝麓，安徽合肥人。明末清初诗人、文学家，与吴伟业、钱谦益并称为"江左三大家"。明崇祯七年（1634）中进士，官兵科给事中。清军入京后，迎降，迁太常寺少卿，后累官礼部尚书。著有《定山堂集》四十七卷。
② 传家谏札吾同草：作者自注"尊甫二濂都谏昔与余同舍"。

答曾庭闻书

顾炎武①

　　南徐州别，三十六年，足下高论王霸，屈迹泥涂，读严武、隗嚣之句，未尝不为之三叹。弟白首穷经，使天假之年，不过一伏生而已，何敢望骐骥之后尘，而希千里之步？然以用世之才如君者，而犹沦落不偶，况硁鄙如弟，率彼旷野，死于道涂，固其宜也。奚足辱君子勤而之问乎？宣尼有言："自南宫敬叔之乘我车也而道加行。"今之人情则异乎是。即有敬叔之车，而季、孟之流，不问杏坛之字。然一生所著之书，颇有足以启后王而垂来学者。《日知录》三十卷已行其八，而尚未惬意。《音学》五书四十卷，今方付之剞劂，其梨枣之工，悉出于先人之所遗，故国之余泽，而未尝取诸人也。"君子之道，或出或处"，君年未老，努力加餐。

——《顾亭林诗文集》

注释：

① 顾炎武(1613—1682)：明朝南直隶苏州府昆山(今江苏省昆山市)千灯镇人，本名绛，乳名藩汉，别名继坤、圭年，字忠清、宁人，亦自署蒋山佣。明亡后，因为仰慕文天祥学生王炎午的为人，改名炎武。因故居旁有亭林湖，被尊为亭林先生。明末清初的杰出的思想家、经学家、史地学家和音韵学家，与黄宗羲、王夫之并称为明末清初"三大儒"。主要作品有《日知录》《天下郡国利病书》《肇域志》《音学五书》《韵补正》《古音表》《诗本音》《唐韵正》《音论》《金石文字记》《亭林诗文集》等。

书《曾庭闻诗集》后

储方庆[1]

予邂逅庭闻于都门，盖七年矣，而未知其工于诗。癸丑六月，庭闻至吾，宜携其诗三集见赠。予读之，亟赏庭闻之诗，然又为庭闻惜也。盖庭闻屡踬春官，郁郁不得志。庚戌被放后，窜身佛氏以自肆。故其第三集中多崇佛背儒之语噫。庭闻过矣。士君子服膺圣贤，以求所向往，亦期不肯于指趋而已，岂以荣辱得失易吾素志哉！今庭闻一不得志，即愤然堕儒者之防，放身寂灭，思以移易其所守。庭闻岂真有所见，而然耶。

不过功名念切，进无以建立于当世，故返身逃虚，为此绝俗之行，强自解脱耳。如谓庭闻有见于道，道孰尚于孔孟耶。庭闻诚不以功名为念，而以见道为期，即举向所习者，以自勉可矣。何必舍我所学，而从人耶。

庭闻之诗，其才当配古人。而使之沦落不偶，以至于放弃若此，是可叹也。若夫世之汩没于佛氏者，吾何言焉？

任王谷[2]曰：读答书书后，清远闲放，当胜魏冰叔赠序，有真赏者，自能辩之。

叔同人曰：学佛而有所见者，吾听之，大都有激云尔，此切中文人之疾。

——《遁庵文集》卷八

注释：

① 储方庆（1633—1683）：字广期，号遁庵，宜兴人。康熙五年（1666）乡试第一，六年成进士，授清源知县。清诗文家。

② 任王谷：即任元祥（1618—1674），字王谷，别名任源祥，江苏宜兴人。工诗，善古文辞。著有《鸣鹤堂诗集》十一卷，文集十卷。

钱谦益《序》

宁都曾侍郎二瀁有才子曰传灯,字庭闻;传灿,字青藜。兄弟皆雄骏,自命负文武大略,而其行藏则少异。庭闻脱屣越峤,挟书剑,携妻妾,走绝塞,数千里行不赍粮。俄尔试锁院,登天府,簪笔荷橐,取次在承明著作之庭。青藜与其徒,退耕于野,衣被裰量晴雨者,六年于此襆被下。估航出游吴中,褐衣席帽,挟策行吟,贸贸然老书生也。

庭闻之诗,朝而紫塞,夕而朱邸,凉州之歌曲,与凝碧之管丝,繁声入破,奔赴交作于行墨之间。吾读之,如见眩人焉,如亲倡童焉,耳目回易而不自主也。青藜则以其诗为诗,晤言什之,永叹五之。其思则《黍离》《麦秀》也,其志则《天问》《卜居》也。夷考彭氏诗史,章贡之役,青藜年才二十,独身扯拄溃军,渺然一书生,如灌将军在梁楚间。旋观其诗,求其精强剽悍之色,瞥然已失之矣,为掩卷太息者久之。

吾向读范史,马伏波在壶头,中病困卧,每闻升险鼓噪,辄疆起曳足观之。每笑其老惫不知止,徙念生平,少游语也。老而阅《内典》,紧那罗王奏乐须弥岠峨,大迦叶如小儿舞戏,不能自持。然后知习气粗重,不克湔除。伏波之老病,技痒无足怪也。今余既萤干蠹老,归向空门。读青藜之诗,而求问其往事,楚炬秦灰,沉沙折戟,为之唏嘘,烦醒心荡而不自已。伏波之曳足,与迦叶之起舞,与余固不能以自定也。知我者,亦为之三叹而已矣。

天之生才,以有为也。青藜兄弟,固不应长为旅人,为农夫,自时厥后,其事业当与其言俱立。余尚不死,他日与寓目焉。心灰漏尽,知不复作迦叶起舞状,更以谂青藜兄弟。追念平生,视文渊少游何如也。

岁在己亥夏六月十八日虞山蒙叟钱谦益序。

曾灿《金石堂诗序》

　　灿年十四五即学为诗,已又为诗余骚、赋,年二十益多,要无足存。吾伯子为诗日颇迟,三十则名于天下。天下士皆曰,"江以西一人也"。灿亦以诗闻,乃不及伯子远甚。然天下往往曰,曾氏兄弟能诗。予有六弟炤,年少负才,为诗无甚久,则又不及予。其风调有足取者,不幸客死彭城,稿多散佚。

　　吾少时好情艳之作,丙戌、丁亥以后,课耕六松山庄,诗好轻省。及出吴、越、闽、广、燕、齐,则登临者十三,酬赠者十七。欲求其工,难矣。而伯子诗且三变:边草塞霜,多秦凉气者为一曹;歌钟冶服,青闺红楼之作为一曹;入山求道以还为一曹。按其前后,知其诗即以知其人也。独六弟不永年,不得成所学,为足深悲。

　　呜呼!诗之道,难言矣。或百里而无一人,或千里而无一人。吾兄弟六人,叔季皆蚤死,五弟辉专攻制举业,学诗者独吾三人耳。而炤不及余,余不及伯子。今闻人言,曾氏兄弟能诗,则未尝不面惭发赤,色惨然而心伤也。

　　灿有《过日集》之役,伯子属在他方,未得与较定,仅录其诗。又不敢以三家村语混厕黄钟大吕之间,爰命儿子侃编次,别录卷末,以就政于大雅云。

　　宁都曾灿止山题于毗陵之寓斋。

魏禧《曾庭闻文集序》

曾庭闻自万里归,己酉正月,会酒于三巘,尽欢。鏊风十尺,倒上吹墙屋,雨雪杂下。庭闻尽出其所为古文,使予论定。庭闻之文句,格法昌黎,而苍莽勃萃,矫悍尤多秦气。

予与庭闻为童子时同学,庭闻天资甚鲁,终日读不尽十行。长,省尊大夫于京师,数过吴门,与吴中名士游,其文斐然一变,而庭闻之名盛于东南。近二十年则出入西北塞外,尝独身骑马行万余里,最好秦中风土,至以宁夏为家,而庭闻名在西北,其文又一变。

庭闻间归,相见予于山中,毛衣革踏,杂佩帨带刀砺,面目色黄黝,须眉苍凉,俨然边塞外人。回视向者与予咿唔笔研间,及细服缓带为三吴名士时,若隔世人物。呜呼,庭闻之文多秦气,何足异也。

文章视人好尚,与风土所渐被。古之能文者,多游历山川名都大邑,以补风土之不足,而变化其天质。司马迁,龙门人,纵游江南沅湘彭蠡之汇,故其文奇姿荡轶,得南界江海烟云之气为多也。

余读史,尝怪赫连氏,初无功德,而兴之暴,西夏强且久,与宋室为终始,此必有所以自强固者,不独恃甲兵之力。间披舆图,按其处,距长城外河西数十里,自分力劣弱,终身不能至,详考其兴亡盛衰之迹。而庭闻乃竟以是为家,边徼风土人情,叛服治乱,必有深知其故者。他日著之文章,当不止如史传所记载也。

钱澄之《曾庭闻二集诗序》

宁都曾庭闻游寓秦川，所为诗沉郁顿挫。观其出塞诸篇，音调悲壮，居然车辚骊铁之遗响也。已乃轻去其乡，挟吴姬置诸塞下，匹马绝大漠并长城，历秦晋燕赵之墟。每积草边沙，冰棱雪暗，时烟火断绝。夜无暮庐，则枕卧马腹下，以为豪然所至。辄有旗亭觞咏之乐，故其诗复多情至之语，艳思藻句与悲壮之声杂出。盖视初集，又一变也。

庚戌春下第，仆人窃其箧以逃，困甚。于是悉烧平生著作，独策蹇南归。归则尽遣去诸婢妾，入天目山，礼玉公和尚为师，求剃发，不听。今年，复随计偕入京，持戒精严，俨然一苦行头陀矣。

予谓，古今诗人皆有情人也。论诗者，惟曰发乎情，止乎礼义。陶元亮嗜酒，著《闲情赋》，不入远公社，然远公闻其至则喜；谢灵运奉佛甚笃，而公谓其心杂，则远公之取舍必有在矣。白乐天、苏子瞻皆深通佛法，而未能忘情于声色嗜味。然乐天自信生兜率天，子瞻为戒禅师后身，后世之学佛者，于二公皆无讥焉。是情固不足以累道也。

庭闻诗以豪气，而兼柔情。其斥遣爱好，皆豪气之所为也。吾愿庭闻吟元亮之诗，去灵运之杂，学乐天之佛，参子瞻之禅，不必忘情，亦勿越于礼义，以是为诗，即以是作佛，则天目和尚之不听剃染，或亦与予有同见乎。

临别出兹集，见示因书此，以为之序。

——《田间文集》卷十四

西 江 诗 话

　　曾晙,字楚田。先名传灯,字庭闻,宁都曾侍郎应遴长子也。为诗有奇气,尝游宁夏,遂举顺治甲午陕西乡试。钱牧斋因序其弟青黎(传灿)诗并及之云:"兄弟皆雄骏自命,而其行藏则少异。庭闻脱屣越峤,挟书剑,携妻妾,走绝塞,数千里行不赍粮。俄尔试锁院,登天府,簪笔荷橐,取次在承明著作之庭。青黎与其徙,退耕于野,衣被襗量晴雨者,六年濮被下。估航出游吴中,褐衣席帽,挟策行吟,贸贸然老书生也。庭闻之诗,朝而紫塞,夕而朱邸,凉州之歌曲,与凝碧之管弦,繁声入破,奔赴交作于行墨之间。吾读之,如见眩人焉,如亲(辰)童焉,耳目回易而不自主也。"

　　庭闻久历边塞,辙迹所至,形为篇什,有磨盾横槊之风。其《渡泾渭》云:"到眼春风过,关河渡未休。九州从畴起,八水自天流。寒食客中尽,高城雨际浮。雄图此百二,日暮漫淹流。"《费丘关早行》云:"飞峰三岔驿,大壑五星台。壁荔倾秋瀑,岩风吼夏雷。入关心自壮,当栈意先回。马首分残梦,千山拂面来。"《鸡头关》云:"南山忽已尽,纳纳褒城春。汉水犹通蜀,巴山不过秦。烧荒熊出坝,树密虎抟人。铭德昆吾者,还应问钓纶。"《折滩》云:"轻生且醉眠,失记下山巅。船自峰头落,人从浪里穿。春波倾白雪,石窦迸青天。回首龙岩上,千川与万川。"《十六夜同陈葵西观灯半个城》云:"参戎小队赴西岷,出塞今逢入蜀人。鸡豕谁家不上屋,羊酥此日复沾唇。三更腊雪吹青鬓,万户银灯散碧磷。聊与将军成薄醉,鼠貂霜甲一相亲。"《鸣沙州》云:"不见黄河春气动,却从沙碛辨阴晴。流澌着水天皆冻,大漠无风山自鸣。饮马浪寻荒烧窟,射雕贪出苦泉营。传闻炮火年来息,张轨隗嚣已尽平。"《唐采臣度支同刘孝吾总戎出访贺兰草堂》云:"紫燕风飞土屋穿,长城闪闪起狼烟。忽惊旄节花间满,不辨将军柳下眠。本钵千盘仍汉戍,银州五月尚冰天。相看谁是封侯者,西域班生赋自传。"

　　庭闻下第归赣江,合肥龚宗伯(鼎孳)作诗二首送之,其一云:"章门烟水陇头霜,失意扁舟且故乡。客泪短裘僮仆散,秋灯残叶道途长。沙晴鸿雁移金角,日落蛟龙斗石梁。应忆河湟征战后,鬓毛曾对朔风苍。"

——《西江诗话》卷十

曾畹年表

公元	干支纪元	明清年号	大事略叙
1620	庚申	明泰昌元年	曾畹生于江西宁都县。与易堂九子之一的魏际瑞"同庚"。
1623	甲子	明天启三年	曾畹5岁。魏际瑞之弟,易堂九子之一的魏禧生。
1624	乙丑	明天启四年	曾畹6岁。弟曾灿生。
1629	己巳	明崇祯二年	曾畹10岁。魏际瑞三弟魏礼生。 李自成加入农民军。
1630	庚午	明崇祯三年	曾畹11岁。父曾应遴中举人。 张献忠起兵。
1634	甲戌	明崇祯七年	曾畹15岁。曾灿10岁。父曾应遴中进士。
1635	乙亥	明崇祯八年	曾畹16岁,师从同里贡生、父曾应遴老师杨文彩。
1636	丙子	明崇祯九年	曾畹17岁。弟曾灿12岁,补中弟子员。 高迎祥死,李自成继"闯王",攻占北京周边多县,清兵退出关外。
1637	丁丑	明崇祯十年	曾畹18岁。 魏禧14岁,师从杨文彩。
1638	戊寅	崇祯十一年	曾畹19岁。清兵逼近北京城,父曾应遴与部僚日夜筹划对策。
1639	己卯	崇祯十二年	曾畹20岁,求学苏州,师事徐汧、张溥。
1640	庚辰	崇祯十三年	曾畹21岁,随父曾应遴到京师。 清兵屯义州(今辽宁省锦州市义县),伺机进攻山海关,曾应遴献策。
1641	辛巳	崇祯十四年	曾畹22岁。 李自成攻入洛阳。

公元	干支纪元	明清年号	大事略叙
1642	壬午	崇祯十五年	曾畹 23 岁，江西乡试，中副榜贡生。父曾应遴转工科右给事中，奉命出督江西、广东兵饷；岁末入为刑科给事中。诸弟兄分家。 　　杨文彩试南北国子监及乡试不中，以贡生终老。其弟子最著名者有进士曾应遴，举人杨文彬、曾应秋、曾益其、曾畹，贡士何玄洁、魏际瑞，易堂九子之首魏禧，曾灿。 　　清军南下至山东等地，攻占府、州、县城 18 座。
1643	癸未	崇祯十六年	曾畹 24 岁。父曾应遴为都科直（监察官），为国事多次上奏。 　　李自成军先后攻占襄阳、西安，十一月下旬攻破宁夏城。
1644	甲申	崇祯十七年 清顺治元年	曾畹 25 岁。父曾应遴罢官居家。 　　正月，李自成在西安建"大顺"，年号"永昌"；三月十八日攻入北京；十九日崇祯帝自缢煤山，明亡。 　　四月，吴三桂引清军入关，击溃李自成军。五月，清军攻占北京城；十月，清世祖福临定都北京，年号"顺治"。 　　六月，明陕西三边总督李化熙降清，清军进占宁夏城。
1645	乙酉	清顺治二年	曾畹 26 岁。五月，父曾应遴迁家赣州，与杨廷麟联合抗清。 　　四月，清军南下，攻占扬州，屠城十日，史可法殉明。五月，清军攻占南京，福王政权灭亡。六月，徐汧在苏州赴水死。
1646	丙戌	清顺治三年	曾畹 27 岁。五月，清军围赣州，畹父曾应遴与杨廷麟抗清，曾畹跟随，弟曾灿领兵驰援。十月，赣州城破，清兵屠城，杨廷麟殉难。曾畹写《赣州守御日志》。曾应遴病重，归宁都。
1647	丁亥	清顺治四年	曾畹 28 岁，与弟曾灿宁都城中侍奉重病的父亲曾应遴。十一月二十五日，曾应遴卒，享年 47 岁，葬宁都南门外浮蓝渡。 　　是年，宁都大旱。

续表 2

公元	干支纪元	明清年号	大事略叙
1648	戊子	清顺治五年	曾畹 29 岁。岁饥米贵，与弟曾灿奉祖母山居。
1649	己丑	清顺治六年	曾畹 30 岁，游岭东（大庾岭东，今闽、粤、赣 3 省交界地带）。五月，领五侄曾尚侃（曾灿长子）、长孙曾胤让乘船游永修县吴城。除夕在福建长乐县水南镇。作《己丑岭东赠大湖族人》《考亭望武夷》《水南除夜》等。 　　秋，彭贺伯占据宁都城。
1650	庚寅	清顺治七年	曾畹 31 岁，游贵池（安徽池州）、章门（赣州）。除夕在镇江与弟灿守岁。作《庚寅贵池挽刘伯宗》《庚寅章门吊古》等。 　　方以智为曾应遴作墓志铭。 　　二月，宁都城破，清军屠城。
1651	辛卯	清顺治八年	曾畹 32 岁，旅居镇江，春送弟灿回宁都。遍游苏州、南京、芜湖等地，在惠山拜访无锡名士钱季霖、秦松龄，做客万寿祺西隰草堂，北固山访贡生顾与治，赋诗宣城杨幼鳞稻陂草堂。作《瓜州遇雪》《甘泉山》《辛卯北固访顾与治》等。
1652	壬辰	清顺治九年	曾畹 33 岁，觐山东，返回镇江，动身西行赴陕西汉中。芜湖春访沈士柱，腊月寄诗弟灿。作《寿丘》《芜湖访沈昆铜山庄》《壬辰登万岁楼》《镇江得家问》《凤阳燕子矶》《敬亭山》等。
1653	癸巳	清顺治十年	曾畹 34 岁，经九江，过武昌，游赤壁，驻江陵（湖北荆州），冬到稠桑（河南灵宝）。作《洞庭望君山》《癸巳宿稠桑》等。 　　弟灿在南京天界寺削发为僧，秋日得兄畹壬辰腊月诗，作诗五首感怀。祖母陈氏 85 岁，为灿削发事终日涕泣，令其返初服。

公元	干支纪元	明清年号	大事略叙
1654	甲午	顺治十一年	曾晛 35 岁,立春到公刘里(陕西咸阳市),拜访故人刘石生;正月十五过半个城(宁夏同心),月底到宁夏城(今银川市),会见唐采臣、刘芳名等政要、儒士;在宁夏城观地方戏,游汉渠、南塘;更名曾晛,建贺兰草堂。秋,过灵州、花马池,经甘肃环县赴西安乡试,住三原,中举人。作《公刘里立春望余雪》《六月唐采臣置酒南塘舟中作别》《喜贺兰草堂初成》《塞上清明》等。 　　时任陇西右道佥事的宋琬写《贺曾庭闻举孝廉》诗祝贺:"谁言才子竟蹉跎,天马西徕万里过。名姓在秦张禄贵,文章入洛陆机多。汉廷仁泰凌云笔,羌笛争传出塞歌。陇上梅花凭驿使,好将双鲤下黄河。" 　　曾灿 30 岁,在宁都翠微枝山筑"六松堂"。
1655	乙未	顺治十二年	曾晛 36 岁,元日在三原,赴京师春闱,试后经开封、九江、赣州回到宁都。在赣州上书南赣巡抚佟国器。作《甲午北山除夜诗元日余成》《汴城》《喜入大孤》《归赋》登等。 　　弟曾灿就耕乌石垄。
1656	丙申	顺治十三年	曾晛 37 岁,暮春自宁都出,游汀州、漳州。秋在潮州会见魏际瑞,际瑞作《在潮州送曾庭闻归里复之宁夏》。隆冬到无锡。作《黄竹岭》《汀州旅夜》《潮州忆五侄侃》等。
1657	丁酉	顺治十四年	曾晛 38 岁,元日在杭州,春季游苏州。祖母六月初九去世,享年 89 岁。晛与弟灿回宁都奔丧。秋返宁夏。作《丁酉西湖元夕》《姑苏怀旅》《汎浙江》等。 　　钱谦益作《曾庭闻诗序》。
1658	戊戌	顺治十五年	曾晛 39 岁,赴春闱,中秋到临淄,游泰山,拜谒孔林。作《戊戌中秋临淄独酌》《忆丈人峰》《孔林题自贡庐墓处》等。
1659	己亥	顺治十六年	曾晛 40 岁,游苏州一带,会见佟国器,游无锡唐采臣故居。夏,与弟灿会于杭州,放舟净慈寺,漫步苏公堤至西泠桥。六月,曾灿在南京拜访钱谦益,钱为《六松堂集》(内容含《曾庭闻诗六卷》)作序。 　　作《己亥吴门奉侍佟汇白抚军》《西水关哭唐采臣》等。 　　郑成功率兵进攻江浙一带,宁夏总兵刘芳名加左都督衔,担任征讨大军右路总兵官,率宁夏镇兵驻防江宁(今江苏南京),在长江口崇明岛与郑军多次战斗,擒获敌将。

公元	干支纪元	明清年号	大事略叙
1660	庚子	顺治十七年	曾畹41岁,在宁夏。作《庚子怀任认庵光泽》等。 刘芳名病殁于江宁军营,宁夏将士返回宁夏镇。
1661	辛丑	顺治十八年	曾畹42岁,赴春闱,经江西九江、万安、泰和县蜀口洲回宁都。作《辛丑蜀口洲忆旧游》《喜桐城方尔止至》等。 顺治帝去世。爱新觉罗·玄烨(清圣祖康熙)继位。
1662	壬寅	清康熙元年	曾畹43岁,自宁都出,游昆山、苏州。作《壬寅三月苦雨》《金石堂杂诗》《苎罗山》等。携家17口,秋经萧关、半个城、宁安堡(中宁),返宁夏城。作《萧关》《半个城至宁安堡》《广武营》等。
1663	癸卯	清康熙二年	曾畹44岁,深秋自宁夏出,经陕西府谷,冬至到大同,历蔚州到京师。作《癸卯夏州奉寄龚芝麓年伯》《书请贻万九皋大参》等。
1664	甲辰	清康熙三年	曾畹45岁,京师会试。在京城写诗酬答吏部尚书、太子太保魏裔介;辞别扬州举人刘师峻;造访工部正郎吴绮寓所"吴船斋",写《题吴工部吴船斋》。经河北高邑,山西长治、曲沃、龙门,回到宁夏。作《上党旅夜》《雨后月下忆塞上》《九月同杨次辛、许贞起登夏州城楼》等。 六月,杨文彩卒,享年80。
1665	乙巳	清康熙四年	曾畹46岁,整年在宁夏,过田园生活。作《乙巳送平凉叶司李升任南昌》《清明》《柳》《晒菜》《渠》《燕》《米》《贺兰草堂春兴》等多首田园诗。
1666	丙午	清康熙五年	曾畹47岁,春在秦州(甘肃天水)探访杜甫踪迹;冬季由宁夏赴京准备考试。作《丙午至秦州》《行径陇阪》《丙午赴贡举仆夫失道久不得至乃题诗王湖旅馆》等。
1667	丁未	清康熙六年	曾畹48岁,春出试京师。绕道河北柏乡县拜访魏裔介(字石生)。夏游山东。秋与弟灿会吴门,交徐祯起。冬还宁都。作《丁未出试后投所知》《将还金石堂枉柏乡魏相公远札重以诗币宠行因寄短章用伸酬谢》等。

续表 5

公元	干支纪元	明清年号	大事略叙
1668	戊申	清康熙七年	曾畹 49 岁,春出宁都,到访苏州,布政使佟岱(字寿民)宴集寄园,与原吏部员外郎顾予咸(号松交)讨论诗文。返宁夏。作《戊申献酬佟寿民方伯宴集寄园》《赠顾松交吏部》等。
1669	己酉	清康熙八年	曾畹 50 岁,正月归宁都。魏禧等设宴三巤洗尘,并作《曾庭闻文集序》。后返宁夏。 作《皂口归舟忆无锡姬塞上》。
1670	庚戌	清康熙九年	曾畹 51 岁,春赴京会试,不第,遣姬人,焚书稿;出京师,抵苏州,游杭州,住镇江。作《庚戌都门早发》《重阳》《浮玉冬夜奉寄合肥龚公十二首》等。 六月,六弟曾炤亡于江苏下邳。
1671	辛亥	清康熙十年	曾畹 52 岁,春在杭州,送刘正学迁文登守备,访戴岵瞻廷尉,遇见魏礼。又至建昌,弟炤檡先过;返宁都;冬入琼。作《辛亥五十初度》《杭州遇魏和公》《建昌府泊闻六弟檡先归赋此》等。
1672	壬子	康熙十一年	曾畹 53 岁,七月自海南归。作《儋州野望四首》《那骞十数里山水作》《琼州杂诗》《清风亭上》等。
1673	癸丑	康熙十二年	曾畹 54 岁,在宁都。冬,子尚侃与魏禧之女魏静言完婚。除夕,与弟灿度岁。
1674	甲寅	康熙十三年	曾畹 55 岁,母卒于宁都三巤峰。
1675	乙卯	康熙十四年	曾畹 56 岁。弟曾灿归乡。
1676	丙辰	康熙十五年	曾畹 57 岁,在宁都。八月,弟灿游吴门。
1677	丁巳	康熙十六年	曾畹 58 岁,游于江苏、山东。春,与邓汉仪晤于扬州。 卒于五狼。五狼,即狼山,位于南通市南郊,由狼山、马鞍山、黄泥山、剑山和军山组成,西临长江,山水相依,通称五山。狼山下东南麓有唐代诗人骆宾王墓。

注:①此表主要依据曾畹诗中所述,并参考邱国坤、廖平平《易堂九子年谱》等编写。因年代久远,史料不足,难臻确切。

②关于曾畹生年,诗人在《长至怀魏善伯浙幕》中自注:"魏与畹同庚"。邱国坤、廖平平编写的《易堂九子年谱》言魏际瑞(善伯)生于明泰昌元年,故依之确定为 1620 年。

③关于曾畹卒年,畹弟曾灿《六松堂集·祭徐祯起文》:"予丁巳(1677)哭吾长兄于五狼",确定为 1677 年。

主要参考文献

[1] 《清代诗文集汇编》编纂委员会.清代诗文集汇编[M].上海:上海古籍出版社,2010.

[2] 徐雁平,张剑.清代家集丛刊[M].北京:国家图书馆出版社,2015.

[3] 四库禁毁书丛刊编辑委员会.四库禁毁书丛刊[M].北京:北京出版社,1997.

[4] 邱国坤.易堂九子[M].南昌:江西教育出版社,2013.

[5] 易堂九子学术研讨会组委会.易堂真气 天下罕二 [M].南昌:江西美术出版社,2016.

[6] 谢帆云.一个人的易堂史[M].南昌:江西人民出版社,2017.

[7] 邱国坤,廖平平.易堂九子年谱[M].南昌:江西教育出版社,2018.

[8] [清]钱谦益.钱牧斋全集[M].上海:上海古籍出版社,2003.

[9] [清]吴伟业.吴梅村全集[M].上海:上海古籍出版社,1990.

[10] [清]朱彝尊.曝书亭全集[M].长春:吉林文史出版社出版,2009.

[11] [清]钱澄之.田间文集[M].合肥:黄山书社,2014.

[12] [清]顾炎武.顾亭林诗文集[M].北京:中华书局,1983.

[13] [清]宋琬.安雅堂全集[M].上海:上海古籍出版社,2007.

[14] [清]方文.嵞山集[M].上海:上海古籍出版社,1979.

[15] [清]魏象枢.寒松堂集[M].太原:山西人民出版社,1992.

[16] [清]魏禧.魏叔子文集[M].北京:中华书局,2003.

[17] [清]孙枝蔚.溉堂集[M].上海:上海古籍出版社,1979.

[18] [清]沈德潜.清诗别裁集[M].长沙:岳麓书社出版,1998.

[19] 徐世昌.晚晴簃诗汇[M].北京:中华书局,1990.

[20] 朱则杰.清诗史[M].南京:江苏古籍出版社,2000.

[21] 朱则杰.清诗选评[M].西安:三秦出版社,2004.

[22]《清诗观止》编委会. 清诗观止[M]. 上海:学林出版社,2015.

[23][清]张金城. 乾隆宁夏府志[M]. 银川:宁夏人民出版社,1992.

[24]鲁人勇,吴忠礼,徐庄. 宁夏历史地理考[M]. 银川:宁夏人民出版社,1993.

[25]杨继国,胡迅雷. 宁夏历代诗词集[M]. 银川:宁夏人民出版社,2010.

[26][清]彭定求等. 全唐诗[M]. 郑州:中州古籍出版社,2008.

[27]胡云翼. 宋词选[M]. 上海:上海古籍出版社,1978.

[28]安正发,李拜石. 曾畹交游考[J]. 固原:宁夏师范学院学报,2012.

[29]张雯. 曾灿诗歌研究[D]. 赣州:赣南师范学院,2013.

跋：一生痴绝谁堪寄　斯文不断有后人

二百多年前，曹雪芹在《红楼梦》中写道："满纸荒唐言，一把辛酸泪。都云作者痴，谁解其中味"，足见遇到知己是多么不易。

所谓知己大体分为两种：一种是身处同一年代，生活有交集的，如俞伯牙之于钟子期，管仲之于鲍叔牙；一种是身处不同时代，后来者却跨越时空冲破次元知遇故人，如林语堂之于苏东坡，蒋勋之于曹雪芹。二者不同的是，前一种知己，是可以双向交互的，彼此关照呼应，心知肚明；后一种知己，是单向的，后来者无论怎样懂前人，前人注定是不知道的。我父亲与曾畹先生，大约就属于后一种。

共美：发现塞北之大美

与曾畹同时代的魏禧先生评价："庭闻之文句，格法昌黎而苍劲勃萃，骄悍尤多秦气。""秦气"，即西北人大度豪爽之气，坚韧自信之气，粗犷纯厚之气，热情仁爱之气。曾畹安家宁夏，将"秦气"融入其思想，渗透于诗作，使诗风产生了颠覆性的变化，得以在文坛独树一帜。我的父亲生长于贺兰山下，作为中学教师、扶贫工作者、地名工作者，他的足迹遍布宁夏山川。即便在70多岁的年纪，也不遗余力地探寻宁夏历史，寻访名胜古迹，考证地域文化……与曾畹一样，对这片粗粝而丰饶的土地充满热爱，以独特的视角发现她的美。

共情：生命的自足存在

"谁言才子竟蹉跎，天马西徕万里过。"这是与曾畹同时代的宋琬在《贺曾庭闻举孝廉》中的一句，也是古往今来那些命运坎坷而又不甘平庸的文人们的自我评价。曾畹是明末清初人,因时代更替而云游至宁夏,历经朝代更迭、战乱频仍,却依然慷慨激昂、豪放乐观。虽然57岁就离开了这个世界,却留下了五百多首风格各异的诗篇。对于一个文人来说,生活里总会有个东西,比其他东西都重要。有了这个东西,心就有了着落,精神就有了寄托,人就有了安身立命之处。我的父亲一生中经历了各种坎坷,也备尝生活的艰辛,在他的心里,一定会有这样的一个"东西",让他古稀之年仍笔耕不辍,让他更关注通过创造与更新获得生命的价值,让他以写作和研究为"生命的自足存在",从中体验到生命的欢乐。

共生:为往圣继绝学

读完《曾畹诗五百首》,我仿佛看见"曾庭闻自万里归",诗人毛衣革踏,帨带刀砺,面目黄黝,须眉苍凉,风尘仆仆地站在读者面前。我相信,当我父亲展开曾畹诗集,把别的事情全都置于脑后之时,一定是他平生幸福之时。所谓"天生我材必有用",做学问的人,对他所研究的"学问"有一种使命感、责任感,在他们眼里,学问就是自己生命的扩展和延续。从这个意义上来说,诗人借父亲之笔重生,父亲也借诗人之笔获得了新的生命体验。

跨越时空的知己,是前人的发现者、欣赏者、研究者、继承者。前人并无一字相托,而后世的知己却像获得"神的旨意"一般认为自己"得到了"托付,自己就是前人的"所托之人",因而将全部的感情、精力、时间都付诸这个"托付"。这样的知己,少了一点功利和琐碎,多了一份珍贵和纯粹。

2020年,是曾畹先生诞生400周年。先生一生坎坷,他的名字,在浩如烟海的中华文学史上,甚至未曾留下光辉灿烂的一笔,而后世有知己若此,他是一定会知道,也一定会欣慰的。

郑文昭

2020年12月

（郑文昭　宁夏财经职业技术学院教授）

后　记

2017 年早春，女儿陪我到滇西观光。2 月 15 日晨，飞机在腾冲驼峰机场降落。踏上这片神奇而令人钦佩的土地，面对蓝天白云，绿水青山，很是激动。

中巴车穿过腾冲市区，径直南下。中午到达芒市，下榻凤尾竹酒店。雷牙让山顶的勐焕大金殿金碧辉煌，雄伟壮观。金塔旁的金鸡阿鸾雕像，傲然挺立，呼唤光明。

2 月 16 日凌晨，酣睡中闻鸡鸣声大作，似是一台混声合唱，有高亢，有平和，有低沉，有稚嫩。数十年没聆听五更鸡叫啦，翻身起床，拿起手机，循声走进酒店内院，录下"黎明之城"的雄鸡高唱。

瞻仰金鸡阿鸾，感受闻鸡起舞，这可是乙酉年的好兆头。

是年 7 月，在笺注清初宁夏巡抚黄图安诗集时，发现《曾庭闻诗六卷》。心情急切，迅速购复印本，继而获取中国国家图书馆出版的《中国家集丛刊》。曾畹行迹之广，诗作之多，题材之丰，影响之大，着实令人震撼。

《曾庭闻六卷》，是清初宁夏举人曾畹的诗集，畹弟曾灿将其收入《金石堂集》，在康熙年间刻板印行。乾隆皇帝组织编辑《四库全书》时，把曾畹诗列入"禁毁书"，置于禁库。《曾庭闻六卷》1770 年代打入冷宫，尘封 240 年，2015 年再版面世，是不幸，也是天幸。

《曾庭闻六卷》收集曾畹诗 392 篇，共 522 首。从 2017 年秋开始，到 2019 年春，两年半的时光，将《曾庭闻六卷》录入，点校，注释，编辑。之后，不断进行修改。其间，于 2018 年 4 月，在国家图书馆查阅古籍，喜获《江西诗征》《感旧集》《清诗别裁集》等收集曾畹的近百首诗作，内中有 17 篇、30 首未辑录于《曾庭闻六卷》。截至目前，曾畹存诗 409 篇，凡 552 首。经过数度辑补订正，终成《曾畹诗五百首》文稿。张建山、郑文昭、郑文著、张紫昊参与编注过程，在录入、校阅、编排、审稿、磋商等环节费力劳心。

《曾庭闻六卷》乃清初雕版印品，古体字、异体字繁多，编注时尽量以今简体字资代。实在找不到合适的对应字，则保留原字句。对于《中国家集丛刊》中被涂抹的词语，参考其他版本予以恢复。

《曾晚诗五百首》以《中国家集丛刊》为蓝本，按写作地点，分为《宁夏篇》《江西篇》《旅望篇》。《江西诗征》等清代书籍中曾晚的诗作，添入《补遗篇》。再将明末清初诗坛巨匠与曾晚的赠诗唱和、书信往来，《附录》于后，以加深理解曾晚所处的时代背景、曾晚的思想情感和交友状况。上海图书馆藏有《曾庭闻诗三卷》，与《曾庭闻六卷》略有差别，本集未予收录。

丁酉年冬，宁夏财经职业技术学院郑文昭教授、张国丽副教授陪同我和老伴，专程奔赴曾晚故乡宁都，踏寻诗人的踪迹。宁都县政协副主席谢帆云、宁都县社科联主席廖海鸣等盛情款待，与我们攀登"易堂九子"隐居的翠微峰，瞻仰曾氏旧居遗存，缅忆宁都名人情怀，丰富了我们对曾晚生平的认识。

2019 年，农历己亥年。3 月底，烟花三月下扬州，自儿时起仰慕的扬州、镇江，那是曾晚入籍宁夏前重要的旅居地。甘泉山遁变，古邗沟新生，水亭里的石碑记叙着大运河往日的灵隽。古京口金山传奇，焦山浮玉；西津渡，可能是曾晚旅居镇江的栖身地，他自此游历于苏、皖、浙、闽之间。宋代王安石《泊船瓜洲》中："春风又绿江南岸，明月何时照我还"的绝唱，正是激励曾晚一生旅吟的铭戴。

庚子年，全世界疫情肆虐，灾情不断，地球在吃力地运转。深秋的时节，我们再次踏上了寻访曾晚足迹的旅途。芜湖的赭山、万顷湖，宣城的敬亭山，曾晚游历过，以诗颂美。鸠兹湖风光旖旎，但万顷湖早已消失。敬亭山秋云缭绕，古昭亭曲径通幽，皖南七彩斑斓的秋色，当年令曾晚心驰神往，几百年后同样令人流连忘返。

曾晚的诗，是一段蜿蜒的历史，是一幅优长的画卷，是一首缥缈的酒歌，记录了明末清初的社会剧变，描绘了 350 年前的华夏山川，吟唱出诗人的复杂情怀。曾晚的诗，是宁夏文学长河中最丰沛的沃流，是宁夏古代诗歌田园里最高疏的乐章。曾晚，宁夏的诗魁。

2020 年，恰逢曾晚诞生 400 周年，编著《曾晚诗五百首》，是敷宣，是纪念，亦是景仰。

《曾晚诗五百首》付梓，我释然放怀。这一年，我家迁乔新居。诗以纪之：

《曾畹诗五百首》书成

手捧诗书望南天，君年四百可成仙。

翠微峰下金石重，西夏城头剑气寒。

公车六赴人生误，佛道几番岁月艰。

沙葱苦菜今犹在，极塞狂歌过长安。

　　宁夏文史研究馆领导和业务部门，在《曾畹诗五百首》的编注、出版过程中，一直给予积极、热情的关注和多方面的支持。2020年下半年，《宁夏文史馆研究丛书》编辑出版项目实施，并将《曾畹诗五百首》纳入丛书《诗词卷》，使其得以豫早与馆员、研究员及广大读者见面。

　　在编著《曾畹诗五百首》过程中，宁夏学者张怀武、张迎胜，江西宁都学者谢帆云、廖平平，给予热情帮助，深表感谢。

　　本人农学专业出身，编注古诗乃是初叩门钹。错漏之处，敬请指正。

郑济洧

2020年冬月

于银川市清华府新居